茅盾研究八十年書系

錢振綱・鍾桂松◎主編

伏志英◎編

1

茅盾評傳

花木蘭文化出版社

國家圖書館出版品預行編目資料

茅盾評傳／伏志英 編 -- 初版 -- 新北市：花木蘭文化出版社，2014〔民 103〕

序 2+ 目 2+178 面；19×26 公分

（茅盾研究八十年書系；第 1 冊）

ISBN：978-986-322-692-5（精裝）

1. 沈德鴻 2. 中國當代文學 3. 文學評論

820.908　　103010062

ISBN-978-986-322-692-5

茅盾研究八十年書系

第 一 冊　　ISBN：978-986-322-692-5

茅盾評傳

本書據上海現代書局 1931 年 12 月版重印

編　者　伏志英

主　編　錢振綱　鍾桂松

總編輯　杜潔祥

副總編輯　楊嘉樂

編　輯　許郁翎

出　版　花木蘭文化出版社

社　長　高小娟

聯絡地址　235 新北市中和區中安街七二號十三樓

電話：02-2923-1455／傳眞：02-2923-1452

網　址　http://www.huamulan.tw 信箱 hml 810518@gmail.com

印　刷　普羅文化出版廣告事業

初　版　2014 年 7 月

定　價　60 冊（精裝）新台幣 120,000 元

研究任重道遠，成果應當珍視
——《茅盾研究八十年書系》總序

錢振綱　鍾桂松

這部《茅盾研究八十年書系》，是自上世紀 30 年代以來茅盾研究單行本著作的彙刻。

一

茅盾（1896—1981），原名沈德鴻，字雁冰，筆名茅盾，浙江桐鄉烏鎮人。茅盾既是中國現代成就卓著、影響深遠的大作家，又是中國新文學編輯、批評、譯介、研究等事業重要的奠基者。

眾所周知，茅盾的文學成就首推小說，尤其是長篇小說。從 1927 年開始，在十幾年的時間內，他連續創作了《蝕》三部曲、《虹》、《林家鋪子》、《春蠶》、《子夜》、《腐蝕》、《霜葉紅似二月花》等一系列成功作品。他的小說視野開闊，思想深刻，除時代女性和工商界生活是他獨到的題材之外，大視野地反映具有時代感的現實生活，是其小說最突出的特點。要通過文學瞭解中國現代史，讀茅盾的小說是最佳選擇。

茅盾的散文創作也蔚爲大觀，僅就抒情散文和記敘散文而言，就有 200 篇之多。與他的小說一樣，他的散文也重視對社會經濟現象的揭示。特別是 30 年代所寫的一些作品尤其如此。《冥屋》、《香市》、《鄉村雜景》、《陌生人》、《上海》、《大旱》、《人造絲》、《交易所速寫》等都是這方面的代表作。當然，他的散文取材範圍並不局限於此，舉凡個人經歷、個人微妙的心理活動、鄰里生活、旅行風光、地方風俗等均是他抒寫的對象。從藝術上看，他自然是寫實的高手，其多數散文採用的是寫實手法。他同時也善於使用象徵等其他表現手法，這在《叩門》、《霧》、《虹》、《沙灘上的足迹》、《白楊禮讚》等作品中有所體現。

茅盾於 40 年代寫成的劇本《清明前後》，在當時曾發生過重大影響。晚年撰寫的回憶錄《我走過的道路》史料價值極高。他早年編譯和改編的神話和童話，使他在中國兒童文學史上也佔有一席之地。

茅盾又是著名的文學編輯家。他從事文學活動的第一個驚人之舉，就是當他 1921 年 1 月作爲《小說月報》主編現身時，這個長期被鴛鴦蝴蝶派佔據的刊物立即被革新爲當時中國最有影響的嚴肅文學刊物。同時與之後，他又主編或者參編過《文學周報》、《文學》月刊、《譯文》、《烽火》周刊、《文藝陣地》、《立報》副刊《言林》、《筆談》半月刊、《文聯》半月刊、香港《文匯報》副刊《文藝周報》、《人民文學》、(新)《譯文》等文學報刊。1936 年，他還編輯過大型報告文學集《中國一日》。茅盾的編輯活動定位準確、旗幟鮮明，在新文學生產的組織方面起到過重要作用。

茅盾還是中國現代最有影響的文學評論家。他寫有《魯迅論》、《王魯彥論》、《徐志摩論》、《廬隱論》、《冰心論》、《落華生論》等一系列作家論和《自然主義與中國現代小說》等數量可觀的其他文學批評文章。這些文章知人論世，批評中肯，影響很大。他當年對「爲人生」嚴肅文學精神的倡導和對「遊戲的消遣的金錢主義的」商業文學觀念的批判，對於今天的文壇仍然有著重要的警示意義。

茅盾在外國文學譯介方面的工作也屬一流。他翻譯過 30 多個國家 80 餘位作家的短篇小說、劇本、雜記、書簡、回憶錄等作品，共約 240 萬字。《歐洲大戰與文學》、《騎士文學 ABC》、《近代文學面面觀》、《現代文藝雜論》、《六個歐洲文學家》、《西洋文學通論》、《希臘文學 ABC》、《漢譯西洋文學名著》、《世界文學名著講話》等則是他介紹外國文學的著作。他還曾在其主編的《小說月報》上連續發表過大量海外文壇消息。他對於外國文學的譯介既注重系統性、整體性，也注重當代性。這爲當時其他外國文學譯介者所不及。

茅盾還有《小說研究 ABC》、《中國神話研究 ABC》、《神話雜論》、《北歐神話 ABC》、《夜讀偶記》、《關於歷史和歷史劇》等著作出版。這些著作雖然標題中有的帶有「ABC」字樣，實際上卻是專業學者重要的參考文獻。

茅盾出生於中華民族危機四伏和文化大轉型時代。他心懷天下，積極入世，才華橫溢，一生勤奮。他對中國新文學的貢獻是傑出的，全方位的。我們堅信，不管中國社會思潮如何變遷，也不管今後文學史家的觀念如何漂移，茅盾在中國現代文學史上的大家地位是不會動搖的。

二

1920年4月，作爲茅盾《答黃君厚生〈讀《小說新潮宣言》的感想〉》一文的附件發表於《小說月報》第11卷第4號的黃厚生的《讀〈小說新潮宣言〉的感想》，是至今所知最早評論茅盾編輯活動的文章。從這篇文章算起，茅盾評說已有90餘年的歷史。早期的茅盾評說常以公開信商榷或者論辯的形式出現，內容則多關乎茅盾的編輯活動、文藝思想和翻譯思想。

茅盾作爲小說家被評說，則是從1928年初開始的。1927年9月至1932年6月，茅盾發表和出版了中篇小說《幻滅》、《動搖》、《追求》、《路》、《三人行》，長篇小說《虹》，短篇小說集《野薔薇》和小說與散文合集《宿莽》，並發表了表達其文學主張的文章《歡迎太陽》、《從牯嶺到東京》、《讀〈倪煥之〉》等。當時的茅盾評說，也多針對他的這些著作展開。第一篇評論其小說創作的文章是刊登於《清華周刊》第29卷第2期上的白暉的《近來的幾篇小說》。這篇文章的第一節即《茅盾先生的〈幻滅〉》。之後，伴隨著與茅盾之間展開的關於革命文學問題的論爭，以錢杏邨、傅克興爲代表的太陽社和創造社成員便對茅盾的小說和文學主張作了猛烈批評。這些批評雖然也涉及作品的取材和藝術技巧等問題，但《蝕》三部曲中流露出的作者在大革命失敗後產生的幻滅悲觀情緒以及茅盾重視小資產階級讀者群的文學主張顯然是被批評的重點。這些批評主要著眼於文學的政治導啓功能，並武斷地將茅盾定性爲小資產階級作家，態度過激，要求過苛，沒有對茅盾的小說和文學主張作出全面公允的評價。但同時也有伏志英、曾虛白、復三、羅美、徐蔚南等論者認同茅盾的文學主張，並充分肯定了茅盾小說對於時代的反映和藝術造詣的不同凡響。這一時期關於茅盾的評論文章多收在當時出版的兩部茅盾研究論文集當中。其中一部是伏志英編輯，上海現代書局1931年12月出版的《茅盾評傳》，另一部是黃人影（顧鳳城）編輯，上海光華書局1933年2月出版的《茅盾論》。

自1932年7月至1933年初，茅盾又發表和出版了短篇小說《林家鋪子》、《春蠶》和長篇小說《子夜》。這些作品問世後，很快得到以左翼文化人爲主體的批評界的好評。最早給予《子夜》以高度評價的是瞿秋白。他在發表於 1933 年 4 月的《〈子夜〉與國貨年》一文中認爲:「這是中國第一部寫實主義的成功的長篇小說。」「一九三三年在將來的文學史上，沒有疑問的要記錄《子夜》的出版」。除了《子夜》，瞿秋白對此前茅盾所作的表現了大革命複雜政治局面的《動搖》也欣賞有加。他在就義前所寫的《多餘的話》一文中將這部中篇小說與魯迅的《阿 Q 正傳》、曹雪芹的《紅樓夢》一起，列爲他還想「再讀一讀」的中國文學作品。而同樣將茅盾的作品與《紅樓夢》、《阿 Q 正傳》相提並論的還有魯迅。他在《答徐懋庸並關於抗日統一戰線問題》一文中寫道:「『國防文學』不能包括一切文學，因爲在『國防文學』與『漢奸文學』之外，確有既非前者，也非後者的文學，除非他們有本領也證明了《紅樓夢》、《子夜》,《阿 Q 正傳》是『國防文學』或『漢奸文學』。」瞿秋白和魯迅對茅盾小說的這些正式和非正式的評價，足以反映出茅盾小說在當時左翼文化人心目中的重要地位。

讚賞茅盾小說的並非只有左翼批評者。一些不抱偏見的非左翼文化人對《子夜》也多持讚賞態度。朱自清在《〈子夜〉》一文開頭就說:「近幾年我們的長篇小說漸漸多起來了，但眞能表現時代的只有茅盾的《蝕》和《子夜》。」而在這篇文章的末尾，他對《林家鋪子》、《春蠶》等小說也表示了首肯。曾是學衡派主將的吳宓也在其《茅盾著長篇小說〈子夜〉》中稱,《子夜》是「近頃小說中最佳之作也」。30 年代對《子夜》取基本否定態度的評論很難見到，只有已經退出「左聯」的韓侍桁是個例外。他在《〈子夜〉的藝術思想及人物》一文中曾帶著嘲諷口吻寫道:《子夜》是「一部偉大的作品，但他的偉大只在企圖上，而沒有全部實現在書裏」。

進入 40 年代,對茅盾的評說有了新的進展。他新創作的長篇小說《腐蝕》、《霜葉紅似二月花》和劇本《清明前後》發表後，很快得到較爲深入的研討。1945 年 6 月前後，許多文化人還以祝壽形式紛紛撰文，讚揚茅盾所取得的文學成就。這一時期，只有在政治上由左翼轉爲右翼的鄭學稼在他的《茅盾論》一文中閃爍其辭地表達過敵視茅盾的言論。

從共和國成立到「文化大革命」前夕，中國大陸的茅盾評說仍繼續著 30、40 年代的評價取向。由於擔任文化部長職務，茅盾少有新的創作問世，而這時中國新文學也已成爲學術研究對象，因而茅盾評說也由同行批評轉向了學院化研究。在這一時期，除了研究茅盾的學術論文時有發表外，一些學術性或者學術性與普及性相結合的茅盾研究單行本著作也開始出現。吳奔星的《茅盾小說講話》（1954）、王西彥的《論〈子夜〉》（1958）、邵伯周的《茅盾的文學道路》（1959）、葉子銘的《論茅盾四十年的文學道路》（1959）、艾揚（翟同泰）的《茅盾及其〈子夜〉等分析》（1960），都出版於這一時期。而在當時出版的幾部中國現代文學史著作，也都對茅盾作了較爲充分的評述。

然而到了60年代中期，茅盾和他的創作已經不能被當時極左的政治思潮所容忍。1965 年初，茅盾被免去文化部長職位。這一年的春夏之交，報刊上又出現了大量批判夏衍根據茅盾同名小說改編的電影《林家鋪子》的文章。雖然批判的只是電影，實際上也明示了小說原作已不合時宜。不久十年動亂開始，中國大陸的茅盾研究陷入停頓。

從1977年開始，茅盾研究在中國大陸得到恢復。1981年3月茅盾逝世，茅盾研究事業却在80年代得到空前發展：1983年中國茅盾研究學會（後改名爲中國茅盾研究會）成立，《茅盾全集》自 1984 年開始陸續出版，全國性茅盾研討會議經常性舉行。茅盾研究單行本著作的出版盛况則一直持續到上世紀末。上世紀最後20年時間內，除吳奔星、邵伯周、葉子銘、艾揚等繼續從事茅盾研究之外，又涌現出一大批卓有成就的茅盾研究人才。其中撰寫過茅盾研究專著或回憶錄，或者主編過重要茅盾研究資料集的學者就有60餘人。他們是孫中田、侯成言、莊鍾慶、林煥平、丁爾綱、唐金海、孔海珠、周春東、李玉珍、朱德發、阿岩（趙耀堂）、翟德耀、李岫、查國華、王爾齡、萬樹玉、陸維天、楊健民、李慶國、曹萬生、李廣德、汪家榮、王嘉良、金燕玉、邱文治、韓銀庭、李標晶、丁亞平、史瑤（包維岳）、錢誠一、駱寒超、羅宗義、鍾桂松、黎舟（呂榮春）、闞國虬、沈衛威、丁茂遠、桑逢康、潘曉東、陸文采、王建中、黨秀臣、李庶長、丁柏銓、唐紀如、徐春雷、金韵琴、李頻、黃侯興、劉長鼎、楊揚、徐越化、顧忠國、劉煥林、吳福輝、歐家斤、韋韜、陳小曼、王芳、袁振聲、宋炳輝等。（以上排名依學者首部茅盾研究單行本著作出版時間爲序，不包含對其學術成就的評價。下同）這一時期出版的茅盾研究專著、論文集等單行本著作達百部，學術論文上千篇。這些研究著作對茅盾生平、茅盾著作進行了多角度的、全人視野的學院化研究，知人論世地充分肯定了茅盾的文學成就和文學史地位，同時也指出了其思想和藝術上的局限。這些研究著作鋪就了茅盾研究學術殿堂的基座。

需要指出的是，在 80 年代末和 90 年代中期，中國大陸學界曾一度出現過一種否定茅盾文學成就的聲音。這種聲音主要來自非長期從事茅盾研究的學者。1988 年和 1989 年，在「重寫文學史」旗幟之下，短時間出現了一系列文章對茅盾及其作品展開猛烈批評。首當其衝的是他的代表作《子夜》。這些文章的作者指責《子夜》「主題先行」，「人物概念化」，甚至有學者稱《子夜》「就像是一部高級形式的社會文件，因而是一次不足爲訓的文學嘗試」。在這些學者看來，造成茅盾作品概念化的原因是政治家的茅盾「沒有建立起皈依文學的誠心」。90 年代中期，又有學者在編選《20 世紀中國文學大師文庫》時將茅盾排斥在外。理由是他的小說「欠小說味，往往概念痕迹過重」，茅盾以往的高位「很大程度上依賴於學術偏見」。這種輕率貶抑茅盾的聲音雖然產生過轟動效應，卻無法得到茅盾研究界和中國現代文學研究界廣大學者的認同。不少學者對這種輕率顛覆茅盾文學大家地位的言行進行了嚴厲駁斥。維護茅盾大家地位的學者並不反對站在今天的時代高度，以歷史主義的態度嚴肅地重新思考和評估茅盾等中國現代文學巨匠的思想成就和文學成就，並在此基礎上重寫文學史。大家反對的只是一些學者追風逐潮的學風和無視基本事實的武斷而幼稚的論點。

貶抑茅盾的聲音沒能撼動茅盾的文學史地位，但它作爲一種學術現象卻值得重視和思考。有人批評說，輕率貶抑茅盾的學者是「盲目求新」、「立異鳴高」。這種批評不無道理。但我們認爲，這種學術現象的出現並非偶然，它與時代思潮的變遷有著內在的聯繫。眾所周知，新時期以來隨著中國政治思潮的再度變遷和中國社會新的轉型，中國知識界開始對自「五四」以來在中國逐步發展爲時代主潮的左翼政治文化思潮進行反思。很自然的，人們也會對從屬於這一政治文化思潮的魯迅、茅盾等左翼作家產生重新審視的訴求。實際上，輕率貶抑茅盾的學者們正是感覺到時代的這一訴求而來「重寫」茅盾的。但他們試圖通過指摘《子夜》的某些藝術缺陷而一筆抹殺《子夜》思想和藝術成就的做法不免偏激，他們全盤否定茅盾文學史地位的觀點也有失公允。應當說，輕率貶抑茅盾的學者感受到時代的訴求，卻沒有很好地回應這一訴求。

本世紀以來，茅盾研究進入了平穩紮實發展的新時期。一些資深的茅盾研究學者如翟德耀、鍾桂松、艾揚、韋韜、陳小曼、丁爾綱、李庶長、王嘉良、孫中田、莊鍾慶、桑逢康等繼續有學術專著出版。同時也有不少學者初次出版了茅盾研究專著。他們是鄭彭年、龔景興、張立國、蔡震、李繼凱、周景雷、陳桂良、鄭楚、陳曉蘭、余連祥、陳天助、陳開鳴、陳建華（香港）、劉屏、周興華、秋石、梁竟男、康新慧等。從2001年至今的十餘年時間內，出版的茅盾研究著作近30部，論文數百篇。每年出版的專著和發表的論文在數量上雖然不及此前20年茅盾研究熱潮時期，但學術研究的進展是明顯的。學者們的研究視野更爲開闊，研究視角更爲多樣，搜集的資料也更爲齊備。

茅盾的著作不僅屬於中國讀者，它們早已具有了世界文學性質。許多國家的學者很早就開始重視對於茅盾及其著作的譯介和研究。外國人對茅盾著作的翻譯和評說大約開始於上世紀30年代初。1931年10月出版的《現代文學評論》第2卷第3期和第3卷第1期合刊上發表的楊昌溪的文章《西人眼中的茅盾》對此有粗略介紹。據我們所知，最早被完整翻譯的茅盾作品是他發表於1931年的短篇小說《喜劇》。這個作品由美國記者喬治·肯尼迪翻譯爲英文刊登於1932年6月18日在上海出版的由美國人伊羅生主編的英文刊物《中國論壇》（China Forum）。兩年後，這篇譯文又在美國出版的英文刊物《今日中國》（China Today）上轉載。之後，國外湧現出大批茅盾作品的翻譯者和研究者。翻譯和研究茅盾作品較早的國家有美國、蘇聯、日本、德國、捷克斯洛伐克、朝鮮、法國、英國、蒙古、越南、泰國、西班牙、印度等。不少外國學者還出版了茅盾研究的單行本著作，如蘇聯學者費德林著有《茅盾》（1956），索羅金著有《茅盾的創作道路》（1962），捷克斯洛伐克學者高利克著有《茅盾與中國現代文學批評》（1969），日本學者松井博光著有《黎明的文學——中國現實主義作家·茅盾》（1979），美籍華人學者陳幼石著有《茅盾〈蝕〉三部曲的歷史分析》（1993），日本學者是永駿著有《茅盾小說論：幻想與現實》（2012），等等。國外的茅盾研究由於文化背景與中國大陸不同，有其獨到的觀察視角和學術見解，值得重視。

三

茅盾的文學事業是中國新文化的重要組成部分。茅盾研究正在進行中，並將繼續進行下去，任重而道遠。學術需要傳承，溫故方可知新。這就需要對已有茅盾研究文獻進行整理和保存。目前，發表於學術期刊上的茅盾研究論文大多數已經可以在電子互聯網上查閱。但大多數茅盾研究的單行本著作既很難在一般的圖書館中找到紙質文本，也沒有被收入電子書庫。這對今後的茅盾研究顯然是非常不利的。因此我們很早就有將茅盾研究單行本著作集中重版以便查閱的設想。但由於學術著作市場狹窄，出版社顧慮到經濟效益，沒有經費補貼多不願承接這一出版工程。去年 12 月的一個偶然機會，我們有幸結識了臺灣花木蘭文化出版社的杜潔祥總編。杜總編學識淵博，坦誠直爽，雖身在市場，卻對文化事業富有熱情。只經過簡短的交流，我們就與杜總編達成共同編輯出版《茅盾研究八十年書系》的初步意向。隨後，我們便請中國茅盾研究會秘書長許建輝研究員與茅盾研究單行本著作的作者聯繫。令人欣慰的是，絕大多數作者給予我們熱情的回應。

本《書系》共收茅盾研究單行本著作 49 種。這些著作以專題性論著爲主，也包括少量其他類型的著作，如論文集、回憶錄、傳記、年譜和茅盾研究目錄彙編等，這裡收錄的回憶錄有葉子銘著《夢回星移——茅盾晚年的生活見聞》，韋韜、陳小曼著《父親茅盾的晚年》和《我的父親茅盾》；以已版著作爲主，也包括少量新著，新著如李廣德的《茅盾及茅盾研究論》、李繼凱的《「師者」茅盾先生》、崔瑛祐（韓國）的《左翼文學論爭中的茅盾》；以中文原版著作爲主，也包括少量譯著，譯著如楊玉英新譯的斯洛伐克學者馬立安・高利克的《茅盾與中國現代文學批評》。

在《書系》中，問世最早的是 1931 年 12 月出版的《茅盾評傳》，而幾部新著則剛剛殺青，中間跨越的時間達 80 餘年。需要說明的是，《書系》所收並非 80 餘年茅盾研究單行本著作的全部。首先，普及性著作不在收錄範圍。其次，有些重要著作如孫中田著《論茅盾的生活與創作》和《圖本茅盾傳》，因作者與其他出版社有版權約定而不能收錄。再次，有些著作特別是國外學者的著作和多人論文集因聯繫作者困難而只好放棄。第四，有的著作因字數過少而割愛。如新文藝出版社 1958 年 3 月出版的王西彥的《論〈子夜〉》，就因只有兩萬五千字，很難與《書系》中其他著作使用同一開本重印而忍痛捨棄。如此遺珠棄璧，同仁難免扼腕興嘆，但在我們卻均屬無奈。不過可以告慰同仁的是，這部《書系》已經彙集了大部分重要的茅盾研究單行本著作。

《書系》對所收著作不分類型，不論語種，均按出版時間先後排序，以便讀者把握茅盾研究的歷史脈絡。對於已版著作，我們主張不加修訂。作者認爲確有必要修訂的，我們也要求以適當形式加以標明，以便讀者瞭解原作的歷史面貌。

這部《書系》得以編輯出版，首先要感謝與我們真誠合作的臺灣花木蘭文化出版社的杜潔祥總編、高小娟社長和楊嘉樂主任。從他們身上，我們感受到義利兼顧的儒商風範。還要感謝將自己殫精竭慮，嘔心瀝血寫成的著作不計報酬地提供給《書系》的諸位作者。從他們身上，我們體會到注重形而上追求的學者品格。另外，中國茅盾研究會顧問，廈門大學文學院教授莊鍾慶先生熱情地爲我們提供了不少重要信息，福建師範大學文學院汪文頂教授也爲我們做了許多聯繫工作。在此一併表示我們的謝意。

2013 年 11 月 26 日改定

《茅盾研究八十年書系》書目

第 一 冊　伏志英編　茅盾評傳

上海現代書局 1931 年 12 月版

第 二 冊　黃人影編　茅盾論

上海光華書局，1933 年 2 月版

第 三 冊　吳奔星著　茅盾小說講話

上海泥土社 1954 年 3 月初版

茅盾小說講話

四川人民出版社 1982 年 8 月再版

第 四 冊　邵伯周著　茅盾的文學道路

長江文藝出版社 1959 年 5 月版

茅盾的文學道路

長江文藝出版社 1979 年 11 月修訂版

第 五 冊　葉子銘著　論茅盾四十年的文學道路

上海文藝出版社 1959 年 8 月第 1 版

論茅盾四十年的文學道路

上海文藝出版社 1978 年 10 月第 2 版

第 六 冊　〔斯洛伐克〕馬立安・高利克著、楊玉英譯

茅盾與中國現代文學批評

1969 年出版英文版，2013 年新譯

第 七 冊　莊鍾慶著　茅盾的創作歷程

人民文學出版社 1982 年 7 月版

第 八 冊　葉子銘著　茅盾漫評

百花文藝出版社 1983 年 6 月版

第 九 冊　朱德發、阿岩、翟德耀著
茅盾前期文學思想散論
山東大學出版社 1983 年 8 月版
第 十 冊　莊鍾慶著　茅盾史實發微
湖南人民出版社 1985 年 2 月版
茅盾的文論歷程
上海文藝出版社 1996 年 7 月版
第十一冊　孔海珠、王爾齡著　茅盾的早年生活
湖南人民出版社 1986 年 8 月 1 版
第十二冊　萬樹玉著　茅盾年譜（上）
浙江文藝出版社 1986 年 10 月版
第十三冊　萬樹玉著　茅盾年譜（下）
第十四冊　邵伯周著　茅盾評傳（上）
四川人民出版社 1987 年 1 月版
第十五冊　邵伯周著　茅盾評傳（下）
第十六冊　李廣德著　一代文豪：茅盾的一生
上海文藝出版社 1988 年 10 月版
第十七冊　李　岫著　茅盾比較研究論稿
北岳文藝出版社 1988 年版
第十八冊　王嘉良著　茅盾小說論
上海文藝出版社 1989 年 8 月版
第十九冊　丁亞平著　一個批評家的心路歷程
上海文藝出版社 1990 年 11 月版
第二十冊　孫中田著　《子夜》的藝術世界
上海文藝出版社 1990 年 12 月版
第二一冊　史瑤、王嘉良、錢誠一、駱寒超著
茅盾文藝美學思想論稿
杭州大學出版社 1991 年 3 月版
第二二冊　葉子銘著　夢回星移——茅盾晚年生活見聞
南京大學出版社 1991 年 4 月版
第二三冊　羅宗義著　茅盾文學批評論
廈門大學出版社 1991 年 8 月版

第二四冊　李廣德著　茅盾學論稿

香港正之出版社 1991 年 8 月版

第二五冊　黎舟、闕國虬著　茅盾與外國文學

廈門大學出版社 1991 年 8 月版

第二六冊　金韻琴著　茅盾晚年談話錄

上海書店 1993 年 12 月 1 版

第二七冊　丁爾綱著　茅盾的藝術世界（上）

青島出版社 1993 年 12 月版

第二八冊　丁爾綱著　茅盾的藝術世界（下）

第二九冊　李庶長著　茅盾對外國文學的借鑒與創新

山東大學出版社 1993 年 12 月版

第三十冊　唐紀如著　茅盾的創作個性

廈門大學出版社 1993 年 12 月版

第三一冊　丁柏銓著　茅盾早期思想新探（上）

廈門大學出版社 1993 年 12 月版

第三二冊　丁柏銓著　茅盾早期思想新探（下）

第三三冊　丁爾綱著　茅盾　孔德沚

中國青年出版社 1995 年 1 月版

第三四冊　黃侯興著　茅盾——「人生派」的大師

山東人民出版社，1996 年 3 月版

第三五冊　唐金海、劉長鼎主編　茅盾年譜（第一冊）

山西高校聯合出版社，1996 年 6 月版

第三六冊　唐金海、劉長鼎主編　茅盾年譜（第二冊）

第三七冊　唐金海、劉長鼎主編　茅盾年譜（第三冊）

第三八冊　唐金海、劉長鼎主編　茅盾年譜（第四冊）

第三九冊　唐金海、劉長鼎主編　茅盾年譜（第五冊）

第四十冊　鍾桂松著　茅盾傳　東方出版社 1996 年 7 月版

第四一冊　楊　揚著　轉折時期的文學思想——茅盾早期文學思想研究　華東師範大學出版社 1996 年 10 月版

第四二冊　歐家斤著　茅盾評說　上海學林出版社 1997 年 10 月版

第四三冊　丁爾綱著　茅盾評傳（上）

重慶出版社 1998 年 10 月版

第四四冊　丁爾綱著　茅盾評傳（中）

第四五冊　丁爾綱著　茅盾評傳（下）

第四六冊　宋炳輝著　茅盾：都市子夜的呼號

上海教育出版社 2000 年 5 月版

第四七冊　丁爾綱著　茅盾：翰墨人生八十秋（上）

長江文藝出版社 2000 年 12 月版

第四八冊　丁爾綱著　茅盾：翰墨人生八十秋（下）

第四九冊　鍾桂松著　二十世紀茅盾研究史

浙江人民出版社 2001 年 3 月版

第五十冊　翟德耀著　走近茅盾

中國文聯出版社 2001 年 3 月版

第五一冊　龔景興編　二十世紀茅盾研究目錄匯編

中國文聯出版社 2001 年 8 月版

第五二冊　韋韜、陳小曼著　我的父親茅盾

遼寧人民出版社 2004 年 2 月版

第五三冊　周景雷著　茅盾與中國現代文學

中國社會科學出版社 2004 年 4 月版

第五四冊　丁爾綱、李庶長著　茅盾人格

河南人民出版社 2004 年 12 月版

第五五冊　韋韜、陳小曼著　父親茅盾的晚年

文化藝術出版社 2008 年 6 月版

第五六冊　王嘉良著　藝術範型與審美品性——論茅盾的創作藝術與審美理論建構　上海文藝出版社 2008 年版

第五七冊　李繼凱著　「師者」茅盾先生

第五八冊　李廣德著　茅盾及茅盾研究論（上）

第五九冊　李廣德著　茅盾及茅盾研究論（下）

第六十冊　崔瑛祐著　左翼文學論爭中的茅盾（1928～1937）

茅盾評傳

伏志英 編

作者簡介

伏志英，目前學術界尚無關於他的生平資料。據收入本書中他所寫的《序》、《茅盾傳》和《茅盾先生著譯書目》來看，他對當時文壇情況比較瞭解，也具有敏銳的文學眼光，但對茅盾生平並不十分熟悉。估計他與茅盾的關係並不密切。

提　要

本書最初由上海現代書局於 1931 年 12 月出版。翌年，上海現代書局又出版了該書的第二版。第二版與第一版文章內容沒有變化，只是文章的排列次序稍作了調整，將《序》移到「目次」之後。1936 年 7 月，該書又由開明書店出版第三版。第三版與上海現代書局出版的前兩版內容仍無變化，但文章排列次序再次作了調整，將《序》和《茅盾傳》一齊提到「目次」之前。

這部《茅盾評傳》，並不是嚴格意義上的作家評傳，而是一部茅盾研究的論文集。該書共收自 1928 年至 1931 年報刊上發表的評論茅盾作品和文學主張的論文 22 篇，另編入編者所作《序》、《茅盾傳》和《茅盾先生著譯書目》，並將茅盾的《從牯嶺到東京》和《讀〈倪煥之〉》兩篇文章作爲附錄收入。書後還附有《本書各稿曾在他處發表者》一文，標出 22 篇論文的發表報刊名稱。

這是茅盾研究的第一部單行本著作。其中許多文章對茅盾創作給予了很高的評價，認爲茅盾是一位富有時代性的作家，技巧純熟，觀察深刻，「確能捉住那一時代的核心」。也有一些文章對茅盾《蝕》三部曲和茅盾的文學主張作了嚴厲批評。觀點雖然不同，但所有文章都有很強的歷史現場感。

此次重印依據上海現代書局 1931 年 12 月初版本。

序

伏志英

茅盾先生是一個富有時代性的作家，他以一九二六年的中國革命高潮的某一部分的現象，寫作了《幻滅》，《動搖》，《追求》，時代反映的三部曲。而一鳴驚人的。

他技巧的純熟，觀察的深刻，確能捉住那一時代的核心，如小資產階級對於革命的幻滅與動搖，女性的脆弱，投機份子的醜態，以及病態的青年男女心理，表現得都有相當的成就。以後，繼續寫了一部《虹》，在結構上是不及前者，至於短篇，如《一個女性》，則爲希有的力作。

自從他發表了從《牯嶺到東京》，曾引起不少的回響，有的站在無產階級的立場說他是祇有灰暗沉重的現實，幾乎再不能對他有什麼希望了；而一般未能把握住時代意識者，亦以文藝「發展自我」的論調，強欲挽回頹運，見解雖各不同，但茅盾先生在中國文藝界的地位是怎樣的重要，是可以想見的了。

本書關於批評茅盾先生作品的，以及批評茅盾先生理論的文字都收集在這裡，篇末並附茅盾先生的答辯式的文字，兩相對照，讀者藉此可窺見全豹。

謹以此書獻給關心茅盾先生的讀者。

伏志英，一九三一，十，卅日於上海

目次

茅盾傳

伏志英

茅盾先生，爲沈雁冰先生的筆名，浙江桐鄉人，五四運動的時候，即揭竿而起，提倡新文藝，不遺餘力。在北平和鄭振鐸周作人諸氏組織文學研究會，和創造社遙遙相對立。後南下主持《小說月報》編輯事務，鼓吹自然主義，介紹海外文壇消息。當時新文學尚在啓蒙時代，得力殊多。一九二四年，辭《小說月報》事，在滬從事革命的實際工作。一九二六年，北伐軍進抵海上，於是輾轉而至武漢，任政治部宣傳職務，常在《中央日報》附刊發表文章。武漢政府分裂後，遂奔廬山，這時，正是由幻滅而動搖，由動搖而追求的時期。在廬山居未久，重來上海，閉門三月！三部作始成大半。一九二七年往日本東京，寫《從牯嶺到東京》，引起劇烈之筆戰。現已回國。筆名除茅盾外，有丙生，蒲牢，玄珠，方璧，MD 等。

茅盾的三部曲

復　三

讀《達夫代表作》序，知道作者將有製作一三部曲的企圖。可是引領望到現在，只有《迷羊》給了我們了，其餘還杳然，那知在這其間，一位素無聲息而現在一鳴驚人的茅盾，倒確實地已供示在我們的面前！

作者茅盾究竟是誰，可惜我不是文壇上的一位角色，所以至今還不明瞭他眞實名姓。（這是欲瞭解作品內容的很重要的條件）但我可自信這推度不會去事實極遠的：作者必也是個曾參預實際工作的一員戰士，所以才能這般忠實地握住時代，表現時代，而且深入時代的核心。

不用說，第一部《幻滅》，是寫著在革命前期青年的迷惘，摸索的苦悶。書中靜和慧兩個性格不同的主人公，已表現出這時代青年的心理和生活的態度來。到了《動搖》可以說青年的思想和生活，已明顯地界分了三種：代表新派的是孫舞揚，是一種已認識了時代，認識了生命，勇敢地謀澈底的革命的青年。恰恰相反的是方太太，完全表現一種躊躇的，退縮的，落在時代後面的青年。介乎兩者之間的是方羅蘭，那種懷疑，妥協，進退失據的態度，正是革命期中一般所謂「騎牆派」者的現象，革命失敗了。不要說如方羅蘭輩感到深深的灰色的失望，就是如孫舞揚那般熱烈的，勇敢的青年，此時也會因突然失卻了現實「黃金世界」的幻象，而沈於極度幻滅的悲哀，時代既突變，生活又失了羅針。「現代人」之需要強烈的刺戟和肉慾的歡樂，於是在胸中漸漸滋長。生活乃一變而浸沉於灰色的，極度的肉的縱慾中。雖在這灰色的，縱慾的生活中，尙有青年的未燼之生命之火在內中燃燒，所以是時時掙扎著，企圖追求最後的憧憬，以自慰自欺這自己已創傷的心。可是青年終究是青年，終有某種的缺點，在於最普偏的所謂意志薄弱和理想過高；而且命運又這樣的喜於弄人，所以雖穩健如仲昭者，也到底不能免意外之虞，更不必說如章女士的這般人，——這《追求》就是描繪著革命失敗後青年的灰頹生活和各各不同的心裏變態。

這是三部曲連綴著一線的思想。雖是三部表現的是三個時期，用了三個題目，其實通篇寫的只是幻滅的悲哀；而且把「我們的時代，」很扼要地詳細的刻劃出來，想來大家都可以見到吧！

「文學應該抓住時代，」在文壇上早已也正在吶喊著，可是究有多少作家是循著這軌道做去？又有多少作品獻給我們？這三部實在是沙漠中希有的，寶貴的綠洲了，而且牠還有牠更大的使命，價值和位置的。

如果說文藝的使命，不僅是反映時代，還能影響時代，其內容不僅再現過去，還要預示未來，那麼我相信——至少在這三部曲自有牠永久的價值，在中國文學史上也佔有特殊的位置。我們都知道在一九〇五年以前的俄國，阿爾志跋綏夫已預感著俄國青年將轉變方向，所以寫了一冊 Sanin，以預示青年將浸沉於極端的官能的享樂，果然，不久，一九〇五年後的俄國青年，都走上這頹廢的肉的享樂之路，看看我們目前的中國情形——這無庸我再說的，如章女士和史循輩只握住目前刹那間的肉的快樂，不也正是步著那時代的後塵了嗎？在這一點，預感著青年生活趨向的一點，作者是已經成功了。而且我們還想吧，屠格涅甫六部偉著的內容是怎樣的？及於當時俄國青年的影響是怎樣的？果然我不敢說這三部曲於我們中國青年會有若何大的影響，可是也說不定在最近的將來，青年的生活或將因而起變化，就是退一步說是對時代不負影響的使命，則十六年時代整個社會的面目也已深深地描繪在紙上了。——我所說的自有牠永久的價值，大概不算過分吧。

而且我們目前文藝之園不也和一八四八年間俄國的相似嗎？雖然還沒有如尼古拉那樣專橫連文藝之園也經他強暴地踐踏，可是青年因沒有在政治上插身地而都從事開墾藝術的園地的一點，不是正相同嗎？本來中國的文藝之園，不論在那方面，在這二十世紀將開絢爛之花，照耀全世界，勢不再待了。那麼目前因政治關係，青年們都參預開懇文藝之園地，則這一八五五年俄國文藝的黃金時代，大概也不會遙遠了吧。而這「黃金時代」的曉鐘，捨了這三部曲，還有誰足以發更大的洪聲？眞的，再待誰來佔這中國文學史上特殊的位置？

或者在「革命文學家」者看來，其內容未免多不合於他們所提倡的原則吧。其實所謂「革命，」原像個「塔，」眞眞覺悟的，自動的，領導的，只見塔的頂尖，佔極少數。壓迫階級不必說，說是具著革命可能的被壓迫階級，也需少數眞眞覺悟者的領導，才能發出力量。而這少數的塔頂，就是那具有熱情的革命的「印貼利追亞」的青年，作者能見到這一點，所以就扼要地表現出來。而讀者呢，也大都是革命的「印貼利追亞」，所以更感到濃厚的興趣。我以爲這正是更增加牠偉大的價值。

呵，在這不到一年間，作者已給我們樹了幾株稀有的喬木在文藝之園中了。我們再望吧，望著這園將更開徧絢燦之花，閃耀於全世界！

附：我所見於茅盾的作品，還有《自殺》和《創造》兩篇。前者寫一對舊勢力既沒反抗的勇氣，又無突入新社會的毅力。結果只有自殺了的母子。後者寫一段方羅蘭似的男子，既不滿於自己妻的落伍，於是設法改造。那知後來又嫌妻之跑得太快。結果又是懷疑苦悶。茅盾的思想可以說是一貫的。都是寫著幻滅、矛盾，新舊衝突的悲哀苦悶。因爲這兩篇不及那三部曲的重要，所以不再詳細介紹，僅在此處約略提及。雖然這也是兩顆極珍貴的寶石。

一九二八，一〇，二七松江。

茅盾創作的考察

賀玉波

序　引

茅盾是個經歷從一九二六年起的中國革命運動的作者，據說他先前曾編過某種文學雜誌，隨後赴廣東教書（？），又轉赴武漢辦報，實地經驗當時的革命生活。後來因病赴牯嶺養病，病愈渡海久住東京，一直到去年才回國。他的創作有三本：《蝕》（分《幻滅》，《動搖》，《追求》三篇。通稱《茅盾三部曲》），《野薔薇》，和《虹》。此外還有文藝理論，就是：《從牯嶺到東京》，《寫在〈野薔薇〉的前面》，和《讀〈倪煥之〉》。

他的作品的特點就是染有濃厚的時代色彩，專門借了戀愛的外衣而表現革命時代裏的社會現象，以及當時中國的一般革命事實，革命後的幻滅，動搖，和悲哀。而青年男女的戀愛心理的分析，尤其是他的特長。不過所描寫的戀愛心理大都帶有感傷的病態的成分。他最歡喜以女子作小說的主人公；尤其歡喜描寫帶有世紀末的頹廢思想的女性典型。

他所描寫的人物全是一般染有濃厚的時代色彩的青年，而富有一種沒落，幻滅，感傷的情調。描寫偏重於心理方面，也可說這就是他的特點。至於技巧卻是客觀的舊寫實主義，因之在描寫方面發生了許多令人不十分滿意的地方。現在且分開來考察他的創作。

一、《幻滅》

故事的述略

靜是 S 大學的學生，住在校外。她的女友慧女士從外國回到上海，來到她的寓所訪問。慧是個飽嘗愛情的辛酸的人，對於男子極端地不信任，採一種玩弄報復的政策。在言談之間，靜不知不覺多少受了她的影響。靜的男同學抱素第一次來訪她，利用同學所造他倆戀愛的謠言，來試探她的態度。他是個虛僞的，戀愛狂的，說話迎合女子心理的青年。但是這時靜對他沒有愛的表示。

慧因爲一時難找到職業，又不見容於她哥嫂，便搬到靜的寓所同住。抱素常常藉故在靜處來往，因之又愛上了慧。他們三人到影戲院去過，鬧過很短期間的三角戀愛。但是抱素竟丟開了靜，而一心追逐慧了。他們在法國公園內共餐，談心，擁抱，接吻，鬧了一幕戀愛的喜劇。慧畢竟堅守自己的主張，對抱素決不表示好感，只求敷衍。而抱素同時又因探得了她以前的秘密，便和她決裂，因此她突然別了靜，離開上海回去了。

於是，抱素又繼續向靜進攻。他用了乖巧的言語和手段，竟在靜處過了一夜，把她騙上了手。誰知道在第二天她從他遺留在桌上的記事冊中發現了他的秘密。原來他是有愛人而把她拋棄了的，並且又是個軍閥的暗探，她從此陷入幻滅的悲哀了。便裝病進了醫院，以避抱素的糾纏。到進醫院的翌日，她果然病了。患的是腥紅熱。在醫院中，靜遇見了 S 大學的同學史俊，李克，趙赤珠女士，王詩陶女士等。因了史俊的慫恿，靜便和他們往武漢去做革命工作。因此她又重復鼓舞起來了。在那兒，她遇見了慧女士，她們都是做革命工作的同志，時相來往。

在工作時期，靜窺知了政治人物的醜態，並且感到了自己工作的不滿，曾幾次陷入了幻滅的悲哀。後來，經慧女士的介紹，在傷兵病院當看護婦，在這兒，認識了年輕的強連長。他是個未來主義者，是爲戰爭而戰爭的。她愛上了他，而他也愛上了她，於是他們兩人相約而赴廬山去度蜜月。在山上，靜的精神非常興奮，和強連長過著強烈的肉的生活。此外，她有許多新的憧憬。可是，強連長因爲未曾脫離軍籍，又被武裝同志邀赴戰場，做他那未來主義者的夢去了。而靜從此便跌入了深坑。她屢次追求新的憧憬，結果，屢次感到幻滅的悲哀。

思　想

「……題目是《幻滅》。描寫的主要點也就是幻滅。」這是作者的自白。一點不錯，《幻滅》給與我們的印象只是一個幻滅罷了。全篇只充盈了濃厚的灰色的悲哀。作者借了一個小資產階級的女子而描出小資產階級對於革命的幻滅的心理。他的表現方法對於他自己可算是成功的，因爲他始終不曾越過題目之外。他說過「我有點幻滅，我悲觀，我消沉，我很老實的表現在三篇小說裏。」於是便把《幻滅》弄得幻滅，悲觀，消沉了。

從一九二七年起，在革命的浪潮中，政治上發生了幾次變化，有一般意志不堅強的青年對於革命感到了懷疑。因懷疑的結果，他們徘徊於歧途，莫知所從，而畢竟感到幻滅的悲哀。因爲他們所處的地位是非常動搖的，因之時常輾轉於革命或反革命的戰線中，甚至結果完全退縮，離革命的陣線很遠，而獨自做他們幻滅的好夢。作者就是以這種心情而寫成這篇作品的。所以所表現的完全就是些意志不堅強的青年在革命浪潮中的可笑的游離和幻滅的心理。

作者站在他自己的地位上，拿了客觀的寫實主義的照相機，而對革命浪潮攝取了一斷片——一般猶豫青年對於革命的幻滅、卻疏忽了其他的部分——一部分繼續奮鬥，努力於革命的勢力。即使僅僅攝取那一斷片，也不失爲妥當的材料，只要他所站的立場正確。但是，他不是這樣，於是產生了一篇消沉，悲觀，充滿了灰色幻滅的作品，而這種作品卻在革命勢力中散佈了大量的毒氣，使一部分意志薄弱的革命戰士灰心而退縮。這就是作者留給我們的壞影響了！

技　巧

從第一章至第八章描寫主人公靜的學校生活。慧女士是作者用來和靜對照的，前者是「老練精幹的，」（P.97）所說的話語「剛毅有決斷而且通達世情，」（P.98），後者是「怯弱，溫婉，多愁，而且沒主意，」（P.97）不過兩者都是嬌貴的小資產階級的女子。第一章至第三章寫靜，慧，抱素三個人的關係。第四章是說抱素丟了靜而去愛慧，其用意也是在靜愛抱素的事實之前，以表示慧與靜兩人對男性的態度不同。第五章太壞，寫得太注重於側面了。若不是爲了說出幾個與第十一章有關的人物的緣故，這章簡直無加入之必要，第六章是比較好的一章，佈局也算適當。第七章則於情理不合，事實變化得太快；以抱素那樣精明的人，決不會粗心至此，竟將記事冊以及祕密信件遺掉在靜處。這兒有作者故意賣弄結構手腕的樣子，其實是他的毛病。第八章是以後各章的橋樑。從第九章到第十四章是寫靜的革命生活。第九章的誓師典禮寫得太草率，內容也過於簡單。第十章諷刺政治人物的醜態，恰到好處。第十一章又無多大關係，不過是引出後三章的線索罷了。第十二章情節還好，尤其以寫強連長的戰場經過語爲最好。第十三章寫得平常，作者應該在此提出緊張的軍事行動，以產生下章，但他沒有顧及，這是失敗的地方。最後一章也只是淡然。總之作者的精神似乎集中在前八章，而疏忽了以後各章。爲了讀者明瞭這篇事實的結構起見，列一圖解如下：——

圖　甲

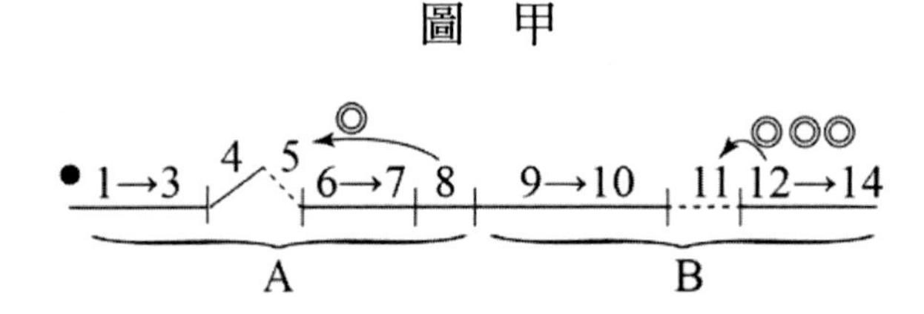

〔附註〕數字代表章數，斜線表示離了主人公的描寫，虛線表示不重要的情節，箭頭表示下章的出處，雙圈用作重心的符號，英文字母代表兩部。

圖　乙

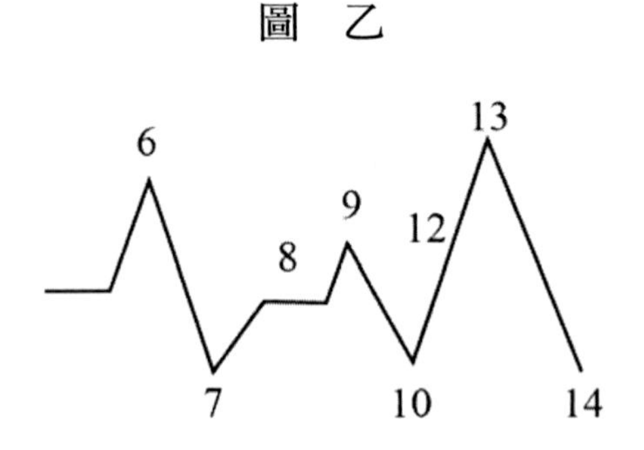

〔附註〕圖乙是顯示這篇作品中的 Climax 的。

作者對於人物個性的描寫很是不差，像靜那種嬌羞，溫柔，沒主意的性情到處都可以碰到。慧女士我們一見便知道她是個比較靜老於世故的女子。她不容易上男子的當。抱素那種虛僞，卑鄙的態度也寫得很適當。至於小資產階級女子的脆弱心理的描寫，作者更其擅長。不過使我們失望的就是他每每參加些主觀的語句，不免損傷客觀描寫的眞實。譬如「我們的『小姐』愕然了，」（P.15）「我們看見他們三人坐在一排椅上，」（P.20）「但是你也不能說靜女士不美……你終於受了包圍，只好『繳械處分』了，」（P.21）「深深噓了口氣——你幾乎以爲就是嘆息。」（P.30）等等就是帶了主觀性的語句，這些都是應該避免的。

二、《動搖》

故事的述略

（一）關於劣紳胡國光　胡國光的家庭的醜態，姨太太的卑劣行爲，兒子胡炳的不肖。他自己想攢入商民協會這種投機的情形。雖然與王榮昌店主王泰記商議，買該店之名而爭選商務委員，但以他人反對，終未成功。以後又利用店員加薪運動、冒充革命份子，以特派員史俊之提拔而充當縣黨部常務委員。與陸慕游勾結，而利用劣紳地痞與方羅蘭派爭權。以至弄得縣城大紛亂，人民非常恐慌。後又暗通敵軍。

（二）關於方羅蘭　方羅蘭是縣黨部委員兼商民部長。他是個沒有才幹的人。有兩事可以證明。一，他對於店員風潮無定見，而且自己對於政治工作已發生動搖，以至像胡國光那樣投機的份子，竟讓他混入黨部，而不去設法控制。二，他已發見他的太太的肉體不能滿意，而有迷戀婦女協會的孫舞陽之野心。但終竟沒有勇氣對他太太說出眞情，鬧得家庭時起風波。幸得孫舞陽是個浪漫的女子，肉體雖可以讓男性擁抱，卻不一定就誠心去戀愛。後來方羅蘭看出她的眞性來，才摒棄追逐她的野心，他無論對於政治或家事都沒有定見，徬徨於歧途，而自己發生動搖。

（三）關於孫舞陽，張小姐，劉小姐　孫舞陽是個浪漫成性的女子，和《幻滅》中的慧女士同一模型。她在婦女協會辦事，對於革命工作亦無多大能力，反之，對男性的誘惑則十分露骨。她愛方羅蘭，又不忍他和太太離婚。她是個玩弄男性的女子。張小姐和劉小姐都是些閨秀之類的人物，雖列身於婦女部，也不過只做了一種點綴而已。

（四）關於史俊和李克　史俊和李克都是省方前後派來的特派員；前者是來解決店員風潮的，而後者是來解決胡國光派所主動的農協的動亂的。史俊是個胡鬧的沒有見識的人，所以他推薦了胡國光作縣黨部常務委員。李克呢。卻與他相反，在解決糾紛之後，竟主張查辦胡國光。但他因此便挨了一頓飽打。（其他人物的事跡不甚重要，故略）

思　想

一九二七年確實是中國革命運動瞬息變化的一個時期。那時革命運動失去了正確的引導，一時向左轉，左到亂殺亂搶，甚至於強迫地推翻了一切傳統的風俗禮教；一時向右轉，右到從事報復，亂殺亂搶，又演了一幕，甚至於稍帶有解放的新思想或新行爲的人都要橫遭殺戮和監禁。不消說。青年處在這個時期，實在萬分危險，有左右爲難之苦。同樣，一般黨務政治工作人員也感到這樣的危險。於是，他們自己對於革命起了動搖，幻滅而消沉。

作者在這篇裏所描寫的就是這種動搖，即是「革命鬥爭劇烈的從事革命工作者的動搖。」胡國光就是激烈派的一個例子；眞正的主人公，如作者所說，卻是方羅蘭。他不但對革命工作以及自己的思想發生了動搖，而且對於戀愛也同樣發生了動搖。篇中從事革命工作的人物完全是動搖份子。他們爲了一時自己的利益或興奮而去革命，一到與他們自己有衝突的時候，他們便發生了動搖，而幻滅，而退縮，這原是猶豫份子的劣根性。那時候的革命人物似乎完全是這樣的。作者能把他們的動搖心理明晳地分析在這篇裏，是很難得的。不過作者所描寫的只是一羣猶移的革命青年，而疏忽了一部正在鬥爭中的毫未發生動搖的眞正革命者，以及無數能革命但因被迫以至頹喪的青年，當然，對於革命沒有深刻認識而且尙未改變猶移心理的這種人所領導的革命是脫離了革命的正軌的。在這種革命中，只充滿了投機與動搖，可是眞正的健全的革命人物，定相反的。他們認得清時代的變亂，瞭解革命與反革命，因之在劇烈的革命鬥爭的時期，他們不但不動搖，反而增加了革命的勇氣。可惜作者不曾見到這一面！這是一定的，因爲他描寫這篇所站的立場與描寫《幻滅》所站一樣的緣故。

技　巧

全篇以戀愛和革命兩事件爲題材，結構複雜，相互穿插，使人初看摸不清頭腦。我們如果用科學方法來解剖這篇結構，則得以下兩個圖解，一，以人物爲主的（如圖丙）；二，以事件爲主的（如圖丁。）

圖　丙

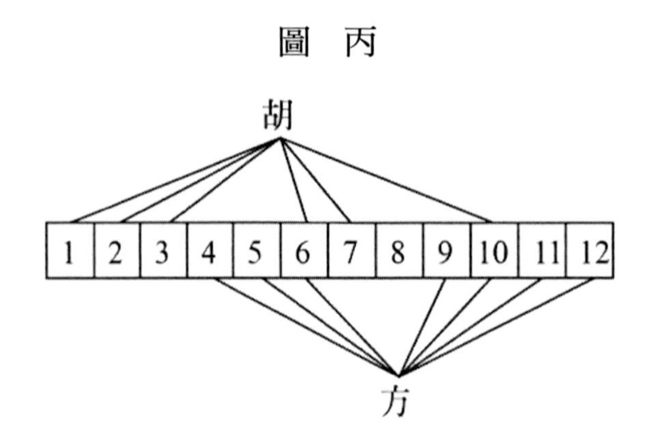

圖　丁

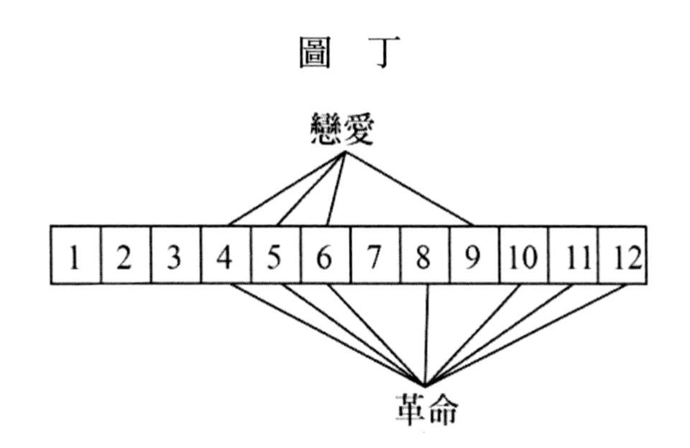

〔附註〕數字代表章數，加在章上的線表示在此章所發生的事體。

此外有許多附屬的情節，無須一一敘出。全篇的重心在第九，十，十一這三章。

作者處理這樣廣大題材的方法，已現出了許多破綻。因爲所描寫的主要人物有好幾個，同時因爲附屬的情節太多，自然免不了顧此失彼的疏忽。我現在把牠們舉出來，認爲是有考慮之必要的。第三章內陸慕游父親與錢學究談世事一段可刪去。第四章內方羅蘭和胡國光兩人的描寫應該分作兩章，或另與他章相併。同樣，第四章從 P.164 第 6 行起應該分開作另一章。首段的作者的說話太糟糕，是一種結構上的梗塞，應刪去。但 P.42 的省略法最好，爲一般作者少有的技巧。第七章描寫得不近人情；像陸慕游初見寡婦錢素貞時便和她吊上立即性交，這種情節是不會有的。又 P.221 方羅蘭上街打聽軍事消息這節也不合理；以他那樣黨部要人，對於附近的軍事消息，焉有不知的道理。這些雖然是小節，卻影響於全篇。

這篇人物的個性描寫很好。「胡國光一臉奸滑」（P.35）「王榮昌通身俗骨」（P.35），方羅蘭的改良主義以及思想的動搖等描寫都是作者値得誇口的。尤其是青年男女的戀愛心理分析得無微不至。至於描寫女性的嫉妒心理也很洽情，如（P.155）的一段對話是很有趣味的：

「你究竟愛不愛孫舞陽。」

「說過不止一次了，我和她沒關係。」

「你想不想愛她？」

「請你不要再提到她，永遠不要想著她。不行麼？」

「我偏要提到她。孫舞陽，孫舞陽……」

總之，這篇雖然有許多缺陷，但在現代我國的文學作品中，實難找到幾本有同樣價值的。因為一九二七年來幾年的中國革命的實況被作者抓住了一部分，而反映在這篇中了。

三、《追求》

故事的述略

全篇分為八章，是描寫一羣對於革命生活起了幻滅而又不甘墮落各自追求的青年。主要的人物有三對，為便利起見，我們不按章次，只根據人物而把故事簡單地說明吧。首先從王仲昭和陸俊卿女士說起。仲昭為了一個新的憧憬——他的愛人陸俊卿——而努力於新聞事業的改革，希望以此獲得愛人的歡心。他是個腳踏實地的半步主義者，不好高騖遠，只求在事實有著慢慢的進展。但是，他改革新聞的計劃終於失敗了，這是他事業上的追求的失敗。到後來他所追求快到手的愛人竟遇險傷頰，改變了原來的面目。

其次就是張曼青和朱近如女士。曼青主張在教育事業上努力，以教育改革紛亂的社會問題。同他的理想的妻子以刻苦，沉著，切實做人的女性為合意。他以這標準而去尋找戀人。他找到了先前有過一度關係的章秋柳女士，但她終竟是個放浪不羈的女性，不合他的選擇。最後他找到同事教員朱近如女士。他倆結了婚。但在婚後不久，曼青便覺得他的新夫人於自己的理想不合，而追求的所獲的不過是一個饒舌的，刻薄的，嫉妒的女性。在事業和戀愛兩方面的追求，他完全失敗了。

最後要講章秋柳女士和史循。章女士是個放縱的神經質的女子。她要求強烈的肉的刺激，只顧現在，不管將來。她和《幻滅》中的慧女士，《動搖》中的孫舞陽女士有著同樣的性格：就是對於男性採用玩弄的政策。她為了領略異樣刺激的緣故，進過跳舞場，和男性發狂般地接吻，擁抱，以得到肉的快感。在許多朋友之中，她因為好奇心的驅使，竟愛上了自殺未成的頹廢的史循。她想以她自己的迷人的女性肉體去把史循從頹廢中拯救過來，但是在他們兩度的狂歡後，史循竟因暴疾而死了。於是，她的追求也終歸失敗。

以上是全篇所描寫主要題材，以外尚借了不少的情節來點綴，如：史循的自殺。章秋柳女士玩弄男性的喜劇，章女士，朱女士和張曼青的三角戀愛關係，以及史循和章女士在吳淞旅館的狂歡等等，要之，這些不過用來以造成全篇罷了。

思 想

> ……所以不能進行得快，就因爲我那時發生精神上的苦悶，我的思想在片刻之間會有好幾次往復的衝突，我的情緒忽而高亢灼熱，忽而跌下去，冰一般冷。這是因爲我在那時會見了幾個舊友，知道了一些痛心的事，——你不爲威武所屈的人也許會因親愛者的乖張使你失望而發狂。這些事將來也許會有人知道的。這使得我的作品有一層極厚的悲觀色彩，並且使我的作品有纏綿幽怨和激昂奮發的調子同時並在。《追求》就是這麼一件狂亂的混合物。我的波浪似的起伏的情緒在筆調中顯現出來，從第一頁以至最末頁。
>
> ……他們都不甘昏昏沉沉過去，都要追求一些什麼，然而結果都失敗；甚至於史循要自殺也是失敗了的。我很抱歉，我竟做了這樣頹唐的小說……

以上兩段是作者在《從牯嶺到東京》一文中的自白。實在的，這篇的悲觀色彩過於濃厚了。作者好像在告訴我們一切世事盡是空虛的，是要走到幻滅的道路的。全篇的人物都似乎被殘酷的命運之神宰割著，他們雖有各自的個性，有的努力於事業，有的追求強烈的生活的樂趣，但結果，都被命運之神引向了幻滅死亡的道路。作者只看到了人生悲慘的一面，只顧有意地堆砌了一些失敗的事實，而組成一篇作品，以爲這是盡了纏綿幽怨和激昂奮發的能事；殊不知疏忽了人生光明這一面，把許多使我們進前的希望完全抹煞了，免不掉要受一種相當的責難。

假定人生眞地如作者所描寫的那樣幻滅，失望，試問我們一切的事業有什麼意義和價値可言？我們不必有什麼新的幢憬，只好坐待命運之神的驅遣。可是，事實上不是這樣！無論人生是怎樣痛苦，我們總是要向著光明的途徑去奮鬥。固然許多失敗了，但也有許多成了功。因了我們的這種奮鬥，人生才漸漸尋得了意義，像作者那樣的陰闇，幻滅的思想，只在青年的讀者中撒播了退縮墮落的種子，使他們對於腐惡的社會制度無所改革。

作者啊，請你眞地要「精神蘇醒過來」，「不再頹唐」，再不做那些賣弄技巧的把戲，「北歐運命女神 Verdandi 在你前面，你要切實地受她的督促和引導。」這是我仿效作者的語氣對他所要說的話。

技 巧

在結構方面，簡直找不出 Climax 來，比較《幻滅》《動搖》兩篇平淡多了。第一章只是全篇的序幕，所有的人物都給我們預先賞鑑一次。從第二章起才漸漸分述各人物的故事。一直到第八章，全篇才有個結束。這種結構太過於板滯，彷彿舊式作文法一樣，第二，三章寫得很好，不過後章裏史循的自殺未免太突然些。第四章沒什麼好處，僅僅描寫了章女士的個性，這章如果刪去，倒比較緊張些，我想。第五章還好，章朱兩女士個性的相差寫得很是生動。第六章又是無甚精彩的一章，由王詩陶女士口中述出趙赤珠女士的賣淫，至多不過給我們一點驚奇，對於全篇簡直無甚關係。第七章，照理本來應該很緊張的，但是作者的描寫卻失敗了。爲的是他寫得太過於淫蕩，竟有史循在性交前服丸藥這種情節，這與《性史》的文筆簡直差不多。最後一章不過只依照作者的素願，把三個主要人物的追求寫得失敗罷了，這就算結束了的全篇，讀過了整個故事，我覺得許多地方難以相信，作者的矯柔造作的痕跡在每頁中都可以體會得出來。這也難怪，他是收集了許多友朋的消息而湊成這篇的，難免一種不自然的樣子。

同上面兩篇一樣，作者分析青年男女的戀愛心理是非常適當的，尤其對於青年的病態心理。這篇若無這種精確的心理分析和美好的描寫，那簡直不成一篇東西了。史循的頽廢寫得很像，他對於一切都懷疑，所以他說過：「姓張的，要追求新的憧憬，教育；姓王的，正努力於自己認爲神聖的對象，姓曹姓章的五六個人要立社，不甘於寂寞；姓史的，卻在盤算著如何自殺。但在懷疑者看來，都不過是懷疑罷了。」（P.29）

> 在尚能享受生活的愉快的人，自然覺得生命無論如何是可以留戀的。像我，即使不自殺也不會活得長久的人，便覺得生活著只是多受苦罷了。我的盲腸炎奪去了我生活中的一切愉快。……
>
> 秋柳——以前，我曾經愛過，像你這樣的，一個人。爲了這愛，我戒絕了，浪漫；我，看見，一些光明。但現在，什麼都——完了，完了！

上面兩段是史循的自白。也就是他自殺的原因。對於一切懷疑抱悲觀的人而終竟自殺，這原是意中事。

章秋柳雖是一個富有世紀末的病態思想的女子，卻也非常豪爽，令人可親。從她整個的行爲看來，她確實是「……一個多愁善感的神經質的女子，又變成了追求肉的享樂的唯我主義者。」（P.98）「有膽量，有決斷，毫沒顧慮，強壯，爽快……」（P.174）也是她的個性的描寫。最好的則莫如她的自白，「覺得短短時期的熱烈的生活，實在比長時間的平凡的生活有意義得多……最強的信念，就是要把我的生活在人們的灰色生活上劃一道痕跡。……我的口號是：不要平凡。」（P.243）同時，她又主張「……女子最快意的事，莫過於引誘一個『驕傲』的男子匍匐在你腳下，然後下死勁把他踢開去。」（P.165）對她這樣的女子，我卻有種好的印象，這不得不歸功於作者的描寫。

至於這篇的主要思想可以從王仲昭所想的他們都是努力要追求一些什麼的，他們各人都有一個憧憬，然而他們都失望了；他們的個性，思想，都不一樣，然而一樣的是失望……（P.245）以及全篇最末尾的「你追求的憧憬雖然到了手，卻在到手的一剎那間改變了面目！」這兩句話看出來。

四、《野薔薇》

在批評這本短篇小說集之前，我們且看看作者的《寫在〈野薔薇〉的前面》；因爲在這文裏他顯示了今後創作的態度以及創作的哲學。

> Verdandi 是中間的一位，盛年，活潑，勇敢，直視前途；她是象徵了「現在」的。這便是南方民族的希臘人和北方民族的北歐人所表現的不同的原始的人生觀。現實的北方民族是緊抓住「現在」的，既不依戀感傷於「過去」，亦不冥想「未來」。
>
> 知道信賴著將來的人，是有福的，是應該被讚美的。但是，慎勿以「歷史的必然」當作自身幸福的預約券，且又將這預約券無限止地發賣。沒有眞正的認識而徒藉預約券作爲嗎啡針的「社會的活力，」是沙上的樓閣，結果也許只得了必然的失敗。把未來的光明粉飾在現實的黑暗上，這樣的辦法，人們稱之爲勇敢。然而掩藏了現實的黑暗，只想以將來的光明爲掀動的手段，又算的什麼呀！眞的勇者是敢於凝視現實的，是從現實的醜惡中體認出將來的必然，是並沒把牠當作預約券而後始信賴。眞的有效的工作是要使人們透視過現實的醜惡而自己去認識人類偉大的將來，從而發生信賴，不要感傷於既往，也不要空誇著將來，應該凝視現實，分析現實，揭破現實；不能明確地認識現實的人，還是很多著。

從上面兩段看來，作者似乎有攻擊他人的意思，但這可不必過問。我們只須明瞭他的創作態度和哲學便夠了。不依戀傷感於過去，亦不冥想未來，要緊抓住現在，這種人生觀差不多成了現代人的信條。只要我們能緊只住現在，過去的苦樂何必去依戀傷感，未來的世界又何必去冥想呢？但是我們都不能這樣做啊！在現在感覺痛苦的時候，我們總要回憶到過去的歡樂；愈想到這些，我們愈感覺現在的痛苦，即使要立心忘記過去，也無濟於事。能夠只顧現在一時的歡娛，誰不願意這樣做呢？再者，我們在感覺現在的痛苦之餘，唯一的安慰便是冥想未來，只有這樣，我們才不失生存的意義，雖然未來不一定能使我們滿足。我的意思並不是完全與作者的相反，也並不是懷疑他的態度對否，而是懷疑他能否照他的態度去做到，並且所做到的與他所期待的是否相反。

曝露人生的黑暗面本是自然主義者的創作的基調。作者自己雖然否認現在不是自然主義的信徒，可是他承襲了自然主義的學理和技巧，至今不變。像自然主義者那種客觀地只曝露人生黑暗面的寫法，到現在已經感到很大的缺乏。現在不僅是站在不相干的地位上面描寫人生黑暗面的時代，而是要更進一步站在黑暗與醜惡中去分析他們，從新尋找光明美好的時代。這是很顯然的。譬如一個人處在混亂的時代，和行屍走肉差不多，任人家去宰割；當然，我們有曝露這種黑暗和醜惡的必要，可是僅僅這樣還是大大地不夠啊。我們仍然會被這種黑暗和醜惡同化，而失去反抗性，我們仍然永無達到光明美好的境地的一日。那末，怎樣呢？我們應該從人生的黑暗面去尋找光明，從現實的醜惡中去尋找未來的美好。我們應該抱著這樣的態度去製作。

在《野薔薇》集裏的五篇小說，作者都不是抱著這樣的態度寫的。我們且依次來分析這五篇作品吧。《創造》描寫一個丈夫君實一天醒後的煩悶。他以為睡在他身旁的妻子嫻嫻不如從前了。從前她在思想行動兩方面都是聽他的指揮的，所以他把她當成他自己的成功創造品，但是，現在她完全相反了，「太肉感了些，」同時，也「太需要強烈的刺激」。所以君實只依戀感傷於過去。但嫻嫻反主張「過去的，讓他過去，永遠不要回顧；未來的。等來了時再說，不要空想；我們只抓住了現在，用我們現在的理解，做我們所應該做的事。」（P.34）像這樣的女主人公表面上可謂緊抓住現在，但她是個擺不脫舊習慣的女子，一壁受了新思潮的影響而在形式上似乎抓住了現在，一壁她的舉動仍然含有舊式少奶奶的氣味。所以「她在動定後的剎那間時常

流露了中心的彷徨和焦灼」;「然而她狂笑時有隱痛，並且無端的滴了眼淚了。」(P.39)

到底嫻嫻是不是像北歐的運命之神 Verdandi「直視前途」?她雖然是盛年，活潑，勇敢，與 Verdandi 相彷彿，但她的言行裏仍然含有過去的成分，因此，她陷入了彷徨，焦灼，苦悶。她不是個如作者所期望的緊抓住現在的女子，卻是個顫抖於現在而擺不掉過去的女子。作者的用意不幸失敗了!

《自殺》描寫一個女子環女士被情人離棄後的苦惱的心情。她是個懦弱的女性，不能丟開舊禮教的責難，和他人的諷刺，於是在發現月經初停時，便起了自殺的念頭。雖是幾次曾想宣佈自己的祕密，做個勇敢的人，雖是幾次曾想設法來掩護自己的醜惡，但她都沒有成功;到底是用一根絲帶吊死在床上了。一個女子既然失了美滿的過去，又不能相信於空虛的未來，更無勇氣來適應於現在，於是以自殺了此一生。作者也許以爲自殺就是對於人生黑暗的宣戰麼?

環女士是個「軟弱的性格」的人，她不能緊抓住現在，受不了現實的壓迫，只有趨於自殺的一途。她太過於傷感以前和情人所做的行爲了，太過於顧及空虛的未來了，所以不能直視前途，只能勇於一時的自殺。同時，她只知道人生的黑暗面與現實的醜惡，而不知道光明與美好;如果她眞是個勇者，她決不會自殺，必定另外去走一條寬敞的道路。她應該分析黑暗與醜惡，研究牠們之所由來，然後從事於曝露，從事於光明大道的修築。軟弱，嬌羞，以及舊道德觀念包圍了她的全身，牢不可破，以至使她自殺。她不是能在現在生存著的人。

《一個女性》是鄉村中一個望族的女性的描寫。在她家庭狀況盛年的時候，少年們是怎樣地愛慕她。那時她「從愛人類而至於憎恨人類」。到了她父親死後家產變賣的時候，少年們是怎樣地離開她。那時她「終成爲『不憎亦不愛』的自我主義者」於是「自我主義也就葬送了她的一生」。本來她是個天眞，活潑，和靄的女子，因爲接觸了現實的醜惡而憎恨牠們，後來反漸漸被牠同化了。請問在這樣現實的醜惡中，以她那樣的被同化，她還有什麼前途可言?此外，這篇的題材太缺少趣味，有些描寫得不近人情。譬如少年張彥英被人家奚落出走他鄉，簡直是不會有的事，縱有，也不過是作者以爲有罷了。至於瓊華的父親酒醉後被火燒斃那一段情節，簡直令人不敢輕言。這篇充滿了不自然的色彩，在全集中算是最壞的一篇。

《詩與散文》是青年丙和房東寡婦桂奶奶的一段情史。桂奶奶確是不顧過去，不冥想未來，而能緊抓住現在的女性。不過她的緊抓住現在也只是一味縱慾罷了。固然桂奶奶在打破了傳統思想的束縛以後，也應該是鄙棄「貞潔」的了，固然「和嫻嫻一樣，桂奶奶也是個剛毅的女性，」但畢竟還只是個追逐肉的享樂帶著病態的女性。她僅僅是個這樣的女性，請問眞地如作者所謂，她富有革命性嗎？青年丙創眞是個捉住了現在的人，他對於表妹的追求的心情被桂奶奶的當前的肉體征服了，雖說後者的肉體對他不滿，然而他把追求未來的心情還是拋棄了。如作者自己所說「有幾個朋友以爲《詩與散文》太肉感，或者以爲是單純地描寫了性感，近乎誘惑，」確實，這篇作品令我們發生這樣的感想。

現在，我們要談到最後一篇《曇》了。故事是這樣的：張女士被她父親許配給軍官，她自己不敢明目反抗，只想以愛友何若華作候選者。可巧，他又被朋友蘭女士奪去了。所以很是失望。同時父親又逼她往南京去相親，她於是只好設法潛逃。她和《自殺》中的環女士一樣，是軟弱的性格的女性。遇著緊急的現在，她不積極去反抗她父親，只是「還有地方逃避的時候，姑且先逃避一下罷。」

總之，這些女性不像 Verdandi 那樣盛年，活潑，勇敢，直視前途；她們都是些被醜惡的現實所同化，因之而感傷，縱慾，享樂，而帶著病態的人。這些人物與作者的期待適得其反！《三部曲》所賜給我們的只是感傷，幻滅，悲哀，退縮，而《野薔薇》所賜給我們的仍是那一套老貨。所不同者，只是技巧上的區區差別。與《三部曲》相反，所描寫的幾乎全是人物的心理，但是太含有舊寫實主義的風味，使人有時感到不快。

五、《虹》

甲乙兩人的對話

甲　你不是歡喜讀小說的麼？啊，是。我簡直忘記了。茅盾的《虹》，你讀過沒有？

乙　讀過了，沒有幾天。在我腦筋裏的印象很深。

甲　有這樣的事麼？那末《虹》定是部很好的創作了。請問《虹》裏面描寫些什麼呢？

乙　啊，那是部十六萬字左右的長篇小說，一時要把牠所描寫的東西說出來，不是容易的事。爲簡便起見，我只告訴你主人公梅女士的大概情節吧。但有一件聲明，在此地不談技巧。專講故事，免得混亂鬧不清楚。至於思想和技巧擺在後面去說。

甲　依你的。話歸正傳吧。

乙　梅女士是個沒落人家的嬌女兒，只有十八歲。她只有父親，母親呢是早已死掉了的。父親是個中醫。那時她在成都的益州女校讀書。她已被父親許配給表兄柳遇春，一個小商人，但另愛著一個表兄韋玉。不幸他有肺病，不願陷害所愛的人，所以不忍和她私奔。隨後他在軍隊裏做書記，離她隨軍赴瀘州去了。那時正是「五四運動」發生的一年，新思潮的巨浪已達到了四川。她閱看新的雜誌和書報，思想漸漸起了改變。

甲　繼續講啊，不要打頓。

乙　不用著急。以後梅女士爲了救父親於貧困的緣故，願意嫁給柳遇春。不過在新婚後三天，她便和丈夫吵鬧了一場躲在娘家住去了。丈夫雖是常常低頭來勸她回去，仍然無效，舊曆新年她會著韋玉，昔日的情苗重復發育於他們中間。後來韋玉赴重慶去了。梅女士約了丈夫赴重慶，只望暗中去看韋玉，誰知他卻病重赴成都去了。於是她潛逃至學友徐綺君女士家中，她丈夫找了她幾天，沒有找著，只好回成都去了。而梅女士就暫時寄住在徐家。那時聽說韋玉已經死了，使她很傷心。

甲　以後呢？難道她永遠住在徐家嗎？

乙　聽我說吧，不要瞎問，以後，她被徐女士介紹在瀘州師範學校教書。哈，在那兒一般新人物鬧的把戲眞多呢！什麼校長和教員戀愛咯，男女教員在忠山醉酒後的胡鬧咯，派別咯，嫉妒咯，風潮咯，在梅女士簡直被這些把戲弄得厭倦了。後來她又在惠師長公館裏做過家庭教師。在那兒，她又被師長糾纏過，被朋友嫉妒過。混了一兩年，她便離開四川。

甲　她到什麼地方去呢？

乙　到了上海。她打算開始新生活。她已經和丈夫離婚，她父親也病死了。她在上海過的生活差不多就是流浪。幸喜會見了幾個朋友，有先前的鄰居黃因明女士，有先前追逐她很緊的同事李無忌。那時國民會議的空氣很激烈，被黃因明介紹做政治工作。她愛上了一個冷靜的政治運動家梁剛夫，但他沒有表示。因此她陷入了苦悶的深淵。隨後便是「五卅」。上海的民眾運動如潮水一般地勃起。梅女士實際參加了這種反抗帝國主義的工作。她發傳單，演講，在人堆裏擠，吃自來水，熱心工作，她儼然變成了一個很能幹的女同志！

甲　結果呢？

乙　就是結果。你真是外行，做小說一定還要有什麼圓滿的結果不成？作者是藉一個梅女士爲主，把從「五四運動」起到「五卅」止的一切社會狀況描寫出來的。

甲　那末，請問你作者這篇所表演的思想是怎樣的？

乙　你這個問題又不是容易答覆的。最好我們先考察一下從「五四運動」到「五卅」的中國社會的大概情況，「五四運動」雖只是北京學生的狹義的愛國運動，卻因此而產生了中國的文藝復興。一切傳統的舊思想和信條都被打破了。這是新思想的澎湃的時期。什麼個人主義，人道主義，社會主義，無政府主義等同時瀰滿於全國。一般青年反因了主義繁多的緣故，莫知所從。有的仍然沒有覺醒；有的極端地偏重於個人自由的主義，談及一切的解放；有的信仰狹義的愛國主義，而竭力提倡軍備與實業；一直到「五卅」事件，民眾實際感到了帝國主義者的狠毒，才有真真的覺醒，而起來爲自己的解放與獨立而爭鬥了。那時社會思想的尖端就是剷除國內的軍閥，打倒國外的帝國主義。固然，民眾流過了血，受過外人的強烈的壓迫，可是新中國從此忽地抬頭了。

甲　夠了，夠了，請你的談鋒轉到小說上吧。

乙　你又要著急了。作者便借梅女士的故事，把這個時代的思潮的變遷以及民眾運動的真像顯示給我們了。梅女士就是這個時代中的一個青年，她的思想由舊而趨於新，由盲目的而趨於有系統的，她的行動由孝女少奶而趨於獨立的職業，由個人的奮鬥而趨於集團的運動。作者把這個急流似的時代反映了給我們，而又把在這個時代中青年的思想的蛻變與其實際運動顯出，這就是他的用意。他本來只是客觀地來分析現實而已，並未參加他自己的主見。不過仍然帶有《野薔薇》裏面的創作哲學，把梅女士寫成一個不顧未來，只抓住現在，卻又傷感於過去的女性。

甲　除此以外，你還感到什麼呢？

乙　那就是，全篇的人物簡直都是小資產階級份子，他們受了一時新思潮的驅使和自己地位崩潰的緣故，走上了社會運動的道路。他們沒有真真的社會的意識，他們只知道盲目地湊熱鬧。一點不奇怪，這些原來就是作者的藝術對象！

甲　《虹》的技巧比《三部曲》的怎樣？

乙　那是要強多了。結構很是緊而當。第一章不過是序幕。從第二章到第七章可分爲上部，描寫梅女士在四川的初期生活；從第八章到第十章作下部，描寫她在上海的後期生活。尤其以第七章末尾的省略法爲最妙，抄在下面給你看吧：

> ……她此時萬不料還要在這嶇崎的蜀道上磕撞兩三年之久；也料不到她在家庭教師的職務上要分受戎馬倉皇的辛苦，並且當惠師長做了成都的主人翁時，她這家庭教師又成爲鑽營者的一個門徑；尤其料不到現在拉她去做家庭教師的朋友楊小姐將來會拿手鎗對她，這纔倉皇離開四川完成了今天的素志！

甲　這個省略方法固然很好，但有點小毛病：上段例子上加過雙圈的「現在」和「今天」是很衝突的。依我這外行的見解，以把「今天」改爲「日後」爲好。這是作者的疏忽呢。

乙　我卻不曾注意到。不過我又發現了一個毛病，比你所發現的大多了。那就是最後一章最末一段情節。從 P.384 到 P.390 止，這一段徐自強對梅女士的滑稽的戀愛的喜劇是不應該插入的。「五卅」的民眾運動本來寫得很緊張而活現，可是熱烈亢奮的調子卻被這段蛇足似的情節打破了。我眞爲作者可惜！

甲　也許是他故意藉此換換口味呢？

乙　但他弄巧成拙：反因此減低了描寫的效力。

甲　作者的描寫怎樣？有些什麼好地方舉出來嗎？

乙　用不到我來多饒舌，他的描寫是以青年男女的戀愛心理見長；他多半用曲折法，漸漸寫到戀愛的本身。P.331 有一句話。我讀給你聽吧：

> 舊侶早已雲散，誰料得到三四年後，幾千里外，卻又和你會面！
>
> 你看來是麼？但在三四年前的我，或許也覺得現在的生活並不可愛。是的，我常常自問！是事情的本身不同呢，還是我自己的思想有了變遷？結論是落在後面的一個。因思想變遷了，才變得現在的活動很有趣呀！梅，三四年來，我們都變過了一個人，你也不是舊時的你了！（P.332）

我還沒忘記從前說過幾句話。你如果早兩年遇到我，你的回答可以使我滿意。你說並不是意中還有什麼人，只不過你那時的思想是，——要在人海中獨闖，所以給一個簡單的「不」。現在已經過去了三年，現在我們又遇到了；我相信三年之中，我們除了思想上的變動，其餘的，還是三年前的我和你罷。梅，你現在的思想，是不是仍舊要給我一個簡單的「不」？我盼望今天會得到滿意的回答！（P.332～333）

甲　還有什麼吧？

乙　此外有許多的描寫，可惜爲了時間所限，我不能一一讀給你聽。最後你自己去讀吧。總之，《虹》是作者所有的小說集中最成功的一篇，無論在那方面，比其他的都要好。

如果對於作者作品的總評是需要的；我就有著這樣的意見：作者過於被他自己的個人主義的意識所限制，以至所描寫的人物有同樣的幻滅，動搖，感傷的性格。他只知道曝露人生的黑暗面，而疏忽其光明面。在他的作品裏所含的病態的悲觀的灰色太重。希望他將來能有相當的改變，在他將來的作品裏應該佈滿生氣，熱力，和光明的氣分！

一九三一，三，一六作完於上海。

關於《幻滅》
——茅盾收到的一封信

羅　美

今天從友人處借讀了你所作的《幻滅》一書，禁不住立即提起筆來寫給你這第二封信。

我現在想就這篇小說寫下我的感想，不知你以為對不對？

（1）論體裁方面，你是很客觀的敘述自武漢以至南昌時期中的某一部分的現象。中間的人物如慧，靜，王女士，李克，等等，各人有各自的觀點，而你對於他們不加絲毫主觀的批評，將他們寫下來。

（2）題材是寫那一期革命潮流高漲中一部分站在潮流以外而形式上被捲入潮流之中的人（如慧如靜，兩個主人公）的心理狀態，而尤其是描寫其中一個主要的主人公（靜）的矛盾的心理。這個靜眞是一個 Typical 的小資產階級的女子；她是誠懇的，可愛的，她的眞誠處 Naivety 與經驗豐富的慧適成一個最鮮明的對照；她幾乎被捲入了潮流，尤其是在武漢時期，但是始終是她自己。她為求眞誠的心的相印而被偵探所欺騙，為感覺自己的責任和前途的希望而投身入爭鬥的洪流；但是到處所遭逢的衹是「幻滅」。對於當時偉大的過程的實際的意義她是不瞭解的，也不曾力求瞭解的，但是生活卻逼著她要她作相當的結論，於是這個理想生活的追求者就用她自己的尺去衡量一切。而終於給與了一個否定的批評。靜的生活中所最滿足的一段，與強連長的愛情生活，將所有的簾幕揭開，而露出眞眞的內容來：靜所渴慕的，祈求的，得諸旦暮，就是眞心的愛的生活。她自以為這是最高的滿足，雖然最後還是感覺到幻滅，但似乎這種幻滅的感覺終於被強的留戀一幕所取消了。也許你原意不是如此，但是從文字上看來卻似乎如此。當他們在廬山中蜜月的時候，下面的掀天動地的洪流已經淡了，遠了，渺乎和他們不相干了。當強隨軍向南出發以後，她與王女士退而藏於社會生活的暗隅，羣眾的時務也已經遠了淡了；革命潮流低降時的小資產階級女子便是如此。

慧另是一樣，而他對於當時的羣眾鬥爭是一個客人，也是一樣。

眞眞為自己的階級作求解放的鬥爭者便不是這樣；他從現實中所得到的是更多的閱歷，更少的烏托邦，但不是「幻滅」。如果「幻滅」在靜是新得的教訓，那麼在慧是早已固著而不可變動的「主義」了。「幻滅」的眞眞的主人公要算是慧而不是靜，因為慧的行動是現代感覺幻滅者所必然走入的途徑。在女子，成了慧這樣的生活；在男子，如果他是參加政治的便成了舉目皆是的政客，如果他是不參加政治的，便成了往昔所謂「達者」。我們吐棄像靜一樣的 Naivety，但亦吐棄像慧一樣的老練。眞眞的老練是認識這一切現實中的眞相而毫無幻想的從這眞相中去找出達到解放的道路。

（3）你自己的經歷，我從這篇小說中已經知道你曾生活過當時所有的許多過程。你並且曾經到過廬山。這些生活無疑的使你在技術上成熟；我想得見你在作小說時，筆下已經非常的自由，覺得許多實際的經驗供給你豐富的材料，使你左右逢源。

文學作品的讀者在中國的文化條件下只能是廣大的小資產階級的智識分子群眾。他們對於目前的生活狀況是決不能滿意的，他們必然要一而再的闖入羣眾鬥爭的隊伍，雖然常常要感覺到「幻滅」的悲哀。忠實的去反映他們的心理，而指示他們以出路，這絕不僅僅是政治宣傳品的任務。我以前感覺到單翻譯的無味，現在你果然一變而專注力於創作，這我認為是非常好非常需要的一種改變。

我現在雖然已經完全拋棄了文學，可是對於中國現在出版的小說還是非常愛著；因為我覺得如果單看看報紙上所載的政治消息，而不看各時期中所出版的小說，那麼我還是不能感覺到現在中國演著重大任務的小資產階級智識分子群眾的內心生活的脈搏。因此我不單愛看客觀描寫的小說——因為牠們常常反映較大的 Circie——亦愛看主觀描寫。甚至於寫得不十分好的小說及其他作品，因為這至少表現他個人的情緒，而這種個人卻是某一定的 Type。

魯迅的《墳》，《彷徨》等一些作品，我都零碎的看過。還有《烏合叢書》中一二種。我覺得在這一時期中，「彷徨」的心理實是非常普遍的一種心理。

其他的 Key-note 就是智識者物質生活的窮困；這在許多小說中表現得從來沒有的 Sharp。對於這些小說，雖然有人嫌其千篇一律，然而我卻從未起過這種嫌惡，因爲在我，千篇一律中既有其特殊處，而同時「千篇一律」的本身又告訴我以此種現象的普遍性。從另一方面說來，立題的較深一層自然是你的《幻滅》，因爲牠雖然未曾以過去數年間的大潮流之本身爲題材，而求取其中做爭鬥之中堅者的脈搏；然而已經在一部份參加者身上，越過其浮面的感覺上的生活，而深入其內心的煩惱與苦索。魯迅的《彷徨》中有「《傷逝》」一篇，其取題則遠不如「《幻滅》」，因此「《傷逝》」中主人公及其內容成了一些抽象的題目，讀之如讀一任何舊的「別離賦」「悼亡詩，」而不能深感其時代性。大凡失了時代的烙印的文字，往往成爲不眞實而虛浮的。「Iliad」詩之至今尙有生氣，中國古《詩經》流傳不絕，並非因爲牠們有超什麼時代的美處，正因爲他們帶有非常緊刻的時代烙印。

不過你名自己的小說曰「幻滅」，篇首更附以《離騷》中「吾將上下而求索」句，則表示你彼時心境實亦有幾分同於你書中的內容；而客觀的描寫，同時隱隱成了你心緒的告白。我想到了這裡你深感當時局勢轉變對於許多人心中所提出問題的嚴重，和你當時所經驗的思想上的苦悶。當然你的問題是比書中主人的問題立得更高一層；慧的主張，靜的心理都成爲你的求索中所遇見的標本，她們的「幻滅」的本身又成爲你所痛感的苦悶之因。住在我這裡的人們所見自然不同，而當時身當其境者，其對此環境立時認識，立時解決之難，更百倍於遠望全局，且直接（早於在中國之人）聽到較爲正確的批評的人。在當時身當其境者，如燕雀處堂，火將及身而猶冥然不覺的人已不知有多少；看見高潮中所流露的敗象，終於目擊大廈之傾，而無術以挽救之者，於是發而爲憤慨的呼聲，這就是我所瞭解於《幻滅》的呼聲。我雖沒有見過你其他的著作，然而從「《幻滅》」中卻不能不下如此的結論。不過時代是變得非常之快的，現在我們又應當趕快追蹤目前在羣眾心理生活中所起的巨大的變遷而加以相當的反映了；誰能正確地認識牠，分析牠而指示出牠的趨勢來的，就是時代的先驅，發聾震蟄的驚雷。你以吾言爲然否？

換一句話說，便是我希望你（因爲我想你現在還是在做小說）擇取現在中國民眾生活最深處的情緒，來作一部小說。那些浮溢於表面的事實，比如目前上海論壇中五光十色的輿論可以棄置不顧，（這些東西都要被將來地心的烈火一掃而盡之的）而要將耳朵貼在地上，靜聽那大地最深的呼吸。這種題材，我相信你也是（或許正在）樂意搜求，而以你現在的技術能力，是能夠加以充分的表現的。

這封信，我不提旁事，專寫我對於看了《幻滅》以後的感想。以後有一個請求，就是你把你的著作儘可能的都寄來給我看看。我非常的渴想，在兄弟的渴求互相知道過去的內心生活一點已是急不能待。此間一般的得到小說看，非常之難，而得到你的尤難。《幻滅》還是像海外飛來似的看到了的。並且我在這封信中所發表的意見也許有許多隔膜處，那是因爲我關於你的過去生活，《幻滅》是唯一的材料，我看得多些，一定可以更正確些。

《幻滅》

徐蔚南

一

法國大革命的開始時，市民們眞是如飲狂藥，以爲革命一旦成功，什麼都得到了。自由！平等！博愛！在革命的火焰的烽巓，閃出最莊嚴最美麗的圖畫，誘惑著最大多數的人民的眼睛。興奮再興奮，努力更努力，急轉直下，接著是疲倦了，接著是革命成功了。但是那自由呢？那平等呢？那博愛呢？有的，也不是當日所想得的；當日想像所有的，卻一點也沒有。最莊嚴最美麗的圖畫原來是一張白紙上的無數血花！一切幻滅了！於是傷心，嘆息，消極，悲觀。

假使我們在一個大變動的時代，吟味著歷史上大變動時代的情態，我們的熱望，至少可以免得爬得太高，我們後來的失望至少也可以免得「失」得太深。我去年重讀著法郎士的飢渴了的小說，看那殺人的被殺了，打倒人的被打倒了，萬人崇拜的偉人剎那間變做了階下囚，莊嚴的造像不多日數都被破壞，性書的流行，人民的興奮熱烈後的疲乏，再回頭來看看我們當前的情形，不禁使人苦笑起來，覺得東西大變動的時代，竟有這麼多的不謀而合的地方。當時像在有一種歷史的聲音，冷笑著對我說；「朋友，冷靜點吧，事變的因果都寫在歷史上的呀！多讀一點歷史吧！」我悚然了，但是煩惱的心緒，卻也就平靜了許多。人家以爲驚奇的事，在我覺得沒有什麼驚奇了，換言之，我冷酷了，我理智了。

爲了使青年勿太落於幻想，爲了使青年理智一點，我期待著描寫當前大變動時代的情態以及大變動時代的人物的思想心理行動的小說出現。茅盾先生的「《幻滅》」卻就在我期待中湧現在我的眼前了，這在我是覺得異常滿意的。

我們是在大變動的中間。我想，像我們二十到三十歲的人，我們的生出時是在大變動的中間，我們的死去時，大抵也是在大變動的中間。像孫傳芳的沒落，吳佩孚的失腳，張宗昌的逃亡，張作霖的死亡，五色的變為青天白日，不過是大變動中的較大的浪尖，不過是大變動中政治上的一個浪尖，在這政治上的浪尖之前，民間有五四運動的一個浪尖，激起了什麼知識運動，反宗教運動，婦女解放，戀愛自由，勞工運動等等的近代戲劇。五四運動之前，更有若干的波浪，想不詳述了，此後要湧起怎樣的波浪來？誰料得到！但是只在國民革命與五四運動這兩個波浪裏顛蕩的青年的生涯，已儘夠給《幻滅》的作者飛躍的了。

《幻滅》的女主人公章小姐，受著一班時代領袖人物提倡讀書的言論的影響，她只想靜靜兒讀一點書。她對於一切都失望，只有「靜心讀書」一語，對於她還有些引誘力。她於是讀書了。學校裏雖則放假太多，但是我們的章小姐抱著「讀書何必一定上課呢！」的主張，覺得放假多少倒不成什麼問題。只是有一點兒，一點兒生理上的事情，卻在她身心上起了一點作用，使她煩悶，使她懷疑，使她空想，使她不能讀書了。讀書於是無形中幻滅了。從她的煩悶，懷疑，空想，不能在讀書中找條出路，找個安慰，找個安身立命的廟宇，找個寄託自身的靈魂。終於被她找到了！就是她的一位男同學抱素。她覺得抱素這個人是同他的名字一樣的心地光明，而且瞭解她的，同情她的。她幸福地將她的貞操贈給了知己。那知道，那知道，抱素是個登徒子，不僅和她的女友胡鬧過一夜，並且還欺侮一個金陵的女子，那知道，抱素不僅是登徒子，還是一個受著什麼「帥座」的津貼的暗探！章女士的安慰頓時粉碎在她的書桌上了。

到以上所述為止，是茅盾寫一個女子在讀書與戀愛的兩個想像境地裏幻滅了的情態，其中還有幾個陪伴的男女，性格恰和章小姐抱素少爺相反的，把女主人公的幻滅的情景，更加映照得非常鮮明。

其次，茅盾君急轉直下地就將國民革命的進展做了幻滅的背景，我們的主人公雖則意識到她自己「每一次希望，結果只是失望；每一個美的憧憬，本身就是醜惡；可憐的人兒呀，你多用一番努力，多做一番你所謂奮鬥，結果衹加多你的痛苦失敗的記錄。」「但是新的誘惑新的憧憬已經結為新的衝動，化成一大片的光耀，固執地在她眼前幌，終於她又被誘惑了，她「滿心想在『社會服務』上得到應得的安慰，享受應享的生活樂趣了」，這個在戀愛場中失敗的人兒。

她便跟著同學到長江的上游去。「她準備洗去嬌養的小姐習慣，投身到最革命的工作」。她去投攷政治工作人員訓練班。她看見投攷的人智識淺陋，窮形極相，交頭接耳的情態，和她料想中應攷者都是些英俊少年恰恰相反，實在已使她幻滅了。在那訓練班中過了三個星期的「新生活」，到底不能再支持下去了，便告退了。此後她又到婦女協會裏辦幾星期事，結果仍是嫌無聊，走了出來。接著她就到工會裏辦事，因爲同志包圍著她求戀，她不勝事煩，甚至連工作也討厭了。接著她就去做看護婦。

在她服務間遇到了一位好青年，她看護到他傷處全癒，看護到他與她戀愛。她滿心想和他過一種幸福生活，不料那個少年是準未來主義者，最喜打仗的，便不得不和她分離了。

《幻滅》便是這樣收場。

三

我們一氣貫串地讀完了《幻滅》之後，深深地感得著者的努力，處處強力地表現出那「幻滅」的情狀來，比了那種即興式的短篇小說，花前呀月下呀自不相同了，只是後小半似乎力弱了一點。

就是背景的描寫也能夠成爲故事的一部分，譬如第二期北伐誓師典禮的場上，滿是小小的紙旗，經過一陣大雨，紙旗被雨打壞了，只剩得一根光蘆柴桿兒了。過了一會，「全場的光蘆柴桿兒一齊搖動，口號聲像連珠礮的起來，似乎誓師典禮也快完了。」這種背景的描寫，增加了不少主題的氣分。像這種背景描寫在《幻滅》裏頗不少，我們在此地只是引一個做例子罷了。

著者受著南歐自然主義文學的影嚮很多，但是沒有牽強的情態。只是有一點，就是自然主義長篇中篇小說的描寫都是非常緩慢的，我們的著者寫《幻滅》時在手法上或者以爲是很迅速了，但是在我們讀者看去還覺得寫得太緩慢一點。不過處女作而能得到這樣，實已足驚人的了。

《幻滅》的時代描寫

張眠月

寒風瑟瑟的一天傍晚，涼意貫澈了我的全身，我獨坐在書房內無聊極了，恰巧一個綠衣人推進門來，遞給我一卷書，我接過來一看，原來是一本《小說月報》。我拆開來無意識地翻到《幻滅》這一篇，並且無意識地看了下去。書中的吸引力竟使我一口氣將這刊在這期上面的上半篇看完，同時心中起了一種放心不下的心思同不能滿足的想念，就是不能將下半篇接連看下去。這不能滿足的想念終於滿足了：在下一期《小說月報》寄來的時候，我又將這一期的《幻滅》從新翻開來，將牠從頭至尾看了一遍。擱下了書，垂目回味書中的情味；而一年內我所經歷的往時電影般一幕一幕地反映到我的腦筋裏來，使我發生了一種形容不出的複雜的情緒——不是悲哀失望等等形容詞所能概括的。我不由得對於《幻滅》的作者起了一片感謝之心；爲的是他把我所欲表現的很精細的強有力地表現了，把我所欲說的話而自己不會說的說出來了。作者對於我有這樣偉大的貢獻和效力，我應當如何地滿足而感謝呀！

《幻滅》現在已經印成單行本了，我竟神經病似的撇下去很多要讀的書籍而將牠拿來又閱讀一過；因而拉雜地寫下這一篇來，也不能算爲介紹，也不能算作批評，只寫出我個人讀後的感想罷了。同時我要附帶聲明的：關於討論茅盾先生的創作的論文，我知道是很多，但除了他自己載在《小說月報》第十九卷第十號的《從牯嶺到東京》一篇而外，我一概沒有過目；所以我這一篇僅僅是由我個人出發的獨斷的感想。

在幾重壓迫下的我們，不是自誇的話，是很富有革命性的；這不是矯作而是由環境自然而然地激發出來的。對於現在的社會制度，我們是感著高度的不滿，我們要在這荊棘縱橫豺狼滿道的堆裏開闢一條出路來。於是這微妙地響亮著的「革命」是多麼打動我們的心弦！牠有磁石般的吸引力使我們趨向牠的懷抱。然而結果怎麼樣？牠對於我們貢獻的是什麼？我們且看茅盾先生在《從牯嶺到東京》第五節裏面自己所說的話：

……在以前，一般人對於革命多少存點幻想，但在那時卻幻滅了；革命未到的時候，是多少渴望，將到的時候是如何的興奮，彷彿明天就是黃金世界，可是明天來了，並且過去了，後天也過去了，大後天也過去了，一切理想中的幸福都成了廢票，而新的痛苦卻一點一點加上來了：那時候每個人心裏都不禁嘆一口氣：

「哦，原來是這麼一回事！」這就來了幻滅。終是普遍的，凡是眞心熱望著革命的人們都曾在那時候有過這樣一度幻滅……

使人失了常態的「革命」終於騙了——這話恐太重了吧——大眾，尤其是這些熱情的富有活動性的青年。我們對於社會作深一層的觀察：除了表面與名詞而外，覺得與從前沒有什麼差異——至少是革命初期的現在的現象；封建思想依然盤據在人們的心裏如生了根一般，舊的壓迫階級變換了一些冠上美名詞的新壓迫階級，敲榨的手段來得婉轉微妙些，而且增添了不少騷動的麻煩的無謂的怪現象：這就是初革命的過去一年的現狀。這是大家有目共見，我總不致於因爲說出來而蒙上一個罪無可逭的反革命的罪名吧！大家現在所餘的只是精神緊張後的疲乏。以這樣的背景和心情作爲原動力，於是乎茅盾先生的《幻滅》產生出來了。我們看他自己說的話更可明白了：

經驗了動亂中國的最複雜的人生的一幕，終於感得了幻滅的悲哀，人生的矛盾，在消沉的心情下，孤寂的生活中，而尚受生活執著的支配，想要以我的生命力的餘燼從別方面在這迷亂灰色的人生內發一星微光，於是我就開始創作了。(《從牯嶺到東京》第一節)

茅盾先生以很流暢的筆調，自然很忠實地將這個非常的時代描寫出來了。因爲作者所處的時代和心情是如此，所以他的創作是佈滿了灰色的情味。《幻滅》的中心意義是「革命前夕的亢昂興奮和革命既到面前時的幻滅。」(亦見《從牯嶺到東京》）經過了亢昂興奮後的幻滅的悲哀是到了極頂了的。這好似一向獨居慣了的寂寥地生活著，雖然感著點淒涼，但猶可過得去；假使經驗了熱烈的甜蜜的戀愛期而發現戀愛的對象是無情的冷血，不能不再度這寂寥的生涯的時候，心靈的創傷一時難以復原一樣的。

我之所以嗜讀《幻滅》者，因爲對於這「中國的最複雜的人生的一幕，」

不但表面上經驗了，或者間接地從朋友處得知牠的消息，我是親切地嘗到牠的骨髓裏的滋味了。我對於革命是抱著很大憧憬的人；很慚愧地革命最重要的黨務和政治的工作我都經歷過，因之親眼看見在上萬的民眾面前聲嘶力竭呼著，「革命呀」「實現三民主義呀」的人平常的重要的工作不是在革命而是在逛遊藝場和談戀愛（？）一類的事情。我於是乎覺得不必將有用的光陰和精力同他們無謂地廝混，不顧人們指摘我爲意志薄弱而毅然決然重理我的書籍生涯。我如負了傷的野獸的心情回想當時的狂熱自己也覺得好笑。看到《幻滅》第九節的一段：

> 軍樂聲，掌聲，口號聲，傳令聲，步伐聲，錯落地過去一陣又一陣，誓師典禮按順序慢慢地過去。不知從什麼時候下起頭的雨，此時忽然變大了。天上像開了大窟窿，盡情的傾瀉。許多小紙旂都被雨打壞了，只剩得一根光蘆柴桿兒，依舊高舉在人們手中，一動也不動。

不覺回復到革命軍初來時的光景：無數的團體齊集江干歡迎，適值大雨如注，情形有如上述，衣服淋濕了幾層。難道都瘋狂了麼？現在追憶起來眞是莫明其妙。

《幻滅》雖是很忠實的時代描寫，然而牠是不含有多量的客觀性地，用寫實的筆法將整個時代情形顯露給我們看。具體地說：牠沒有將革命運動的混亂和幹革命工作者的腐化詳細地有條理地描寫出來。牠是由該篇的主人公靜女士的遭遇一階段將這種情形約略地烘托出。然而由這一鱗一爪我們也可以大概地推測全體了。這種暗示時代的敘述以第十節爲最多：

> 五個人的口試，消磨了一小時，最後，短小的口試委員站起身來宣布道：「各位的事情完了。結果仍在報上發表。」他旋轉腳跟要走，但是四個人攢住了他：
>
> 「什麼時候兒發表？」
>
> 「幹麼工作？」
>
> 「不會分發到省外去罷？」
>
> 「特務員是上尉初級，也沒有經過考試。我們至少是少校罷？」
>
> 問題銜接著擲過來。口試委員似笑非笑的答道：「明天就發表。看明天的報！派什麼工作須待D主任批示，我們管不著。」

一般想到利用機會來遂其昇官發財的志願的人的心理：急忙的醜態，經這段的敘述，畢露出來了。

我們再看這些政治工作人員，自命對於主義獲得整個的觀念，對於革命的理論很瞭解的政治工作人員，恐怕民眾無知識而去對他們宣傳，去訓練他們，去開導他們的政治工作人員，背斜皮帶手拿皮鞭的威風凜凜的政治工作人員是怎樣的景況：

> 她看透了她的同班們的全副本領只是熟讀標語和口號；一篇照例的文章，一次街道宣講，都不過湊合現成的標語和口號罷了。她想起外邊人譏諷政治工作人員爲「賣膏藥」，會了十七八句的江湖訣，可以做一個走方郎中賣膏藥，能夠顛倒運用現成的標語和口號，便可以當一名政治工作人員。

此外敘述從事民眾運動的人之「不拘小節」和「鬧戀愛尤其是他們辦事以外惟一的要件。常常看見男同事和女職員糾纏，甚至嬲著要親嘴。單身的女子若不和人戀愛，幾乎罪同反革命——至少也是封建思想的餘孽」一段，以及往後的什麼辦事處主任什麼秘書等等在慧女士的家裏赴宴的情形眞是一把照妖鏡將這些妖魔鬼怪的原形照出來了。使我們看出所謂「革命」所謂「主義」都是「牠」們誘人騙人的假面具。使我們滿腔的失望憤恨悲痛憐惜等感情都化作一口冷氣呼出。

作者更明白地借了靜女士的感想來表示他自己的感想：

> 她想起半年來的所見所聞，都表示人生之矛盾，一方面是緊張的革命空氣，一方面卻又有普遍的疲倦和煩悶。各方面的活動都是機械的，幾乎使你疑惑是虛應故事，而聲嘶力竭之態，又隨在暴露，這不是疲倦麼？……某處長某部長某廳長最近都有戀愛的喜劇。他們都是兒女成行，並且職務何等繁劇，尚復有此閑情逸趣，更無怪那班青年了。……這還是犖犖大者的矛盾，若毛舉細故更不知有多少。剷除封建思想的呼聲喊得震天價響，然而親戚故舊還不是拔茅連茹地登庸了麼？

這雖是靜女士的病時的感想，卻是作者對於時代現實的怨憤。牠概括地給人以當時的印象。這是很重要很有意義的一節，《幻滅》一篇是由這一節演繹出來的。

末了，我由衷心很誠懇地說一句話：已往不究，來者可追，盼禱黨國要人，民眾領袖以及眞革命的袞袞諸公們注意及上述的都是實話，不是誇張其事；而竭力刷新以求淨化。不然，民眾對於革命……

本來這篇的題目是「《幻滅》」，我想對於整篇概括地說幾句話。誰知信筆寫來，已滿了十二張原稿紙，只述了牠的時代描寫；我於是就告一段落，改易今名。以後還想草一篇「《幻滅》的人物描寫」，假如有暇的話。

一九二八年十一月十九日眠月誌於蕪湖。

《動搖》和《追求》

林　樾

茅盾的《動搖》和《追求》是有時代性的作品。他對於時代的轉變，和混在這變動中的一般人的生活，是看得很明白的，所以他能夠寫得這樣深切動人。而他的文學的修養，也證實他能夠勝任這種工作。《動搖》一篇描寫革命時期的轉變，和一般從事革命工作的人在轉變期中心理的動搖，地點是在湖北的一個小縣，時間大約在革命軍初到武漢後一直至清黨時止。我讀這篇小說時，覺得其中所寫的情形與我們的故鄉 H 縣委實太相像了：不特事件是這樣，就是其中幾個人物：如投機主義的胡國光，動搖無定的方羅蘭，和浪漫豪爽的孫舞陽，也可以找幾個很相同的人物出來。不過《動搖》中所寫的，自然較為典型一點罷了。胡國光是全篇一個重要的人物，自罷工風潮至軍隊入城，都可說是他在其中播弄；不然，這場軒然大波，便不至掀得這樣利害的。然而，胡國光卻不是這篇小說的主人翁，以這篇的標題和事件的趨向看來，主人翁似乎應該是方羅蘭，胡國光不過是一個重要的副角罷了。

《追求》所描寫的也是現代一般的青年。他們一方面感到理想幻滅的苦悶，一方面仍有奮進的熱望，努力在追求新的憧憬；但結果卻仍然是失敗。這一般青年在今日的中國中，不消說是很多很多的。書中對於人物的心理和個性，都寫得很深刻。我們讀完這篇小說，對於曹志方章秋柳史循王仲昭諸人的印象總是不會磨滅的。如讀了《動搖》再來讀《追求》，則對於他們諸人生活的背景，便可格外的明瞭。說這兩篇小說在青年心理的變動這一點是相聯結的，當然可以，不過《追求》中纏緜哀怨的情調比較濃厚，因此牠也比較更加深切的動人。這兩篇小說的事件，都很複雜，然而結構卻是統一的，全篇的動作都朝著一個方向進行，所以不見得有凌亂錯雜的毛病：這正足以見作者駕馭材料的手腕。我祇覺得《動搖》的結尾似乎太軟弱，像這樣驚天動地的事件，而收場卻那樣沉寂，誠未免有些浪費讀者的興趣了。至於《追求》中的曹志方最後幾章完全看不見，連名字也不大有人提起，究竟這個雄心最大的青年，結果又怎麼樣呢？讀者到此，也許要發生疑問的。

《追求》中的章秋柳

辛　夷

一

朋友們常常以「好讀書不求甚解」這句話來譏笑我。我自己想起來，讀書不求甚解是有的，加上「好」字，似乎有點慚愧，倒不如叫我「馬浪盪」還著實些。我向來做事情是知其然而不知其所以然的混沌過去；看書呢，每每一眼並排成三行或五行的看下去，像潰兵急於要逃脫火線一樣把全文看完，知道牠內容的大概是怎樣一回事就完了，尤其是看舊小說，如《紅樓夢》，《鏡花緣》，《兒女英雄傳》，《三國志》，……等等的長篇大作，有時一瞬間跳看過幾頁，只要大概記得小說裏的人物和扮演的怎樣一場故事，就算過去了。

最近在《小說月報》上，前前後後讀過《幻滅》，《動搖》，《追求》，這幾個中篇小說，不自覺的一種力量命令我的眼睛一行一行的看下去了，覺得有些地方彷彿是自己曾經親歷其境的，至少限度也應該認識其中的幾位。回憶從前看舊小說那麼樣不忠心求瞭解內容的所以然的原因，無非因爲自己不是古代人，對於書中人的喜怒哀樂，沒有深切的同情，不過看看古典故事而已。

但在說到《幻滅》，《動搖》，《追求》等三書給我的印象和感想以前，先來講講是怎樣的一些機緣引起我去看這三部書。

到學校去上課，有一個坐在我前排的同學，天天是抱了四本《小說月報》來上課的。這四本《小說月報》內就登載得有《追求》。這位同學上課的時候，右手拿著鉛筆注解他的課本，左手呢，仍然在「追求」！他有一天，很鄭重地把那四本《小說月報》介紹給我和同座的 W 女士，他那時的語氣頗帶一些驚異，好像沒看過《追求》便等於不知道國民黨有一個孫總理。

這樣便引起了我翻一翻那本《追求》的意思。

同寓的某女士，最喜歡同女友們議論近代著作家的作品，什麼「我看了《自殺》流了許多的同情淚」呀，什麼「《創造》中男主人公的思想有些像當今的名士，」什麼「《幻滅》給我的印象太深，」什麼「《動搖》裏的孫舞陽我認識她呀，」等類的話，滔滔不絕的有如宿構；而尤其驚策的，是她說：

「我愛曹志方，我也愛章秋柳；我眞替章秋柳抱不平。爲什麼作者要叫她去戀愛最沒出息，連自殺也會失敗的懷疑派的史循，還要叫她生梅毒呢？好在章秋柳還沒有死，盼望作者把她的梅毒醫治好了，叫她同曹志方結婚，那麼，《追求》就算是『追求』得出路了。」

於是更引起我要讀一讀《追求》的決心。

我細細的讀完了。我居然有了和某女士相同而又不同的意見。我也愛章秋柳，我覺得這位女性在作者的筆下是非常生動，但是我並不替章秋柳抱不平，我尤其不以爲章秋柳應該和曹志方結婚。看小說原來是各人有各人的看法；主觀不同，感應亦異。在我看來，章秋柳是《追求》中的主要人物。在全書中，她是「追求」得最猛烈，而且終於得了革命的出路的。

就依據了我這個假定，來觀察章秋柳罷。

二

章秋柳在《追求》中間出現的時候，是革命的；我們只要看她在同學會的客廳裏商量組織社時的一番慷慨激昂的話語：

> 我們這一夥人，都是好動不好靜的；然而在這大變動的時代，卻又處於無事可作的地位。並不是找不到事；我們如果不顧廉恥的話，很可以混混。我們也曾想到閉門讀書這幾句，然而我們不是超人，我們有熱火似的情感，我們又不能在這火與血的包圍中，在這魑魅魍魎大活動的環境中，定下心來讀書。我們時時處處看見可羞可鄙的人，時時處處聽得可悲可泣的事，我們的熱血是時時刻刻在沸騰，然而我們無事可作；我們不屑做大人老爺，我們又不會做土匪強盜；在這大變動時代，我們等於零，我們幾乎不能相信尚是活著的人。我們終日無聊，納悶，到這裡同學會來混過半天，到那邊跳舞場去消磨一個黃昏；在極頂苦悶的時候，我們大鬧大叫，我們擁抱，我們親嘴。我們含著眼淚，浪漫，頹廢。但是我們何嘗甘心

這樣浪費了我們的一生！我們還是要向前進。這便是我們要組織一個社的背景。(《追求》一)

這一段話是何等激昂慷慨呢！雖然作者對於章秋柳他們的社的性質，並無何等的說明，但是只看章秋柳這一番話，也可以想見他們是想做一些事——一些未必是無聊的事。然而章秋柳的熱望，好像「頂著石臼跳加冠」一樣，終於成爲泡影。同學會的朋友，各有各的偏見，各有各的個性，龍飛和徐子材攻擊曹志方獨裁，曹志方又罵他們不熱心，因此他們就好像一盤散沙，團結不起。想作的事，無從著手。於是我們的章秋柳就感得了幻滅的悲哀了。但章秋柳是好動的人，雖然她期望中的憧憬幻滅了，她不能靜下來咀嚼幻滅的悲哀，她要求刺戟，她只得仍然到跳舞場，進酒樓，在刺戟中感到一點生存的意義。

在這時候，章秋柳很有墮落的可能。她是個年青美貌聰明的女子，又處在紙醉金迷的環境，她如果要存心墮落享樂，她是很可以如願以償的。我想有良心的讀者，在此時總要爲章秋柳擔憂罷？我們希望她再鼓起精神來追求有意義的生活的憧憬。果然史循的自殺在章秋柳神經上刻劃了一道深痕，當她聽得史循悲痛的說：

自然覺得生命無論如何是可以留戀的。像我，即使不自殺也不會活得長久的人，便覺得生活著只是受苦罷了。我的盲腸炎奪去了我生活中的一切愉快。我至多不過再活一年兩年罷了。對於世事的悲觀，只使我消沉頽唐，不能使我自殺，假使我的身體是健康的，消沉時我還能頽廢，興奮時我願意革命，憤激到不能自遣時，我會做暗殺黨。但是盲腸炎把我的生活力全都剝奪完了。我只是一個活的死人。秋柳，這樣的生活，還值得留戀麼？我也曾這麼想：就多活一二年看看政治上的變化也是好的。可是最近我連這個也看厭了。變來變去只是這幾套老把戲；歷史是循環，循環，循環；老調子是一遍一遍的唱來唱去，眞所謂徒亂人意！（《追求》三）

她突然又興奮起來了。她回到自己寓處獨坐深思時，便受了極端的苦悶的包圍。她自己很明白的知道有兩條路横在她面前：一條路引她到光明，但是艱苦，有許多荊棘，許多陷坑；另一條路引她到墮落，可是舒服有物質的享樂，有肉感的歡狂！她委決不下，她覺得兩者都要。理智告訴她取前者的路，而感情則要她取後者。她感受了理智和感情的衝突了。她之不肯即取前者的路又決不是怕死；「她對於死，的確沒有什麼畏怯，但是要她在未曾嘗遍人生之快樂的時候就死，她是不很願意的。」在社的成立既已無望，章秋柳天天在跳舞場尋刺戟的時候，大概她就是在實行者「先嘗遍人間的享樂的果子，然後再幹悲壯熱烈的事；」現在她看見了史循的殷鑑（生理上的不健全形成心理上的悲觀消沉），又恐怕自己待到吃盡了享樂的果子時，也會像史循一樣消失了生命力。因此她感覺得了自己矛盾的苦悶。作者於此時對於章秋柳的心理，有一段很顯明的分析：

很失望似的將兩手捧住了頭，她又苦苦的自責了：爲什麼如此脆弱沒有向善的勇氣，也沒有墮落的膽量？爲什麼如此自己矛盾？神心與魔性這樣強烈地並存著！是爹娘生就的呢，抑是自己的不好？都不是的麼？只是混亂社會的反映麼？因爲現社會是光明和黑暗這兩大勢力的劇烈的鬥爭，所以在她心靈上也反映著這神與魔的衝突麼？因爲自己正是所謂小資產階級知識分子，遺傳環境教育形成了她的脆弱，她既沒有勇氣向善也沒有膽量墮落麼？或者是因爲未曾受過訓練，所以只成爲似堅實脆的生鐵麼？

但一轉念，章女士又覺得這種苛刻的自己批評，到底是不能承認的。她有理由自信，她不是一個優柔游移軟弱的人；朋友們都說她的肉體是女性，而性格是男性，在許多事上，她的確也證明了自己是一個無顧忌的敢作敢爲的人。她有極強烈的個性，有時且近於利己主義，個人本位主義；大概就是這，使得她自己不很願意刻苦地爲別人的幸福而犧牲，雖然明知此即光明大道。但是她又有天生的熱烈的革命情緒，反抗和破壞的色素，很濃厚的充滿在她的血液裏，所以她又終於不甘願寂寞無聊的了此一生。(《追求》三)

或者有人以爲這一段心理的分析，正所以表示章秋柳不是革命者，而只是動搖徬徨的小資產階級。我的看法，卻就不同，我以爲章秋柳在此苦悶的時候，確曾一時奮發，打算拋棄了她的「喫盡人間的快樂果子」的奢望而即刻去做熱烈的正事。所以她終於收拾了雜念，在一張紙上寫道：

以前種種，譬如昨日死；以後種種，請自今日始：刻苦，沉著，精進不休！秋柳，秋柳，不要忘記你已經二十六歲；浪漫的時候已經過去，切實的做人從今開頭。

這是我們所見到的章秋柳第二次不忘做些有益於人的事，——比方說罷，是革命。雖然她剛寫好這幾句，看見了張曼青，卻又想起從前和曼青的一段交涉，不免又牽動了浪漫的老毛病，可是她的憤慨，她的爆發的熱情，並沒帶什麼小資產階級的徨徬軟弱的氣味；試看她對曼青說：

> 我是時時刻刻在追求著熱烈的痛快的。到跳舞場，到影戲院，到旅館，到酒樓，甚至於想到地獄裏，到血泊中！只有這樣，我纔感到一點生存的意義。但是，曼青，……許多在從前是震撼了我的心靈，而現在回想來尚有餘味的，一旦眞個再現時，便成了平凡了。我不知道這是我的進步呢，抑是退步。我有時簡直想要踏過了血泊下地獄去！（《追求》三）

這裡章秋柳所謂「許多在從前是震撼了我的心靈而現在回想來尚有餘味的，」便是指的從前和曼青的一幕戀愛劇，但現在「再現時，便成了平凡了。」這「回想來尚有餘味」，而「再現時便成了平凡」，很可以喚醒章秋柳不再去追求「人間的快樂」，所以她接著說「我不知道這是我的進步呢，抑是退步，」又說「我有時簡直想要踏過了血泊下地獄去！」這句話的背後就藏著火山爆發似的熱烈的情緒，她不惜流血，不怕死，她要做「轟轟烈烈的事，」她不肯「就是這樣沒沒落落，終於無挽救」了。

三

以後的章秋柳的思想便只有一天一天的熱烈化了。她要「踏過血泊下地獄裏！」她很討厭那徒知說話的龍飛，所以當她在法國公園中和王仲昭等談到社的破裂時，她便直斥龍飛，而袒護曹志方；她說：「對於這件事（指立社）我老實有些厭倦了。沒有什麼意思。有些想想很高興，覺得是無可事事中間的一件事，有時便以爲此種拖泥帶水的辦法實在太膩煩，不痛快！」那麼，她所謂「痛快的事」是什麼呢？就是她聽了王詩陶說起東方明的死，說起趙赤珠的末路以後，所激起的不可耐的憤激。這在書中也有一段警切的描寫：

> 她回到自己的寓處後，心裏的悒悶略好了幾分，但還是無端的憎恨著什麼，覺得坐立都不安。似乎全世界，甚至全宇宙，都成爲她的敵人；先前她憎惡太陽光耀眼，現在薄暗的暮色漸漸掩上來，她又感得淒清了。她暴躁地脫下單旗袍，坐在窗口吹著，卻還是渾身熱剌剌的。她在房裏團團的走了一個圈子。眼光閃閃地看著房裏的什物，覺得都是異樣的可厭，異樣的對她露出嘲笑

的神氣。像一隻正待攫噬什麼的怪獸，她緣了眉頭站著，心裏充滿了破壞的念頭。忽然她疾電似的抓住一個茶杯，下死勁摔在樓板上；茶杯碎成三塊，她搶進一步，踹成了細片，又用皮鞋的後跟拚命的研研著。這使心頭略爲輕鬆些，像是已經戰勝了仇敵；但煩躁隨即又反攻過來。她慢慢的走到梳洗臺邊。拏起她的卵圓形的銅質肥皂盒來，惘然想：「這如果是一個炸彈，夠多麼好呀！只要輕輕的抛出去，便可以把一切憎恨的，親愛的，無干係的，人，我，物，一齊化作塵埃！」她這麼想著右手托定那肥皂盒，左手平舉起來，把腰支一扭，摹仿運動員的擲鐵餅的姿勢；她正要把這想像中的炸彈向不知什麼地方擲出去，猛然一回頭，看見平貼在牆壁的一扇玻璃窗中很分明的映出了自己的可笑的形態，她不由心裏一震，便不知不覺將兩手垂了下去。

——呸，扮演的什麼醜戲呀！

讓手裏的肥皂盒滑落到樓板上，章女士頹然倒在床裏，把兩手掩了面。兩行清淚從她手縫中慢慢的淌下。忽然她一挺身又跳起來，小眼睛裏射出紅光，嘴角邊浮出個冷笑。她恨恨的對自己說：

「好！你哭了。爲了誰，你哭？王詩陶哭她的愛人的慘死，哭她的肚子裏的孩子的將來，甚至哭她自己的一時軟弱，良心上對不住愛人；然而你，章秋柳，你是孤獨的，你是除了自己更無所謂愛，國家，社會。你是永遠自信，永遠不悔恨過去的，你爲什麼哭？你應該狂笑，應該奮怒，破壞，復仇，不爲任何人復仇。也是爲一切人復仇！丟了你的舞扇，去拏手鎗。」(《追求》六)

現在，章秋柳的性格的發展，似乎已經成熟了。然而她這「喜歡新奇刺戟」的人，她這對於「生的享樂」具有極度野心的人，總還有若干「未能恝然」的情緒；所以她還想改造懷疑的史循。她對於史循的戀愛，自然只是遊戲；她最初已經這樣想：「這不是自己愛史循，簡直是想玩弄他，至少也是欺騙他；是不是應該的？第一次她回答自己：不應該！但一轉念，又來了個假定；假定自己果然可以填補史循從前的缺憾，假定自己的欺騙行爲確可以使史循得到暫時的欣慰，或竟是他的短促殘留生存中莫大的安慰，難道也是不應該的麼？『欺騙是可以的，只要不損害別人！』一個聲音在章女士的心裏堅決的說。她替自己的幻念找得了道德的根據了。」又在她拒絕了曹志方的求愛後——曹志方的求愛是兩方面的，一方面是求愛，另一方面是要她同去做土匪，那是曹志方所認爲痛快的事，——她又有這樣的自省：「想到那嚷嚷然沒遮攔的曹志方的嘴巴以後將怎樣的四處宣揚她的膽怯懦劣，章女士尤不勝其忿恨了，這根本不是膽怯懦劣的女子，她是全權的自信著。然而剛才的事情卻似乎證明她適是一個好爲大言的無聊的人；她忽然跌進了怯懦的陷阱，沒法自拔。這是難堪的，冤屈的，超乎她所能忍的悲痛！而所以會失足至此，無非爲了一個完全是好奇的衝動。最近幾天內，她爲這衝動所支配，感得很大的興味。她要成就一個奇蹟，要把懷疑派的史循改造過來。三四天前她著手進行，頗感到些困難；幻滅太深的史循一時難以復活。但這卻激成了章女士的更大的決心。」

此時的章秋柳似乎已經決心只待「改造史循」的好奇心滿足後，便要做出一些使曹志方也不得不驚訝的事了；所以她終於很有把握的樣子對自己說：

將來總有一天叫大家知道我章秋柳是怎樣的一個人！

章秋柳的期望是達到了，和史循的戀愛戲很快的就實現了；但史循的改造卻並不見怎樣成功。正在戀愛遊戲實現的一刹那間，史循死了。在愛惜章秋柳的人，以爲史循之死，是給她的自然解決；然在章秋柳方面，確沒有替她擔憂的或者吃乾醋的讀者們所想像的那麼一回事。她無所謂失愛的悲哀，她更沒有從此當寡婦的念頭，她只覺得一件事完了，她可以不再浪漫遊戲而應該去幹點正經事了。然而新生一件事使她不放心。那就是史循臨死時對她說的他曾經患過梅毒，叫她注意。這個消息，確使章秋柳受一打擊。她本意以爲從此結果了尋求肉感享樂的好奇的浪漫行爲，可以全心力去做痛快熱烈的正經事，她卻不料到自己的生命已經在梅毒的恫嚇中了。然而這「餘日無多」的悲哀，卻並不使她失望消沉，像史循那樣；只使她更熱烈罷了！我們看她對王仲昭說的一番話：

最可惡的醫生便是這一味的危言聳聽，卻抵死不肯把眞相說出來。我不怕知道眞相，我決不悲傷我的生命將要完結；即使說我只剩了一天的生命，我也不怕，只要這句話是眞實的。如果我知道自己的確只有一天的生命，我便要痛快最有效的用去這最後的一天。如果我知道還有兩天，兩星期，兩個月，甚至兩年，那我就有另外的各種生活方法，另外的用去這些時間的手段。所以我焦急的要知道這問題中的梅毒在我身上的眞相。仲昭，也許你聽著覺得好笑：這幾天我想的

> 很多，已經把我將來的生活步驟列成了許多不同的表格，按照著我是還能活兩天呢，或是兩星期，兩個月，兩年！仲昭，我說是兩年！我永遠不想到十年或是二十年。太多的時間對於我是無用的。假定活到十年二十年，有什麼意意思呢？那時，我的身體衰頹了，腦筋滯鈍了，生活祇成了可厭！我不願意在驕傲的青年面前暴露我的衰態。仲昭，你覺得我的話出奇麼？你一定要說章秋柳最近的思想又有了變動了。不錯，在一個月內，我的思想有了轉變。一個月前，我還想到五六年甚至十年以後的我，還有一般人所謂想好好活下去的正則的思想。但是現在我沒有了，我覺得短時期的熱烈的生活實在比長時間的平凡的生活有意義得多！我也不相信什麼偉大的學者所指示的何者是熱烈的生活，我只照我自己的信念去幹。我有個最強的信念就是要把我的生活在人們的灰色生活上劃一道痕跡。無論做什麼事都好，我的口號是：不要平凡！根據這口號，這幾天內我就製定了長長短短的將來的生活曆。（《追求》八）

能夠有一天的生命，便要做一天的痛快熱烈的正經事：這便是章秋柳最後的決心，她是很愉快地走上她的決心的路，不過《追求》卻在此完了。

四

這便是我所見的《追求》中的章秋柳！我是認定這個人最初是要革命的；她不滿現狀，不甘寂寞，又不願意做拖泥帶水的什麼立社，她的目的是熱烈的痛快的行動。她經過了感情與理智的衝突，經過了浪漫時期。終於拋棄一切，犧牲一切，要去做她所認爲合理的事；她不惜一死，她要的「是把生命力聚積在一下的爆發中很不尋常的死！」自然我們也不能誤會她是要學史循那樣的死。

她自然是小資產階級，但沒有小資產階級的怯弱多顧慮的根性；她雖然曾有一時頹廢，但此是她的思想未成熟的過程。她即使不是一個自始就把自己的使命認得很清楚的人，然而她的熱烈的要轟轟烈烈幹一番，「爲一切人復仇」的觀念，終於引導她到了正路。

所以在我看來，《追求》中人物只有她是追求得了什麼的，——換句話說，即是有出路的；只有她是在數月中有了思想的變遷，前後迥然不同。在這一點上，這部小說大概可以說不是始終悲觀消極的罷，然而也只是我的觀察，對不對，還待大家的批評。

《幻滅》中的強惟力

趙景深

茅盾是最擅於寫女子的，他的小說中每每喜歡用兩種性質不同的女子作爲對照，一種是溫文賢淑的，略如麗琳甘煦；一種則是放浪形骸的，略如史璜生。即如《幻滅》，靜是前者，慧便是後者。這兩種婦人的模型都寫得很好。但《幻滅》後半部寫軍官強惟力，似乎沒有什麼生氣。有一段寫靜讀報，講假消息給強聽，以敗爲勝，很有點近似都德的《柏林之圍》；又有一段寫強受傷後仍奮勇殺敵，又有點像《愛國童子》或《少年鼓手》一類的軼事。不過，與繪畫一樣，專注重一點，而略去其他，也沒有什麼要緊；強惟力雖不大有個性，我們也就不去求全責備了。

茅盾三部曲小評

普魯士

——茅盾的三篇小說你看過嗎？

——我看過三本：《追求》，《動搖》，《幻滅》。

——寫得怎麼樣？

——馬馬虎虎，能夠使得讀者看到完，內容豐富，技巧熟練，這兩點夠滿意啦。

——那末算不算好的作品？

——好的作品？很難說，先要看站在什麼觀點來批評。

——革命文學。

——那就算不得一部澈底的革命文學。

——爲什麼？

——因爲茅盾動手寫這三部小說的時候，沒有澈底的認識中國革命。

——請你再詳細說一點理由，怎麼叫不澈底？

—— 一個澈底的革命文學家，不僅是描寫一個大時代的外形，他應當深入時代的核心，去批評錯綜的外形。這兒就關於作者對革命的認識與否的問題；茅盾對於中國革命的內涵是沒有清楚的認識，他只就主觀的去批評這個時代的外形，他描寫在這大時代中的革命青年，一個個追求，一個個動搖，一個個幻滅，這本來是時代一部份的現象，但作者沒有把握得澈底革命者的意識，去批評這個現象的由來，所以，他這三部小說給讀者的影響，只是引起對於革命認識不清而消極，而幻滅的青年同調的嘆惜，沒有會給這些青年積極的，更熱情於革命的激發。

——還有呢？

——現在我要歸結到作者的思想問題。作者是我過去相熟的朋友，他在一般知識分子中間比較富於革命性的人，在過去的革命過程中，他確曾有過相當的努力，不然，他這三部曲，不會有如此比較豐富的內容。可惜偉大的時代進展的很快，他的思想沒有會隨著時代的飛躍有所轉變。中國 1927 年革命的失敗，是有牠社會歷史的必然性，澈底的革命者，在這失敗的教訓之下，應當更奮發努力他的使命，絕對不會對牠發生動搖，幻滅的消極觀念。作者的三部曲所以不能算好的革命文學作品，是爲作者思想所限定的。

——你對於作者的希望呢？

——我不想說什麼奢望他的話，借用作者的弟弟在《文學週報》上對他的批評：革命者是不會消極悲觀的。

一九二九，五，二四。

《野薔薇》

克

本書的著者茅盾君自己在這冊書的序文上寫著說：

> 不要感傷於既往，也不要空誇著未來，應該凝視現實，分析現實，揭破現實，……抱著這樣的心情，我寫我的小說，尤其是這裡所收集的五篇都是有意識的依了上述的目的而做的……

可是話雖這樣，這集子裏的五篇卻使我們極不滿意。就思想上說，這都是不健全的作品，就藝術上說，這也是很平淡的故事。作者的筆也未脫盡章回體的意味，毫不曾獲到新的技巧。

作者是曾經以他的經驗寫出的三部曲因而突然的獲到了一些地位的人，我願他能好好的繼續保持著他的機遇。

《野薔薇》

顧仲彝

茅盾的創作小說在現在可說是風行一時。近來他又把短篇的創作，收集起來，合訂成《野薔薇》一冊，由大江書店出版。內容有《創造》，《自殺》，《一個女性》，《詩與散文》，《曇》等五篇，前後都在《小說月報》，《東方雜誌》中發表過的。

凡讀過他的《追求》《動搖》《幻滅》的，莫不感到強烈濃厚刺戟神經的時代性的麻醉酒味，輕盈活潑舞態翩翩的流麗文字，抑鬱悲恨的熱情，和滿腔不可發洩的慨嘆，現在《野薔薇》裏的小說不過是具體而微罷了。內部的蘊藏可說是一個版字印出來的。茅君的藝術是無可遮掩的成熟了。文筆的靈活，辭句的生動，在新創作小說中，確是可以首屈一指的了。不過美中不足，他的小說有幾個似小而大的缺點，姑分述如下：

（一）時代性太濃厚　小說爲時代的產物，以時代爲背景，本是不可免除的並且也是必須的事實。但，應當記得時代只能做背景，不能做主體。凡以時代爲主體的文學，在當時固能風行一時，但時過景遷，便會變爲古董，而無存在活躍的餘地了。試取第一篇《創造》爲例，君實的理想女子，純粹爲時代的，而創造成事實的嫻嫻又完全爲時代環境下的產物，這在環境不同的人讀了，一定意想不出君實失望的地方。因此這類作品很難保持到十年的生命。

（二）因意設事痕蹟太顯　小說家是人生哲學家，但以小說爲主，哲理爲賓，不然，因意設事，就失掉藝術上的價值，而成爲一篇哲理證果錄了。不過，因意設事在事實上也是無可諱言的小說家通病，因爲人總是人，誰能沒有主見呢。可是小說家本領高的，能把哲理蘊蓄在故事裏，而不顯一點兒痕蹟。然而。茅盾君卻沒有做到這一層。他每篇都可以替他做一小段哲理的總語。譬如《詩與散文》是說精神的愛與肉體的愛在青年人都有相當的誘引力，使青年人不知誰取難捨，但是結果都是「幻滅」罷了。又如《創造》的哲理是說理想的創造往往爲環境所破壞，結果不但無進步而反是失望而已。所以多看他作品的人不知不覺會感到單調，少變化，這就是因爲哲理的太顯露，好像讀哲學書而感到乏味一樣。

（三）主見太深　一個人往往因一件小事的失敗，而起人世悲觀的感慨，這是頭腦簡單思慮淺薄的人的痛病。哲學家和文學家似乎應該超脫一切，而去尋找永久的眞理。他們決不會因一時的失意，而詛罵人生，因暫時的受挫，而起世界善惡的妄斷。茅盾君覺得什麼都是失望，什麼都是幻滅，咒人羣爲蛆蟲，口口聲聲要報復。這雖然各人所見不同，但這種思想對於徬徨失所的一般中國青年們，恐怕太危險了，恐怕眞的會使他們「絕望」「憤激」「報復」而至於「墮落」「自殺」。我確也承認現在中國社會的惡劣，但總不至於要驅逐一般的青年都往「絕望」的路上走罷。文藝爲領導青年向上的明燈，我至誠的希望一般青年所崇拜的茅盾君能以後「愼重將事」。

時代精神與茅盾的創作
——評《野薔薇》

絳　湫

時代精神畢竟是最難捉摸而且是容易使人誤解的東西。一個文藝創作家或批評家，他最難的是能否抓著這時代的精神；即其成功抑或失敗，也可以從這一點看出來。

文藝是純眞的人性的表現。這人性，必然地不能背叛時代的精神。如果一個作家自願躲居在過去的時代中，謳歌已死了的時代精神的復活，這不但是不可能的事，並且我們反足以見其落伍，是時代的尾巴。

反過來說，倘使是現代的作家，卻不能替現在的時代盡一點義務，徒爲未來的預言者，我們也不覺得他便怎樣地高明。雖然文藝有促進時代的巨力，是時代轉換的唯一的武器，但這都是意識地或無意識地的。我們深信一個作家心境的構成，是憑藉著一般的社會意識，把這意識暴露出來，便是偉大的時代精神。而作家的預言，是超乎社會意識以外的。

由此得進而論及和作家立於相對的地位的批評者了。自然，批評應以作品爲對象；但最要緊的還是應從作品自身的時代而估價。因此，批評者非和作家同樣地具有熟識一般的社會意識不可。批評的任務，固然在闡明某一作品的內容的價值，然也未始不可以喚醒一般落伍的作家之向上，糾正預言者的謬誤：同時，在自身上更應當有抓著時代精神的自信。

假如批評者具著未來的時代的眼光以估量當代作品的價值，抑或抱著預言者的態度以批判作家之沒落；這種臆測，實際上未必見得怎樣可靠；而其失敗之點，無疑地是因失落時代精神之所致。

明乎此，批評與創作乃得因相需而促時代的激進。

我們現在的時代，正是社會的一切都超於突變的時代。在這轉換的途中，革命和不革命的問題，儘沉潛在社會心理的下意識。一般不甘沒落的青年，他們對於現實中一切的厭倦，詛咒；一心一意在追求著平日所幢憬的新時代。可是，當這追求未被獲得的時候，他們內心裏所感覺的都不外是一種幻滅的悲哀！同時，一部份人又因自覺時代的轉換，實足以使其職掌之崩潰，而憫其自身根本的動搖。在這滿佈著失望，悲哀，恐怖的繁複的社會意識中；要捉摸這時代的精神，不消說是難之又難了！

近來有好些人以爲茅盾君的創作，純然是表現著小資產階級的意識形態，所以還不能擺脫布爾喬亞氾的根性，不足以代表時代的精神。我以爲這種批判，其動機完全出於批評者的對於我們時代的懷疑；至少，也許是站在未來的時代而估量當代作品的價值。像這一類的批評，不但是埋沒了作品的眞生命，而且也未必爲作者的讀者們所願受的話。

關於茅盾君年來的創作，除了三部曲——「《動搖》」「《幻滅》」「《追求》」——以外，便算是收集在《野薔薇》裏的五個短篇的創作了！雖然這幾篇的作風，還是以寫三部曲時的手腕出之，但其描寫的技巧，表現的意識，卻不無一些不同之點。如果說三部曲的描寫是現社會的整個形容時，那末，這幾篇卻是現社會的每一個原子的暴露了。所以當我們讀完了那幾篇時，便立刻可以發見那裡有幾個厭惡現實而又不能離開現實的青年女性在紙上活躍。無論是《自殺》中的環小姐，《曇》中的張女士，以及《一個女性》中的瓊華，她們都對於現實表示著不滿，但又沒有反抗的力量；憧憬著各人理想中的時代，而又缺乏促其實現的理性。因此各人的結局，遂趨於不同的徑路：像意志薄弱的環小姐，終不免以自殺了之！而那個對於人生的痛苦還未備嘗的張女士，自然應有一番苟活的心理，所以臨危急時還有「……有地方逃避的時候，姑且先逃避一下罷！」的念頭。至於瓊華，她本是一個不知人間有憂患的天眞的少女，一旦而把人世間的虛僞，奸詭，同情，落漠，……的滋味，叢集在一個人的身上，造成她終身對於人類的憎恨，也難怪有這樣的一幕的收場：

> ……她聽得有一些聲音在遠遠地喚著，她還有想聽一聽清楚的意識，可是那聲音在攸地一曳近的時候又遠遠地飄開去了。她又彷彿覺得自己的頭髮被揪著，唇中被捏著，然後母親的聲音突然像尖

針一般刺醒了她，

「瓊兒，張先生來看你了，張彥英先生！」

「張彥英，他，他麼？」

瓊華的殘餘的生命力就像閃電似的攢集注射在這三個字上；她的眼前突現了輪廓分明的面龐。

正是期待得那麼久的他！而且旁邊並沒有另一個她！

一個微笑浮上瓊華的嘴角。她的蒼白的兩頰又泛出了紅潮。她美妙地再瞬一眼，然後慢慢的闔了眼皮，像春困的少女，軟倒在母親的懷裏了。——128 頁

此外，就是關於作品上的技巧的問題了。

倘使你是個鑑賞力不十分薄弱的讀者，那末當你讀完了茅盾君的作品時，定不難發見其藝術上的驚人的技巧。他那種精細的描寫的手腕，簡直不是一般平凡的作家所得比擬的，——特別是對於少女的心理的寫描。一個人在悲哀的心境中，回味了過去歡愉的情調，一方面對著以前的生命表示懺悔，而又熱戀著那些可寶貴的時間；這種不調和和複雜的心理，假使在當局的人，還怕不能赤裸裸地表現得淋漓盡致；而我們的作者，卻不難設身處地地寫出這麼雋妙生動的文字來。我們現在試就《自殺》一篇錄一段出來看看：

「何必怪他呢？」

這麼反省著，她拾起那張撕破的照片，很溫柔的拚合起來，鋪在膝頭，像一個母親撫愛她的被錯責了的小寶貝。她又忍不住和照片裏的人親一個吻。她愛他，她將永久愛他！有什麼理由恨他呢？飛來峯下石洞中的經驗，雖然是她現在的痛苦的根源，然而將永遠是她青春歷史中最寶貴的一頁呢！以後在旅館內的幾次狂歡，也把她的青春期點綴得很有異彩了。她臉上一陣烘熱，覺得有一種麻軟的甜味從心頭散佈到全身。……

本來，從客觀上抒寫一個人的心理，尤其是一個曾經和人發生關係過的悒鬱的女人的心理，委實是困難極了。而作者卻運著靈妙的筆鋒，憑著何必怪他呢幾字，輕輕地把那段怨艾深切的心情，一筆鈎銷，而重溫了舊夢。接著，再還有描寫環小姐自己懺悔的一段：

總之，是不能單怪他的。自己那時不也是很動情麼？但是，人是那樣的人，地是那樣的地，誰敢說一定不跌進去？況且石壁洞上

> 的佛像可以作證那時自己並沒過分荒唐，還沒被肉感的誘惑衝激到不知所以；那時雖則做夢似的任他撫摸親嘴，然而他的最後一步的要求是被毅然拒卻了的。第二天還要到他旅館裏，自然是大大不該，可是天曉得，鬼趕在我背後，怎麼也熬不住下去。——60 頁

這種生動活躍的描寫，在全書裏隨便是可以看得到的，這裡不外隨便舉了一段出來罷了！

在茅盾君這五篇創作裏面，我們更可以發現有一種劃一的共通性，把現代人的一般沉潛的革命意識為典型；在新舊社會交換的途中，對於舊社會的惡勢力未能充分擺脫，有如《自殺》中的環小姐，《曇》中的張女士，以及《一個女性》中的瓊華。不過她們又因性格的軟弱，所以同樣地是難逃這黯澹的結局。至於《創造》中的嫻嫻，《詩與散文》中的桂奶奶，她倆比較上能迎受新思潮，能擺脫了傳統思想的禁錮，可說是能充分發展其革命意識的女性，但偏又不能跑上眞正的革命的軌道。總之，這幾篇中的主人翁，都無非是把現社會的一般女性的性格，具體地從某一部份表現出來，對於時代的精神，更無微而不顯露於筆端。

站在新興文學的立場上的文藝批評者，固然要詆斥那是小布爾喬亞汜的意識不足為現代文藝的典型，必然地應跟著舊時代而沒落。不過，中國之應需乎新興文學與否，是另外的一個問題。但在小布爾喬亞汜的瀕於動搖而未及崩潰的當代，社會上一般的意識形態，我想，我們還應有抓住而表現出來的必要！

最後，我以為茅盾君的創作，是現代中國文壇上很能代表時代精神的一個。至其描寫的手腕的高超，技巧的純熟，結構的精密，尤其是不可多得的作家。我想，凡是嘗讀過茅盾君的創作的人，倘使其觀點不會陷於錯誤時，總會有同感吧！

茅盾的《一個女性》

祝秀俠

看過了茅盾的《一個女性》，我立刻就想到了莫泊桑的《一生》。

莫泊桑的《一生》(une vie)，是表現了他「對人生的覺察是無往而非醜惡，卑鄙，無恥」的。他把若納的理想，希望，和現實生活對照的描寫，而令讀者得到幻滅的悲哀！《一個女性》中的描寫也似乎不相上下。他用瓊華做了篇中的主人，而用黃胖子，何求，李芳等人物描畫出人生的醜惡與社會的冷酷。

《一生》的結論意旨是「生活不是如人們所想像的那般好，也不是如人們所想像的那般壞。」這兩句斷語是若納的一生對於生活的經驗深刻地體驗得來的。《一個女性》中也完全相仿的寫出這樣相似的兩句。他說，「人們即使不是你所想像的那樣無邪氣，卻也不是你所想像的那樣陰險鬼祟。」

在第五段描寫瓊華當月夜渴望愛的慰藉的那種情景，尤其是和《一生》裡第一章後半節寫若納回到白楊堡那第一夜的情狀相同。且把這兩節引在下面來對照：

> 「晚上是很好的月色，瓊華獨坐在窗前……月光瀉出她身上，便彷彿在冷泉裏一般，使她起了清涼之感，……瓊華忽然不自覺的流下兩點眼淚來，風是這樣的柔軟？月色是這樣的皎潔，夜是這樣的靜默，然而她，她是這樣的孤獨憂悒，在她的輕輕地顫動的胸脯下，有一個溫暖的心，在這溫暖的心裏，有甘泉似的連珠似的話語要傾瀉出來……她只能虛空的擁抱了自己的緊滿瑩白的胸懷！她看看自己的處女的胸脯，處女的腰肢，突然從頸部的血管轟轟地跳起來，臉上覺得烘熱……」——《一個女性》

「左面有一扇窗子，白光便從窗上裏透進來，照在地上如瀉著一股清水一般，伊橫過地板上的一片月光，去開了窗子瞭望……在這良夜底溫柔裏，地上一切底氣息四散開來了。……那田野底沉默使伊安靜的有如洗了一個清新的浴……伊開始做那愛情底夢了……愛情已充滿伊底全身了。」——《一生》

「她不能僅僅以母親的愛自足，她還需要一些別的愛……母親期望伊及早有一個心投意合的他！呵，他，他，他，是何等樣的人呢？……如果他此時像夢幻似的實現出來，她一定倒在他懷裏，……瓊華睜大了眼，癡望遠處的樹影，她想，這不就是他麼？……看著，突然那樹影幻化爲合長的人形，……她張開了兩臂要去擁抱這幻影，然而什麼都沒有了。只剩下孤獨的她自己。」——《一個女性》

「如今，伊已有自由去戀愛人家了，伊底要去遇見他就夠了，他呀！他是這麼一個人呢？伊只知道伊是用全靈魂去愛他，他們將手攜著手走，互相擁抱起來……忽地裏伊似乎覺得他在伊底對面了；……伊無意識地將兩臂緊緊地抱住伊底胸口，似乎爲要擁抱住伊底幻影一般……將伊底前額埋在伊底兩隻手裏，伊覺得眼睛裏充滿著淚水，伊美妙地哭起來了。」——《一生》

這樣看來，我們雖不敢說，《一個女性》是變相的抄襲《一生》，但至少可以說是有點嫌疑——大約是「影嚮」吧！不過《一個女性》的描寫是不十分深刻的。黃胖子，何求等僅僅渲染出一點極淡的輪廓，這種自然主義的手法，並未臻於成功之境。

就全篇而論，似乎上半比下半來得有背景。到了七八兩段，筆調更鬆弱了。末後寫張彥英回來，不曉得究竟是瓊華臨終的幻想，還是他眞的回來。在作者或許是以前者立意，因爲這才能表示出同情安慰的空虛，和瓊華最終的現實也不過是幻想的意思。但讀者終不免感到模糊。

在另一方面；作者是擅長表現女子心理的，尤其是女子的戀愛心理。曾經也有人這樣批評過他。我們看過《動搖》中的孫舞陽，方太太，《幻滅》中的靜女士，《追求》中的章秋柳，是總會相信的。這篇裏的瓊華也赤裸裸地將少女的心情表現出來，他將十四歲時的瓊華，寫得充滿了純潔愉快的天眞，那時一班男子圍繞著她，但她是不覺得討厭的。

「對於這些糾纏，瓊華是不知道畏懼，也不覺厭惡！也無所謂高興，她只覺得好玩」，這正是一個天眞童年女子的心理，她固然未嘗知道人間的醜惡，也未嘗有辨別這醜惡的心。所以某女伴對於男子的痛恨，和張小姐對於男性的企求，她都以爲不然。在她，祇存一種有多少青年男子很小心殷懃很柔順謙卑地追隨她，並不是一件怎樣不樂意的事而已。

後來，照著被人輕視嘲笑的遺產張先生的受窘而發出不平的同情時，她才第一次領受人間的惡意。她在稍對左右的人「不高興一點」，但不過也是很淡淡的覺得這些玩意兒太沒意思，不應該這樣罷了！

使她更進一步接近人類的醜惡的，恐怕還在她替張彥英辯護而給別人做謠言的那時節。「瓊華遲疑地追問，陰鬱驟然掩上她的心頭，她彷彿看見翁翁地閃動的鬼魆的黑影，她不願看，然而有一種不可說的力又在他心中鼓勵她正視這黑影。」這時她的腓紅色的彩霞已逐漸消失了。

後來她更咀咒人類是魔鬼。「她每天藏過她的眞我，用她的私心鄙棄的假我對付人，」這眞是世故人的話。「在這萬惡社會裏，假如誠摯地拿出我們的良心來對付人，一定會吃大虧的！最好我們在所謂待人接物時，將自己的良心用手抓住，或者放在腋下，到晚上要睡，才將它放回心腔，否則社會就得欺騙自己，人類就得玩弄自己。」

「人類就是這麼一種賤貨呵！你無須給他美的，和香的，你只須給他醜的和臭的！」這的確是沉痛的斷語。

幸福的生活漸漸兒成了過去，悲慘的境遇終於到臨了。這無上的女王陡然便由高貴中跌落到「孤女」的地位了。父親死，母親病，家產的喪失，地位的低落，這位女王便深深感到，社會的眞面目——到處受人冷落受人奚落了。從前受人歡迎和崇拜，現在變爲侮狎，和戲弄。於是有人說大家送給她一點面子罷，她只是任人播弄的孤女。又有人說那瘦削的猴子臉也引不起人們發狂了，眞是可笑，人類就是這樣一種面目的！

全篇的結構並不怎樣的好。憑我個人的見解，就頂討厭那種嚕嚕嗦嗦關於四圍環境事物都一一不遺漏地敘述的手法。但作者寫人物的說話，是很流暢而又有含蘊，彷彿有聲音在我們的眼底，這是作者的長處。至於作者的思想。他根本上就是站在小資產階級說話的人。他……終於把小資產階級的根性裸露出來。在作者的作品中，已經是很明白的表現，他的創作並不是革命文學，裏面找不出一點革命的思想。他所有了的，只是幻滅動搖——思想的動搖。

這一點我實在替作者危險。思想愈向下沉，作品將更離時代遠，甚而至於會和時代相背馳。

我們不需要無時代性的文學！

十一，廿五，一九二八。

《一個女性》

徐　傑

一

茅盾君在《從牯嶺到東京》那篇文中，曾這樣的宣言過：

> 我以爲現在新作品，在題材方面，太顧不到小資產階級了，你做一篇小說爲勞苦羣眾的工農訴苦，那就不問如何，大家齊聲稱你是革命的作家，假如你爲小資產階級訴苦，便幾乎罪同反革命。這是一種很不合理的事！現在的小資產階級沒有痛苦麼？他們不被壓迫麼？如果他們確是痛苦，被壓迫，爲什麼革命文藝者要將他視同化外之民，不肯污你的神聖的筆尖呢？或者有人要說革命文藝也描寫小資產階級青年的痛苦；但是我要反問：曾有什麼作品描寫小商人中小農，破落的書香人家……所受到的苦痛麼？沒有呢？絕對沒有！

現在再看我們的小資產階級的志士茅盾先生是怎樣的實踐他的宣言。

《小說月報》第十九卷第十一號的《一個女性》大約就是茅盾自己所認爲的描寫破落的書香人家的苦痛的創作吧。在我看來這一篇與其說是爲小有產者的訴苦，不如說是小有產者時過情遷遺留下的感傷。

現在我不去細細地講作者的技巧等等。衹想說明爲小有產者訴苦的這種傷感主義是不是能爲小資產階級解除他們的苦悶和煩惱？在這裡我暫借《一個女性》做小資產階級苦痛的探討。

小有產者的作家茅盾君他對於現在社會表示了懷疑與絕望。他所叫的痛苦，衹是對於黑暗的哀鳴，陰險的憎惡。這是無怪的。小有產者的本身便是個人主義者，他對於宇宙一切的解釋，必然的爲自己的情感所支配的。雖然他竭力想瞭解社會的本體，結果祇是迷失在複雜的矛盾中。《一個女性》就是一例：

瓊華他有負盛名的父親，慈愛的母親，包圍了她的家庭環境，使她很「悠閒地度過了十四五的芳年，一切又光明又甜蜜」。

她的家庭生活是建築在感情上的。當她踏上社會的門限時，她仍然以爲是和家庭一樣，享樂，自由，幸福。但是社會頭一個給他的教訓就是人類互相的欺凌，她第一次遇著的就是張彥英的不幸。於是她開始對社會懷疑了！

人生原來竟是這樣的麼？圍繞在她左右的人們竟這樣鬼蜮可怕麼？復歸於自然只是一句空話麼？古來的聖哲叫我愛人類，但是張彥英卻憎恨人類，爲的他不能從社會中得到公平，這樣的是合理麼？

這些懷疑點也是必然有的事，因爲小有產者離開他的家庭的樂園，而走入實際的社會裏，一切所見所聞，都不能滿足他所需要的，社會裏什麼也不給她。無往不使她失望，於是她因此而向社會咀咒了！這些都是小資產階級踏進實際的社會碰了釘子而起的心理的變化。

她既然受了這許多的刺戟使她更急於要知道人生和社會是什麼；但是她的小資產階級的意識，蒙閉了人生社會眞實的情形，使她墮於愛憎的環圈裏面，在內心劇烈的爭鬥著。

「熱愛人類如何？他又竟是像豬一般喜在泥淖裏打滾，喜歡受了鞭笞而後動的人類是不配受熱愛的。」於是她自己的意識對於人生社會作了這樣的一個解答：「不憎也不愛，只本能的生活著，即使圍繞我四圍的都是魔鬼——也好，我要在這些魔鬼那裡學習人生的功課。」

這是她第三條出路；實際上是小有產者動搖時的見解，因爲逃避不了，則阿諛曲從，以求合於環境。從而投機取巧罷了！在這裡看看她自己的表白。

他學會了怎樣在憎人前，晏然談笑。她又知道怎樣在人們的眉眼中猜測他們的內心的動機，怎樣在人們言語中求反面的意義，每天藏過了她的眞我，用他私心鄙夷的假我，對付人，然而這假我；卻幫助她在社會上高高昇上去，她成了交際明星，成了一鄉的王！

他因此而取得她的虛榮，滿足了小有產者的傲慢和自尊的慾望，但是，一面卻受著所謂良心的譴責，於是她感覺著：

> 無意中形成了自己精神的墮落？然而她立刻自己否認了！

實際上她是墮落了，無論她怎樣的傲慢不承認，然而客觀的事實卻證明她是墮落了！她爲掩飾她自己的墮落，爲要安慰她自己內心的譴責，只有強自解嘲：「叭兒狗喜歡矢橛，就給牠矢橛！」這正是一切的小有產者墮落後用來自解嘲的話語呢！雖然如此，他內部的感情和意志仍不斷的在她的內心衝突，而她的生存也只是在衝突矛盾的現象中。她沒有了衝突，她也就沒有了生存了。

二

> 該是不錯的罷，即使高高在上的神仙，也不能不感到寂寞的悲哀，也不能不想著愛的撫摩罷？愛是神秘的東西，沒有愛的生活即使神仙，也不能不感到缺憾，愛，愛，愛，但是何處有愛呢？何處是愛呢？

性的煩悶是事實。他一面維持他在男性前的尊嚴高尚，高高的不可攀，同時她的身體（物質的機體）使她需要性的解決，使她煩悶起來，使她對於平日的「不憎不愛」的主張根本的起了懷疑了！她這樣想：

> 爲了愛，便是憎亦較爲可耐麼？如果自己不是那樣的冷酷或者人們亦不會像自己所見的那樣壞罷？從前學習著如何不憎不愛，結果豈不是祇成了憎，現在便該學習如何去愛麼？

她只有輾轉在這愛憎的圈中追求著。這種追求的結果「終於是無法解決她的矛盾了」。

小有產者在他一向的平和溫靜的生活裏面，心內都蘊藏這許多的矛盾的現象，一旦遭逢個人家庭或社會的瀑流轉變，那麼他心中的煩亂紛擾便更加難比了！

瓊華遭逢他的父死母病容顏瘦損之時，「重來社會交際場中的結果可是已經沒有尊敬崇拜的意味，只是好奇，只是侮狎。」她突然遇著這種挫折，他心中是如何的紛亂呀！他只有避逃了！他在夢中仍然叫喚著「我們搬了家呀！離開這糞窖。」至於「逃避除非逃避到棺材裏去，不然，人們還要找你受氣」所以「她只祈望死」她「想不出一條路給自己勇敢地活著，沒有勇氣再在這罪惡的世間孤身奮鬥了！」

在這裡我們看清了小有產者的痛苦是什麼？以前的幸福自由又光明又甜

蜜的生活，是破產了！虛榮，傲慢，勢力，一切都失去了！尊敬變成了譏笑，幸福變成了悲哀，這是使小資產者多麼傷心的事！他覺得再生存下去，是一種恥辱了！他的心中的痛苦只不過是時過境遷的悲哀而已。

小有產者的苦痛，和無產階級是兩樣的，實際上，無產階級是生長在叱責鞭笞之下。他沒有尊榮，沒有什麼可以驕傲地，只不過一天到晚用他的血汗去換一點麵包，他有的只是上層階級給他的侮辱的眼光，輕蔑的笑罵，他沒有一刻不是浸在這欺侮壓迫的威權之下，他受了痛苦，連叫苦的自由都沒有。所以工農勞動者一面要用他堅強的意志和他環境奮鬥著，一面還要用血汗去換每日的麵包。所以他的痛苦和小有產者是不相類的。

在這裡我們更其看明白小有產者處在不幸的環境之下，他的理想欲求是破滅了，他的感受性極其敏銳，強烈，他缺乏堅強的反抗的意志，又不能將他失敗原因冷靜的加以深刻的探討，結果只有逃避，逃避不了只有屈服和厭世，本篇的瓊華，彥英就是一個例子。

我們的作者，應當認識文藝的目的不是一味呼喊人生乏味所可了事的，應當指出現在社會痼疾的根源，暗示著前途光明的。我們認爲小有產者是有積極向上的可能性的。應當使他積極起來，文學的任務，不但是表現人生，他還有創造人生的一面，

在茅盾先生的《一個女性》，裏面很明顯的暴露了作者的思想帶了許多虛無主義的傾向，到頭只是一個虛無的結局，用這種唯心派的理論，是絕對不能解釋宇宙和社會的複雜的問題的，不但不能解釋，而且愈懷疑，愈懷疑則愈消沉，這一種感傷主義的叫苦是教青年走到痛苦頹廢的路上去的。

茅盾先生！這就是你爲小資產階級者所叫的苦了！

一九二九，二月，二十八日。

評幾篇歷史小說

——《石碣》《大澤鄉》《豹子頭林冲》

張　平

《小說月報》從去年八月號以來，接連發表了幾篇用歷史人物和傳說做題材的創作小說，最近二卷一期的《讀書月刊》，同樣也有著一篇，據說其他的刊物上，也有所發表。雖然，這尚不能謂爲一種時髦的風氣，但，從創作的題材上別開一條新的蹊逕，總是使我們注意的。

十餘年來的中國文壇，創作小說有著大量的生產，但在質上成功的，卻並不多見。這固然是有種種的原因，而不能運用適當的題材，要亦重要原因之一。我們試分析這十餘年來的創作上的一般題材，不外是反封建的農村描寫，如魯迅的作品；其次是浪漫頹廢的自敘傳，如創造社一派的作品；不久以前，又多戀愛和革命事件的描寫；最近又有人開始寫戰爭。這些，自然是客觀的時代和生活下的必然的結果。然而，迄於今日，創作題材的枯竭，陷於單調和平凡，這是很顯然的事實。因此，我們覺得在創作的題材上能夠開闢一條新路，這是必要的。而像這用歷史人物和傳說做題材的作品，雖然在作者也許是偶然的發見，但終算顯示了一種新的企圖。固然，這種企圖的成功與否還是一個問題。

用歷史人物和傳說做題材的作品，在過去，並不是沒有發現過，但大都是戲劇。如郭沫若的《三個叛逆的女性》，王獨清的《楊貴妃之死》和《貂蟬》，歐陽予倩的《潘金蓮》等。在小說方面，據我所看到的，僅有穆羅茶的《五島大王》，和馮乃超的《傀儡美人》等。這些作品，在應用舊題材這一點上，都沒有引起怎樣的注意。因此，我們覺得這類用歷史人物和傳說做題材底創作小說在今日重新出現，對於今後創作的題材上，將發生影響與否，是值得我們現在從作品的本身來討論的。

這裡，我只從《小說月報》上所發表的蒲牢的《豹子頭林冲》，《石碣》，《大澤鄉》，這三篇表示一些意見。

顯然地，在這三篇中，表示了兩種不同的作風，雖然同樣是取的歷史人物和傳說做題材，但在取材的態度和手法上，都各有各的方向。大致說，蒲牢的《豹子頭林冲》，《石碣》和《大澤鄉》，都充溢著反抗的意識，同時，在另一面，是還有諷刺的意味；施蟄存的《將軍的頭》和《石秀》，是揭發舊時代的戀愛心理。然而，這代表兩個作家的作品，並不是絕對的不同，在把歷史和傳說的人物賦予一種現代新的意識上，就是所謂「舊瓶子裝新酒」這意味上，這兩位作者正是相同的。不過，在我對於前者的作品覺得緊張有力。在技巧上，也較爲圓熟。

豹子頭林冲，這是誰也知道是那《水滸》上稱爲「八十萬禁軍教頭」的一個赫赫有名的人物，在《水滸傳》裏，從第六回一直到第十一回把他寫得很多很長，而在第十八回裏才說出他火併那個白衣秀士王倫，開了水泊的記錄。這在章回小說裏，自然祇能這樣的敘述。然而，在這《豹子頭林冲》裏，作者是用短篇小說的結構，所謂一種經濟的手腕，僅在林冲上山的第三夜，把林冲的全人格表現了。這固然是短篇小說勝於舊小說的地方，同時，也是作者結構上的成功。

什麼是林冲的全人格呢？壓根兒作者是把他建築在農民的反抗性格上，由這一點，作成了全篇的骨子，和分析了牠的過程。

我們知道，作爲文藝的內容的一種意識，牠不取著論理的概念地表現，而是展露在生動的形象之中。題材是把這內容表現於形象之中的手段。這種手段，一般地是取著現實的。但是，現實的題材，常受客觀的種種限制，有時反不能像用舊瓶子那樣的可以盡量發揮，因此，舊瓶子裝新酒的作品，在這意味上，有牠必要的。如這《豹子頭林冲》裏，不僅這樣，我們還可看出應用這意味來諷刺：

> 但是在「八十萬禁軍教頭」任上的第二年，他林冲看見了許多新的把戲；他毫無疑惑地斷定那些口口聲聲說是要雪國恥，要趕走胡兒的當朝的權貴，暗底裏卻是怎樣地獻媚胡兒，怎樣地幹那賣國的勾當！

這是極爲深刻的。

《石碣》，也是應用《水滸傳》內容爲題材的。但是，這裡主要的並不在某一個人物，只在發掘水泊裏的秘密。讀過《水滸傳》的，當然會知道，在最後第七十回裏，寫著「忠義堂石碣受天文」的故事，裝妖作怪，發現了什麼石碣；這種秘密，看《水滸傳》的人常是被其瞞過的。而在這《石碣》裏，作者理想地把牠發掘了。在取材上，不能不說極其靈活的。

本來，在舊時代裏的人，最怕的便是天，最想信的，便是天意。像這水泊裏，當時一百餘好漢「心思也不一樣」，若教依了一個人的意見來排定位置，如何肯心服。所以石碣這策略是必要的。

> 二哥，話雖如此說，事情，卻不能如此辦。也須教人心服呀。單是替天行道杏黃旗上的一個「天」字，還不夠；總得再找出些「天意」來。這便是吳軍師的神算妙計。

全篇情調很幽默。同時，你如果神經過敏一點，會疑心在針對著什麼諷刺；或者竟可就這麼相信。

《大澤鄉》比《豹子頭林冲》和《石碣》要緊張，這裡面充滿著暴風雨的氣息，反抗的熱情。作者說明貧民在死地上的覺悟，和富農階級沒落的黑影，慘澹的而又是悲壯的。

至於作者在全篇裏，對革命所提出的意見，我們可以提供這一節來：

> 想起自己有地自己耕的快樂，這些現做了戍卒的「閭左貧民」便覺到只有爲了土地的緣故纔值得冒險拚命。什麼「陳勝王」，他們不關心，如果照例得有一個「王」，那麼這「王」一定不應當是從前那樣的「王」，一定得首先分給他們土地，讓他們自己有地自己耕。

就這樣，我想對於作者的態度是可以看出來的。作者是不甘於寂寞，因此，既在《豹子頭林冲》裏寫出了農民的原始的反抗性，又在這裡寫出了農民的實際的革命要求和行動。但他對於現實的那種革命，依舊是感到不滿，而於文學上尤其是這樣，因此，以技巧爲逋逃藪，而且投出了譏諷的意味，在這只是三篇的「舊瓶子裝新酒」的作品裏，作者是又說明他新的姿態了。

西人眼中的茅盾

楊昌溪

《中國簡報》（在第七期）說茅盾的作品是爲中國中等階級而創作的「左拉主義者的文學」（Zolaist Literature）；說他是自然主義者的領袖；是現代中國女子底心理底最好的描畫者；是一個革命者；是短篇小說和散文的作家；是一個非屬於學生或目不識丁的勞動者，而只是爲那些把希望安置在中國革命底實現上的中產階級的商人和小康的農民的寫實主義的小說底「代言者」（Spokesman）。

在《茅盾》一文中論到他說：

> 茅盾是沈雁冰的筆名，他只受過短期的學校教育。他的事業的開始是在商務印書館當校對。後來陞擢爲《小說月報》的編輯。雖然他出版了許多的文學論，但是他做批評家卻沒有獲得偉大的地位。他最著名的小說是《追求》，《動搖》，《幻滅》三部曲，這三部小說是描寫不寧的中國革命。茅盾在人物底新型的創造上是敏銳的，在他的三部曲中，在這點上獲得了可驚異地成功。他創造了三個很動人的女主人公，她們在思想和行動上都眞實是現在中國底前鋒。在三部曲中，他描寫了一九二六年革命戰役中的機會主義者，共產主義者，保守主義者和擾亂的青年。

在《從牯嶺到東京》一文中他說他一九二六年夏天去休息。他會著了一個有癆病的女子。她曾在浪漫中消磨了她的人生，後來加入了革命。那個女子的生活供給了三部曲很多的材料。（錢杏邨底《近代中國作家》中有一篇論到這三部曲的批評。）

《野薔薇》是他在雜誌上發表的短篇小說的結集。在牠的序言中說：（英文只譯出大意，今照錄原書文字。）「知道信賴著將來的人，是有福的，是應該被贊美的。但是，愼勿以『歷史的必然』當作自身的預約券。且又將這預約券無限止地發賣。沒有眞正的認識而徒藉預約券作爲嗎啡針的『社會的活力』是沙上的樓閣！結果也許只得了必然的失敗。把未來的光明粉飾在現實的黑暗上，這樣的辦法，人們稱之爲勇敢，然而掩藏了現實的黑暗，只想以將來的光明爲掀動的手段。又算是甚麼呀！眞的勇者是敢於凝視現實的，是從現實的醜惡中體認出將來的必然，是並沒把牠當作預約券而後始信賴。眞有效的工作是要使人們透視過現實的醜惡而自己去認識人類偉大的將來，縱而發生信賴。不要感傷於既往，也不要空誇著將來，應該凝視現實，分析現實，揭破現實；不能明確地認識現實的人，還是很多著！」

《野薔薇》包含五個短篇。五個女主人公都是女性。作者說：「主人中沒有一個是值得崇拜的勇者，或是大澈大悟者。自然，這混濁的社會裏也有些大勇者，眞正的革命者，但更多的是這些不很勇敢，不很澈悟的人物；在我看來，寫一個無可疵議的人物給大家做榜樣，自然很好，但如寫一些『平凡』者的悲劇的或闇澹的結局，使大家猛省，也不是無意義的。」

在《創造》一篇中，重要的女主人公嫻嫻，在受了近代主義的教訓後便不能被限制了。在《自殺》一篇中的環女士是一個有柔弱的天性的姑娘。她具有新思想，但她的保守的家庭卻壓迫著她。環女士是一個厭世家，而嫻嫻女士卻是一個樂天主義者。在《詩與散文》中的桂奶奶是具有肉慾天性，而又是一個強健的人物。

茅盾稱他自己是一個左拉主義者。在他開展《自殺》一篇的重要部份時，他給出了四個暗題來表示在環女士身上忽然的變遷。茅盾描寫了她的幻滅，甚至也描寫到一個蚊子。

假如魯迅是鄉村人民底最好的描寫者。沈從文是戀愛中的現代青年的描寫者，那麼，茅盾是可以分派爲中國的年青姑娘們底最好的描畫者。根據這一點，茅盾的三部曲便成了中國近代小說中最出名的一部著作；他樂於給他的小說命一種抽象的題目。

在《自然主義與中國小說》一文（因無從尋得原文，故從英文轉譯）中他說：「一個小說家選擇一條人生之路去描寫。他不要在一部份的人生中有種結局的主義，只是在作品的中間包含一種基本的計劃便是。譬如說，屠格涅夫在小說中論到戀愛是表示他的政治思想和俄羅斯少年人的人生觀察，而他是把戀愛當成一種純然具體的表現。在寫作上，我們必定要能去體驗，而且親身地觀察。這樣體驗的精神，便是自然主義底特質（Characteristic of Naturalism）。」

在這簡略的論述之外，他還節譯了《野薔薇》結集中的《創造》一篇中的一些零碎的句語。把整整的一篇小說割裂了，或許他們的目的只是要把《創造》一篇的故事刪節，而又要使這刪節的故事成爲一貫的系統。所以在故事的完結後還加以按語說：「茅盾在《創造》一篇創作中底企圖顯示婦人不能被男子創造，企圖描寫金科玉律的中庸之道或中等階級智識份子底思想，那些中等階級的智識份子反對舊型底女子，然而卻又不願意女子帶有過於激烈的思想。」

在節譯茅盾的小說外，牠還節譯了他的論文《從牯嶺到東京》。而且在解題中說：「這論文的作者茅盾是左拉主義者，是中國今日中等階級自然主義的作家，這論文是最近中國文學中最有力量的論文。……在這論文中表現了一個重要的文學團體的許多文學思想，表現了包含自然主義的布爾喬亞的趨勢的許多思想，表現了爲藝術而藝術之羣的許多思想。在那文中茅盾叫出了文學不應該故意的（Intended），因爲在過去六七年中的小說都是爲學生而創作的，而不是爲商人和農人而創作的。」

茅盾與現實

錢杏邨

序引——茅盾的三部曲的批評——關於《幻滅》的考察——小資產階級對於革命的幻滅與動搖——關於《動搖》的考察——投機分子的畫像——關於《追求》的考察——終之以「自殺」——關於《野薔薇》的考察——他的創作的哲學——《創造》。《自殺》。《一個女性》。——《詩與散文》。《曇》——文藝與現實——他的技術的考察——祇有灰暗沉重的現實——。

序　引

茅盾這個筆名對我們雖然覺得很生，但茅盾先生確是我們文壇上的一位老作家。不過，他以前的工作大部分是在翻譯與批評方面，到了一九二七年，他纔開始創作罷了。他的創作雖然說是產生在新興文學要求他的存在權的年頭，而取著革命的時代的背景，然而，他的意識不是新興階級的意識，他所表現的大都是下沉的革命的小布爾喬亞對於革命的幻滅與動搖。他完全是一個小布爾喬亞的作家。至於他究竟是誰，作者既不願寫出他的眞姓名，我們當然沒有在這裡指出的必要。我們只需要根據茅盾的創作，做一回他的創作的考察好了。我的考察是分爲四部分的，一是他的《幻滅》的考察，二是他的《動搖》的考察，這一部分自己認爲是最不滿意的，我沒有站在新興階級文學的立場上去考察，差不多把精神完全注在創作與時代的關係的一點上去了。重作既在事實上爲不可能，只好把牠們留在這裡了。第三是對他的《追求》的考察，四是關於他的《野薔薇》的考察。這二篇，在立場上自信是沒有錯誤的，可是仍舊不是我滿意的東西。合這四篇的批評成爲這篇作家的考察。因爲他是一個文壇的老將，所以我把牠在這裡發表了。

目　次

一、《幻滅》

在最近的中國文壇上有一種可喜的現象，就是很多的作家認清了文學的社會的使命，在創作中把整個的時代精神表現了出來。這些製作，因種種的客觀的條件的關係，當然是不會怎樣的完善；因爲這是每一種文藝運動的初期應有的現象，時間久了，當然可以慢慢的好起來的。譬如說，中國的新文藝運動，已經有十年的歷史了，眞正偉大的創作，可與西洋名著頡頏的，我們是一本也找不出來，然而不是沒有希望的，譬如，蘇俄革命已近十年了，眞正的無產階級文藝的基礎還沒有建設得好，然而，它的能以完成，是我們可以推想得到的。這幼稚是必得經過的階段，光明的前途定會從這些幼弱的創作上慢慢的發育完成，對於這樣的幼稚，我們是具著無限的歡欣。……

因爲說到表現時代，因爲說到現時代人物的心理，在兩年來我們就看到一些很有趣味的心理現象，其中最重要的要算一部分小資產階級青年心理的變遷。在這一次革命的浪潮裏，因著政治上的幾次分化，一部分小資產階級把自己階級的最明顯最可笑的特性通統的表現出來了，重要的要算他們游移不定的心情和對革命的幻滅兩點。我們可以看到許多的青年對一切事件游移的可笑，我們可以看到他們站在他們自己階級和勞動階級間的徘徊，我們更可以看到他們因革命性的不堅強，對於政治的鬥爭的階段認識不清楚，經不起一兩回抗鬥就生出幻滅的心情。他們有的倏而左，倏而右，倏而中立；倏而革命，倏而不革命，倏而反革命；倏而 A 黨，倏而 B 黨，倏而一黨也不黨，……這些現象是最普通不過，……現在就有許多作家把這種種的心理表現出來了。在這裡先要說及的是茅盾作的《幻滅》。

《幻滅》這一部小說，是描寫小資產階級的游移與幻滅的心理的。主人翁是一個女子。事實的對象不完全是革命的，是藉著兩種的事實把這兩種心理表現了出來，戀愛的事件表現了游移，革命的事件描寫了幻滅。主人翁靜是很有趣味的，怕戀愛，怕男性，拒絕前部男主人公抱素的愛，等到抱素愛上了她同居的慧的時候，她卻又要拚命的愛抱素，直到得到抱素而甘心了。後部的男主人公強連長和靜結婚以後，在蜜月中得到出發的消息，她對於他行止的問題又游移了一陣。這種游移的特性在靜的生活裏是始終持續著。前部的安置完全在學生時代，後部是革命時代；在前部之末，靜因著一時的衝動決計革命了，跑到武漢去，但再看一看革命人物的溷濁，卻又不高興而幻滅了，但是再不久，她又去做革命的事件，又信任革命了，她是這樣的游移與幻滅，這實在是近年來青年男女的一般現象。在俄羅斯，阿志巴綏夫最善於描寫這樣的人物，《朝影》裏的理莎就是最重要的，在中國的創作壇上，我們現在看到了這一部。

一部分小資產階級的女子的性格，不僅游移，抑且懦弱，這一點在《幻滅》裏表現得很健全，全書描寫靜對於男性的畏懼，描寫靜經不起男性的威逼，描寫靜的性格的脆弱，分析得是很精細的，關於這一點可以舉一個最小的例證，當靜一天早晨起身時，「彷佛見有一個人頭在晒台上一伸。對她房中窺伺。她像見了鬼似的，猛將身上的夾被向頭面一蒙，同時下意識的想道：西窗的上半截一定也得趕快用白布遮起來」！（p.5）這件事到了下午她依然記著，依然的「在靜尤有餘驚」！（p.5）這種懦弱的心理不是靜獨有的，實在是中國小資產階級女子最普通的性格。因爲她們的懦弱，所以一個可恥的抱素便能逞其技倆，在一個短時間內得著慧又得著靜了。全書要以靜的性格描寫得最出色。次之就要算抱素。描寫中國青年的戀愛狂的，卑鄙的，不堪的動態，處處令人噴飯，而卻又處處是顯在每一個人眼前的事實，描寫他對於女性的逢迎很是不差，寫強連長卻沒有多少的好處。描寫慧，慧的戀愛觀是和靜完全相反的，她的行動也就各異，不過不很健全，不能和靜對襯，要把她寫得在思想在動作雙方都放蕩一些，那就好了。其實，就是表現靜的性格，也祗表現出小資產階級女子病態的特性的輪廓來，還沒有解剖到極深邃的地步，寫李克也寫得很好。……

說到全書的結構，是分爲上下二部，一章至八章爲上部，寫學校生活；九章至十四章爲下部，寫她的革命生活。章的材料的分配，前部比後部精密得多；前部的每章的材料都是很扼要的，後部卻鬆散得很，材料嫌單弱了。仔細點講，在前部，第五章太注重側面寫了，容易使人把這一章看作題外的剩餘，雖然作者下筆時別有用心。第七章的發現的時間與方法，時間是太快了，方法不很適當，那一封信的發現，不應該在抱素隨手拿著的書裏，應該在衣裏或其他地方。地點最好安置在另一個地方。下部第九章材料單弱而沒有多少意義，十一章十三章多是如此，這或者是作者要急於脫稿的關係罷？……全書的結構以及章的分配，似乎得力於屠格涅夫的《前夜》與阿志巴綏夫的《朝影》一類的著作不少，而且有了相當的好處，不過每章的內容的材料的剪裁與充實卻很難及到。

致於全書的描寫，前四章是失敗了，有些「在細雨中飄蕩，軟弱無力」（p.4）的風味，太不沉著了，雖然裏面也有些生動有力的部分。而插入主觀的字眼，尤是不留意的小毛病，如「我們的小姐愕然了」（p.6）如「場裏電燈齊明，我們看見他們三人」（p.8）「如你不能指出整個的美」（p.8），這些地方是很損害客觀的描寫的精神的。第五章前面已經說過，寫得太側面了，但技巧表現得生動有趣。第六章變化的太突然，全章似乎缺乏心理變遷過程的敘述，寫得嫌隱晦，抱素對靜的動作應該描寫點急迫的神情纔好。不過這是不重要的。第七章事實敘述得不很近情理，日期應該提後些時，全章敘述得還緊張。第八章心理的衝突的描寫是不差的，不過其他部分微嫌貧弱，末節寫小資產階級革命由於直覺的衝動的心理很細緻。第九章，無論是內容是描寫都失敗了，是全書最失敗的一章。第十章寫政治人物的不堪的動態，是後部最好的一章，也是重心的一章。第十二章佈局還很適當。第十三章是一大失敗，就事實上是應該有這一章的，但是這一章裏的事實太單弱了，於全書是沒有什麼意義的，應該多加入一點軍事行動或靜的幻滅的思想纔好。最後一章寫靜的游移與決定，沒有什麼滿意的地方。

關於敘述，上面已經很具體的說明了，這裡再補說一點，就是作者的技巧，有的地方寫得很好，有的地方寫得太隨便。主觀的字眼還可以舉出一例，在下卷十二章裏就有這樣的句子：「但是解開了軍毯看時，咦，左乳部已無完膚」（p.31），這裡的一個「咦」字用得實在太糟糕了。全部還有許多幼稚不當的句子，如：「姓強名猛，表字惟力」（p.33）如「因爲靜女士從沒和男同學看過影戲，據精密調查的結果」（p.8）如「濛濛的夜氣中，透露一閃一閃的光亮，那是被密重重的樹葉遮隔了的園內的路燈」（p.11）。這些地方，有的舊小說化，有的俏皮化，有的句的組織嫌笨拙，有的是剩餘的句子，都是作者隨筆書寫，不留意的小毛病，而足以影響全書的。

現在收束了罷。《幻滅》是一部描寫革命時代及革命以前的小資產階級女子的游移不定的心情，及對於革命的幻滅，同時又描寫青年的戀愛狂的一部具有時代色彩的小說。全書把小資產階級的病態心理寫得淋漓盡致，而且敘述得很細緻。描寫祇是後半部失敗了，至於意識不是無產階級的，依舊是小資產階級的，是革命失敗後墮落的青年的心理與生活的表現。

一九二八，二，一九。

二、《動搖》

《動搖》寫的比《幻滅》進步。不僅作者筆下的革命人物很生動，一九二七的社會和政治的情狀，也有了很鮮明的輪廓。全書當然是以解剖投機分子的心理和動態見長。不過，我們若嚴格的說，這不是一部成功的創作。描寫革命的人物，尤其是投機分子，仍不免失之於模糊。胡國光這樣的投機分子，在革命的過程中，還是渺乎其小的。讀後所得到的印象，祇是這樣人物的無聊。是一個無聊的人物，而不是可怕的陰險刻毒的投機分子。茅盾在兩湖見到的投機分子，行動一切可必其超乎胡國光十百倍。可惜他不曾描摩出來。這小說裏的投機分子，似乎還不能給讀者以最深刻的印象，使讀者憤恨切齒。最後反動的一幕，因爲胡國光始終不曾露面，暗示的力量也就很弱。果能加一段投機分子陰謀的預定，或胡國光正面指揮及暴行的刻劃，給予讀者印象那就深刻了。這最後效率是完全失敗。窮兇極惡的投機分子於是終竟祇變成一個比較可厭可恨的人物。長江上游的投機分子的行動，有出人意料之外萬萬者。下游也未必不如此。投機分子眞面目，勾結軍閥官僚，用經濟收買墮落的民眾，利用宗法社會觀念來澎漲自己的力量，煽動，把持，陷害，對上級機關的經濟疏通，暴行，甚至和帝國主義勾結，這一切普遍的現象，在《動搖》一書裏，我們竟毫無所得。《動搖》裏的投機分子的行動，祇是他們小小的技能，僅止於小施其技倆。不過，《動搖》確實有許多的特色。把印象慢慢的伸張開來，我們在這裡就可以看到整個的一九二七中國革命人物的全部縮影。所表現的不止於上述的一個小城。可是這部小說有點缺陷，作者沒有把那些健全的革命黨人描寫出來對比一下。掩卷而後，不禁令人有茫茫然之感。眞正革命的，不止於退讓而終了。

談一回全書的重要革命人物。胡國光當然是豪紳階級的投機分子。方羅蘭是改良主義的代表，具有社會民主黨的不澈底的思想。史俊的行動，完全代表了熱血在內心沸騰，祇知勇往直前，具著衝動性的青年革命黨人，李克是一個健全的革命黨人。大體說來，祇是革命的小資產階級的一羣。沒有女革命黨人。孫舞陽不過是點綴革命的浪漫新女子，方太太距離革命，當然更是遙遙地遙遙地。作者最著力的人物是胡國光。描寫胡國光的心理確是很精細，尤其是最初的攢營和許多關係人物的聯想。入後是逐漸的鬆弱。作者的精神在胡國光一方面，沒有貫注到底。描寫胡國光的動態而外，前部的對話很不差，有許多很值得注意的投機分子的口語。

> ……國光服務地方十年，只知盡力革命，有何劣跡可言？縣黨部明察秋毫，如果我是劣紳，也不待今天倪甫庭來告發了。（Chap.2）……請方部長明察，不要相信那些謠言，光復前，國光就加入了同盟會；近來對黨少供獻，自己也知道，非常慚愧。外邊的話，請方部長仔細考察，就知道全是無稽之談了。國光生性太鯁直，結怨之處，一定不少。（Chap.3）

> ……國光自問沒有多大才力！只是肯負責，澈底去幹，還差堪自信。辛亥那年，國光就加入革命，後來時事日非，只好韜晦待時。現在如果有機會來盡一份的力，便是赴湯蹈火，也極願意的。（Chap.6）

這樣的有趣味的口語，差不多成了一個定型，從各地方都可以聽到。

對於方羅蘭沒有查辦他的慶幸，仍要去拉攏方羅蘭的心理，時急勢危的退縮，都是投機份子的活現形。就本書採用的事實的描寫說。比較懦弱的分子的個性寫得很深刻的。

方羅蘭。作者把他的改良主義者的精神表現得不很深刻。用高爾斯華綏和蕭伯納筆下的改良主義人物和他相較，作者的技巧是失敗的。有的地方是用側面寫，我們無法批判，這樣的表現，往往使人不易看到好壞。方羅蘭是一個不健全的改良主義者。因此，他有這樣的表白：

> 店東們反對的空氣從昨晚起特別猛烈。似乎是預定的計劃。大概他們暗中醞釀已久，最近方纔成熟。這倒不應該輕視的。況且一律不准歇業，究竟太厲害了些；店東中實在也不少確已虧本，無力再繼續營業的。（Chap.6）

總之，方羅蘭的行動主張，完全「表示了軟弱，無決心，苟安的劣點。」（Chap.6）是改良主義者的眞面目。目前這樣的人物正多。也就是所謂中庸之道。改良主義在《動搖》裏祇有一個隱約的輪廓。這許是作者把精神太傾向於方羅蘭戀愛心理解剖一方面的原故。就《幻滅》與《動搖》兩書而論，作者很長於戀愛心理的描寫，比描寫革命來得深刻。把方羅蘭的戀愛心理描寫得眞是精細入微。也恰合於他的性格。精神傾於戀愛如方羅蘭，這樣人物所在盡是。這是革命時代的普遍現狀。也許是將來社會裏極難解決的問題。在創作方面，有婦之夫的戀愛心理，我們還沒有看到誰下過這樣的分析的工夫的。方羅蘭是一個不澈底的改良主義者。這樣的人物普遍在中國。請看他的哲學：

> 要寬大，要中和，惟有寬大中和，才能消弭那可怕的讎殺。現在槍斃了五六個人，中什麼用呢？這反是引到更利害的讎殺的橋梁呢！（Chap.11）

方太太是過渡時代的女性。「太太的話，負氣中含有艾怨；太太的舉動，拒絕中含有留戀」（Chap.8）這樣的人物，我們不需要多加研究。在革命的女性方面，還是說一說孫舞陽。孫舞陽不是革命的。孫舞陽沒有革命哲學。從事革命而眞能認識革命的女性實在很少。孫舞陽有的衹是戀愛哲學。孫舞陽的哲學就是玩弄女性的男性的報復者，她是不是革命的呢？我們懷疑。我們不需要這樣的沉醉戀愛忘記革命的女黨人。但目前的一般現象都是如此。有的大都是專門戀愛的女革命黨人，缺少專門革命側重革命的女革命黨人。孫舞陽的人生哲學建築在性與戀上。沒有事業。此外，就是作者不曾著意表現具有革命性的史俊與李克。這和屠格涅夫的《新時代》裏的涅暑大諾夫和梭羅明相似，自然不完全盡同。史俊作事不似一個有訓練的革命黨人。他不善觀察人物，衹看浮面。李克卻不如此。有些近似頭腦冷靜的唯物論者。不過，還缺少一些政治的策略的經驗。兩種人都不十二分的健全。這部小說裏沒有健全的革命黨人。眞正的革命者，從這裡可以洞察今後應該走的道路。不健全的革命所產生的衹有不健全的革命黨人，這是我們對於這部小說裏人物的最後結論。不過全書我們覺到意義有些模糊，假使我們用一九二七的事實來相較，眞正的誰是誰非的一個判斷，從這裡得不著。沒有顧到政治的實際。如實際上被打的不是投機分子，改良主義者，而是革命的，但書中所示是相反的。

描寫當然是側重革命與戀愛。內裏描寫三種不同的戀愛觀。方太太和孫舞陽可以說是各走極端，方羅蘭介乎二者之間，從此岸達彼岸的一個橋梁。方羅蘭的戀愛心理，展開在第五章。起始的一段幻象並不能表現出一種特色。往下的六年前的回憶是有聲有色，把一個在衝突的戀愛者的心理，以及他們採用的壓抑的方法的內祕，全部暴露了。我們於此，彷彿在讀契可夫的《洛斯奇爾的提琴》，聽到幾聲馬華的喊叫。方羅蘭的戀愛心理是矛盾與衝突。當然入後也是動搖。動搖以後卻沒有穩定。眞是一個上好的小資產階級人物。請看他的戀愛心理。

> 這晚上直到睡爲止，方羅蘭從新估定價值似的留心瞧著方太太的一舉一動，一顰一笑，他是要努力找出太太的許多優點來，好藉此穩定了自己的動搖。他在醉醺醺的情緒中，體認出太太的肉感美的焦點是那肥大的臀部和柔嫩潔白的手膀；略帶滯澀的眼睛，很使那美麗的鵝蛋臉減色不少。可是溫婉的笑容和語音，也就補救了這個缺陷。
>
> ——梅麗，你記得六年前我們在南京遊雨花台的情形麼？那時我們剛結婚。並且就是那年夏季，我們都畢業了。有一次遊玩的情形，我現在還明明白白記得：我們在雨花台的小澗裏搶著拾雨花石，你把半件紗衫，白裙子，全弄濕了。後來還是脫下來晒乾了，方才回去。你不記得了麼？
>
> 大約是九點鐘光景，房裏只剩下他們兩個了，方羅蘭愉快的說。方太太微微笑了一笑，沒有回答。
>
> ——那時你比現在活潑；青春如火，在你血管裏燃燒！
>
> ——年青的時候眞會淘氣，方太太臉紅了，那一次，你騙我脫了衣服，但你卻又來玩笑——
>
> ——當時你若是做了我，也不能不動心呢。你的顫動的乳房，你的嬌羞的眼光，是男子見了都要動心的！
>
> 方太太把臉握在手裏，格格的笑。
>
> 方羅蘭到她身邊，熱烈的抓住了她的手，低低的然而興奮的的接著說：
>
> ——可是，梅麗，近來你沒有那時活潑了。從前的天眞從前的嬌愛，你都收藏起來；每天像有無數心事，一股正經的忙著。連大聲的笑，也不常聽見了，你還是很嬌艷，還在青春，但不知怎的，你很有些暮氣了。梅麗，難道你已經燃盡了青春的情熱麼？（Chap.4）

這一段還沒有完。從《幻滅》到《動搖》，作者的戀愛心理描寫的力量的進展，於此可見。描寫曲折精細的地方很多，因分量上的關係，不便徵引，在技巧方面，這終竟是最好的一段。許多地方寫得令人發笑。如「方羅蘭愈不提起孫舞陽，方太太就愈懷疑。方羅蘭努力要使太太明白，努力要避去凡可使她懷疑的字句，然而結果更壞。如果方羅蘭大膽的把自己和孫舞陽相對時的情形和談話，都詳細描寫給太太聽，或者太太倒能瞭解些；可是方羅蘭連孫舞陽的名兒都不願提，好像沒有這個人似的，那就難怪方太太要懷疑，那不言的背後還有難言者在」（Chap.9）的一節就是最有趣的例子。描寫戀愛心理，無論青年中年，作者都很精到，孫舞陽，「是個勇敢的大解放的超人」（Chap.9），她的戀愛行動是很坦白的，言行一致，在她「擁抱了滿頭冷汗的方羅蘭；她的只隔著一層薄綢的溫軟的胸脯貼住了方羅蘭劇跳的心窩；她的熱烘烘的嘴唇親在方羅蘭的麻木的嘴上；然後，她放了手，翩然自去」（Chap.9）的一段話和她的行動裏，寫得淋漓盡致了。寫浪漫行動的女性，也是恰如其分的。方太太的妒嫉心理，作者寫得尤是深切。有一段最微妙，節錄如下。

——你究竟愛不愛孫舞陽？

——說過不止一次了，我和她沒關係。

——你想不想愛她？

——請你不要再提到她，永遠不要想著她。不行麼？

——我偏要提到她。孫舞陽，孫舞陽，孫舞陽……

——梅麗，你戲弄我也該夠了！

——好罷，我對你老實說：除非是孫舞陽死了，或是嫁人了，我這懷疑才能消滅。你爲什麼不要她嫁人呢？

不可捉摸而又易於捉摸的女性妬嫉心理活現了，和孫舞陽向方羅蘭勸解的心理完全相反。這三個人物表演了一幕現代戀愛的活劇。我們不能否認作者對青年的戀愛心理有深刻的考察。這一方面描寫比革命成功。在本篇範圍裏比較，是方羅蘭的心理寫得最好，方太太次之。孫舞陽一類人物的心理，嚴格的說來，作者多少還有一些隔膜。

說到革命。在人物論裏已經說了大半。羣眾的閒情逸趣，一部分黨人的莫名其妙適應興致，都很切到。確是革命浪潮中的趣味人物，這樣的人物眞是新鮮而又活潑。描寫黨人，是多方面的。個人的行動，散佈於全書各處，不便徵引。這裡舉一節恐怖時代的描寫，來印證作者關於革命描寫的力量。那是在公安局被打以後。

呼嘯的聲音正像風暴似的隱隱地來了。猶有餘驚的孫舞陽的一雙美目也不免呆鈍鈍了。滿屋子是驚慌的面孔，嘴失了效用。林子冲似乎還有膽，他喝著勤務兵和號房快去關閉大門，又拉過孫舞陽說道：

——你打電話給警備隊的副隊長，他和你有交情。

吶喊的聲音，更加近了，夾著鑼聲；還有更近些的野狗的狂怒的吠聲，牠們是照例的愛管閒事。陳中苦著臉向四下裏瞧，似乎想找一個躲避的地方。彭剛已給把上衣脫了，拿些墨水擦在臉上，說是他曾經化裝茶役脫過一次險。方羅蘭用兩個手背輪替著很忙亂的擦額上的急汗，反覆自語道：

——沒有一點武力是不行的！沒有一點武力是不行的！

突然，野狗的吠聲停止了；轟然一聲叫喊，似乎就在牆外，把房裏各位的心都震麻了。號房使著腳尖跑進來，張皇的然而輕輕的說：

——來了，來了；打著大門了。怎麼辦呢？果然擂鼓似的打門聲也聽得了。那勤務兵飛也似的跑進來了。似乎流氓們已經攻進了大門。喊殺的聲音震得窗上的玻璃片也隱隱作響。房內的老板格格的顫動起來；這是因爲幾位先生的大腿很不客氣的先在那裡抖索了。

——警備隊立刻就來！再支持五分鐘——十分鐘，就好了！

孫舞陽又出現在大眾面前，聳著裸露的半個肩頭，急急的說。大家纔記起她原是去打電話請救兵的。「警備隊」三字提了一下神，人們又有些活氣了。方羅蘭對勤務兵和號房喝道：

——跑進來做什麼？快去堵住門！

——把棹子椅子都堵在門上！林子冲追著說。

——只要五分鐘！來呀！搬桌子去堵住門！彭剛忽然震作起來，一雙手拉著會議室的長桌子就拖。一個兩個人出手幫著扛。啞的驚慌似乎已經退位，現在是嘈雜的緊張了。大門外，凶厲的單調的喊殺聲，也變成混亂的叫罵和撲打。(Chap.11)

這一節是如何的緊張生動？和顯克微支的《你往何處去》第三卷相較，自然相差得太遠。可是就全書論，情形總可以說是愈逼愈緊，文勢也愈趨愈緊。不是怎樣偉大的飛瀑，也並非是涓涓的細流。於此可見作者描寫革命的力量。其他的地方，四章末節，當胡國光被請草宣言時，此地似應有一段微微羨嫉心理的描寫，二章商協的選舉，五章林子冲的話語與史俊的行動有共通性。十一章李克的行態，胡國光的反動，婦協的被搗毀，黨部的活劇，領袖的逃亡，以及各章的革命黨人的戀愛行動，無往而不是一九二七的普遍的現象。不僅可作小說讀，也可以作史的側面觀。尤其是，曾經接近革命的人們，對此當感到一般讀者所不曾感到的悲哀和歡欣。

自然還有許多小疵。第二章陸三爹錢學究的敘述，小說的風味就太濃厚。小孤孀的事件似乎不應該佔七章一章的分量，應歸併。八章的冒子沒有多少力量，九章 p.262-3 裏面的插敘不完善。還有，就是我在《幻滅》裏所舉出的，有許多語句的構造欠斟酌。

最後，請舉出全書最重要的，我們認爲有改善的必要的幾點。第一，全書脫不盡舊小說的風味，雖然在形式上完全是新的格式，舊小說的風味是特殊的濃重，不是我們所需要的。第二，就是主客觀的敘述的不調劑。我們認定一三身稱的夾敘是可能的，不過這裡所採用的方法，十之八是純客觀的，事實上調劑不起來，不如痛快的用純客觀的描寫法。第三，在描寫方面有破敗的痕跡，讀者不能滿足　技巧方面得更進一步的修養。第四，是很重要的一點，就是作者描寫的方法有改正的必要。作者採用的完全是舊寫實主義的方法，始終很注意環境。所以作者無論如何忙迫，總要把景物等環象敘述一番。這是不必要的。總之，舊的寫實主義的立場於我們是不適宜的了。表現這個時代，新寫實主義的立場，我們覺得是正確的，這也就是說，作者的形式與內容，都有改正的必要。因爲作者的意識還不是無產階級的。

《動搖》這部小說，嚴格的說來，是不完善的。但就目前的文壇的成績看，這是值得一讀的。雖然技巧有一些缺陷，但是規模具在；雖然意識模糊，我們終竟能在裏面捉到革命的實際。讀者們，在這部小說裏，所顯示的革命的結果何如呢？「實在世界變得太快太複雜太矛盾　我眞眞的迷失在那裡頭了。」（Chap.3），許多革命黨人因此而生了動搖。「動搖」以後怎麼辦呢？我們希望作者在第三部創作裏把他們重行穩定起來。或者把這樣的不澈底的改良主義人物送到墳墓裏去，他們本已是陳死人了。

五，二九，一九二八。

三、《追求》——一封信

藻雪兄！

茅盾的《追求》的批評，三天前我就動筆了，但是直到昨天晚上，經過兩回的芻稿而始終不能愜意，所以，我決定暫且扔下，改作這一封書信給你，把我讀《追求》一書時所得到的印象，簡單的說明一回。

我請先引出原書中的一節。

> 他們都是要努力追求一些什麼的，他們各人都有一個憧憬，然而他們都失望了；他們的個性，思想，都不一樣，然而一樣的是失望！……他們失望者每每太空想，太把頭昂得高了一些，只看見天涯的彩霞，卻沒留神到腳邊就有個陷阱在著。（Chap.8）

我們不必敘述《追求》這一部創作的事實的經過及其結果，從上面所徵引的書末王仲昭所說的話裏，就可以捉到作者自己對於這種人物的說明和批判。書中每一個主人公，都有一個憧憬，「一個追逐一個的在淡黃油漆的四壁內磕撞」（Chap.2），但是，在結果，「就是得到了手的，卻在到手的一剎那間改變了面目」（Chap.8），全部的陷於失望了。史循說過，「人生畢竟不如所想像的那樣闇淡」（Chap.8），可是，這部創作所顯示的，祇有灰色的闇影，「灰色，滿眼的灰色」（Chap.3）滿眼的灰色而已。在全書裏是到處表現了病態，病態的人物，病態的思想，病態的行動，一切都是病態，一切都是不健全。作者客觀方面所表現的，思想也仍舊的不外乎悲哀與動搖。所以，這部創作的立場不是無產階級的。文學不僅是要表現生活。也還有創造生活的意義存在，表現生活以外，也得有 Fropaganda 的作用。《幻滅》的結束是陰闇的，《動搖》的結束也是陰闇的，到了「追求」的結束，依舊是一例的陰闇。嚴格說來，《追求》雖具有革命的時代的色彩，然而不是革命的創作。在以前，我們希望作者改善他的技巧，從這一部去看，我們是要更進一步的希望他根本拋棄他自己現在的立場了！不然，這一種的痼疾，竟是改不過來的。

站在我們自己的立場上，《追求》不是革命的創作。全書的 Climax 也弱於《幻滅》與《動搖》。然而，在描寫的一方面，較之《動搖》卻有很大的進展，心理分析的工夫也比《動搖》下得更深。他很精細的如醫生診斷脈案解剖屍體般的解析青年的心理。尤其是兩性的戀愛心理，作者表現的極其深刻。

在人物之中，我想特殊的提出兩個人來說，第一是張曼青，作者說明他是一個用「一雙倦於諦視人生的眼睛」（Chap.1）在「苦苦的追索人生意義」

（Chpp.1）而「終於一無所得」（Chap.1）「變成悲觀」的人，作者把他的心理解剖得極清晰。然而，在我所感到的關於張曼青的描寫的技巧的好處，不是對曼青的心理演變的敘述，而是演成這種心理的背景與環境的分析。用曼青自己的話，說明他悲哀幻滅的原因是由於「這一年多的政治生活把他磨鍊成這個樣子的」（Chap.1）。因爲「過去的多事的一年，眞正的演盡了人事的變幻；眼看許多人突然升騰起來，又倏然沒落了；有多少事件使人歡欣鼓舞，有多少事件使人痛哭流涕，又有多少事件使人驚疑駭怪，幾乎不敢相信自己的眼睛自己的耳朵」（Chap.2）以致把他弄得「悲愴不能自己」，給予他許多的幻滅。同時他又藉著章秋柳的話，說還有另一種原因，那就是爲階級心理所支配。他是一個小資產階級的智識份子，「沒有向善的勇氣，沒有墮落的膽量」（Chap.1）處在時代的急流之中，當然只有悲哀幻滅的可能。張曼青所以弄到如此的地步，是有政治的和階級的兩種原因。這一種解剖的重心的選擇及其分析的態度，研究這部創作時，無論如何，不應該忽略。

然而作者暗示的對於張曼青這人物的批判；帶有必然的結果的批判，卻是完全錯誤，和作者對於全書人物的整個的批判一樣。憤激脆弱的青年，固然有因政治的激刺而悲哀幻滅的，可是，要肯定的說，祗有這一條出路，死滅的出路，那所見就未免太狹了。我們可以考察作者是怎樣說的，「如果政治清明些，社會健全些，自然他們會納入正軌，可是在這混亂黑暗的時代，像他們這樣憤激而又脆弱的青年，大概祗能成爲自暴自棄的頹廢者了。」（Chap.2），假使這是指一部分脆弱憤激的青年說話，當然是對的。其實憤激脆弱的青年，因環境的惡劣，自己要求的迫切，從鬥爭的經驗中，一變而爲果敢勇毅。這種人物正所在多有呢！作者在理論上說明的如此，在其他人物的行動上所顯示的意義也是如此，這種思想是錯誤的，是悲哀幻滅的。

第二是章秋柳。不過我得說明，我引出章秋柳的意義，是要因著這個人物來把全書的戀愛心理解剖研究一回。秋柳的戀愛心理，已不是青年的戀愛心理，而是「少婦的情懷」，同樣的，張曼青的戀愛心理是中年人的心理了。在《動搖》中我們見過這種心理的表現，那就是方羅蘭對他夫人的回憶。在《追求》裏也有同樣的一回，所謂「換起的，不是溫馨的舊愛，而是辛酸的感傷」（Chap.1）的一節。這一節是極富詩趣的，然而終竟沒有秋柳自白的一段令人迷醉，我覺得這是描寫戀愛的技巧中最好的一節。

「我信。但是，曼青，你有沒有親近過女子的身體？」

> 曼青心裏一跳，他辨不出這問是有意呢無意，好意呢惡意；可是章女士笑盈盈的又接著說下去了。
>
> 「也像今天的一個黃昏：大概還是要晚些，月亮上面看得很分明，曼青，你那時曾經擁抱一個女子的潔白的身體。曼青，像做了一個夢，夢醒後沒有那女子，也沒有了你！」曼青不覺得冷汗直流了。他覺得章女士的話裏有哀怨。隨回想當時自己行徑，這才認出來很像個騙子；騙得了女子的朱唇隨後又把她遺棄，他負著重罪似的偷偷地望了章女士一眼，但在淺暗的暮光中，他辨不出章女士的氣色，只看見她的唇上還是浮著溫柔的笑容。
>
> 他不知道應該怎樣回答。他極願擁抱著她，請她寬恕他的已往，請她容納他現在的熱情，可是又不敢冒昧；他深怕章女士只有怨恨，並無愛意。然而他又聽得章女士繼續著說：
>
> 「你是消失在茫茫的人海中了，然而你又突然出現了，你又突然出現了！」
>
> 章女士反覆諷詠這最後的一句，站起來把一雙手按在曼青肩頭。她的眼光是如此溫柔，她的聲音似乎有些顫抖，她的手掌又是這樣的灼熱，曼青不能再有遲疑的餘地了；他抓住章女士的手輕輕揉捏著，就拉她近來，直到兩顆心的跳動合在一處，章女士微笑著半閉了眼，等候那震撼全心靈的一瞬，然而沒有。她的嘴唇上接受了一吻，但是怎樣平凡的一吻呀，差不多就等於交際場中的一握手，舊日印像是回來了，過去的永久成了過去！（Chap.3）

據曼青所看到的，「章女士是一個多愁善感的神經質的女子，又一變成了追逐肉的享樂的唯我主義者」（Chap.3）曹志方所見到的卻是「有膽量，有決斷，毫沒顧慮，強壯，爽快的女子」（Chap.6）她自己的說明，卻又不同「我覺得短時期的熱烈的生活實在比長時間的平凡生活有意義的多。自己最強的信念就是要把我的生活在人們的灰色生活上劃一道痕跡。無論做什麼事都好，我的口號是：不要平凡」（Chap.8），總之，就全書中所表現的章秋柳這個女子，是具有世紀末的痼疾的，是病態的。作者把她表現得很恰切。總之：就《幻滅》，《動搖》，《追求》三書去看，在戀愛心理描寫方面，作者的技巧最令人感動的地方，卻是中年人對於青春戀愛的回憶的敘述，是那麼的沉痛是那麼的動人。在《追求》全書中，不僅表現了這樣的心理，而且表現了兩性方面的妬嫉，變態性慾，說明了性的關係，戀愛的技巧，無論是那一方面，作者都精細的解剖了。在作者過去的三部創作之中，我感到的，作者是個長於戀愛心理描寫的作家，對於革命祇把握得幻滅和搖動。

1. 妬嫉心理，參看 19 卷《小說月報》P.965，966，1061，1063，1075，
2. 變態性慾，參看 P.839，674，875，
3. 性的關係，參看 Chap.5 王詩陶與章秋柳的話。另舉對話一例於下：

「不愛，爲什麼讓我親嘴？」

「那也無非是偶然歡喜這麼做，譬如伸手給狗兒舐著。」(p.850)

戀愛的技巧，除引例外，參看 P.845 外，引一例：

「曼青，你的情緒上有缺陷，你不得抓得了女子的熱情初動時的機會表示你的愛，你屬於羞怯一類。所以等到你自認是可以談到愛的時候，像章女士那樣的女子早已熱烈到要撲到你懷裏了。」(P.968)

至於書中的其他人物，如「半步主義的」王仲昭，因生理心理雙方的影響而成功的頹廢的史循，徒有議論的龍飛，「自大的求愛者」的衝動的莫名所以的曹志方，在這封信裏我不想一一的去論，就是尊敬的極令人同情的王詩陶罷，她的賣性的不得已的心情雖在在令人震慴，然而不是一個眞能把握到革命陣營裏的革命者生活的生活法：我也不敢說目前絕對沒有這樣的人物，但是在這樣的時期，女性除掉賣性就沒有更好的生活的出路，委實是值得研究的問題，而況王詩陶對於未來看得是那麼清晰。要說作者是藉此說明性的關係，那當然是另一問題，要藉此以暗示一種生活法也是可能的，若是藉此以表現女性的革命精神，那就和曹志方的行動一樣的可笑了。從王詩陶的思想與行動看去，她不是一個眞正的革命者。

這一部創作裏好像是沒有單一的主人公的，然而，在我個人閱讀完了的時候，卻感到張曼青章秋柳兩人給我的印象較深，或許是作者的技巧的關係，然而，我不知其他的讀者所得的印象爲何如，作者的初意又何如。這祇是我個人所感到的，我不是作者，我不能說出全書所得到的結果以外的事。

我說過，這部創作是長於戀愛心理的描寫，同時也具著極濃厚的肉的氣息，但是，在性慾描寫的一方面，作者的技巧卻失敗了，海濱旅館的一夜就是最顯著的證明(Chap.7)，縱慾的技巧描寫得未能恰如其分，如阿志巴綏夫，

如莫泊桑。《裸露》的一節（Chap.6）也不免是一個贅疣，可以刪掉，我覺得這樣的性慾的描寫方法是不適當的，全書後部的失敗的地方在此，至於整部的看來，第三章是最成熟的一章，第七章是最失敗的一章，其他地方也有許多小疵。……不過作者從客觀方面所表現的思想，是悲觀的，是幻滅的，這一點卻需要改正，然而，這是希望於作者以後的著作。一個革命的作家，他不能把握得革命的內在的精神，雖然作品上抹著極濃厚的時代色彩，雖然盡了「描寫」的能事，可是，這種作品我們是不需要的，是不革命的，無論他的自信爲何如。……

以上的一些零碎意見，是我讀《追求》所得著的，我想根據這結果來寫一篇批評，但是事實上是不可能了，我祇能把所得到的一點具體寫出來請教。我的態度較之批評《幻滅》與《動搖》時變了一點，這是對的，因爲在我最近的經驗之中，覺得批評的態度要嚴整，不能太寬容。無論對於敵人，抑是自己陣營裏的同道者。事實上也有《追求》本身的原因，那就是無論作者下筆時的意義如何，我們從客觀方面看來，《幻滅》與《動搖》裏面多少還藏著一點生機，但是，但是《追求》何如呢，祇有悲觀，祇有幻滅，祇有死亡而已。「完了，我再不能把我自己的生活納入有組織的模子裏去了；我祇能跟著我的熱烈的衝動，跟著魔鬼跑」（Chap.6），作者所表現的精神完全是如此，這是不得不令人失望的。在幻滅動搖之後，又加以最後的追求，可是這追求也失敗了，走入了絕路，我不知作者創作中的人物有沒有絕處逢生的時候，有沒有甦醒的希望。然而，我們是期待著，誠懇的期待著。……

十月十八上午五時至九時

四、《野薔薇》

茅盾在發表了他的《從牯嶺到東京》以後的第七個月，又在他的短篇集《野薔薇》的前面發表了《寫在〈野薔薇〉的前面》一文，進一步的闡明了他的創作的哲學。

這篇文章裏面主要的一段是這樣說：

> 知道信賴著將來的人，是有福的，是應該被讚美的。但是，愼勿以「歷史的必然」當作自身幸福的預約券，且又將這預約券無限止地發賣。沒有眞正的認識而徒藉預約券作爲嗎啡針的「社會的活

> 力」是沙上的樓閣，結果也許祇得了必然的失敗。把未來的光明粉飾在現實的黑暗上，這樣的辦法，人們稱之爲勇敢；然而掩藏了現實的黑暗，只想以將來的光明爲掀動的手段，又算是什麼呀！眞的勇者是敢於凝視現實的，是從現實的醜惡中體認出將來的必然，是並沒把牠當作預約券而後始信賴。眞的有效的工作是要使人們透視過現實的醜惡，而自己去認識人類偉大的將來，從而發生信賴。不要傷感於既往，也不要空誇著未來，應該凝視現實，分析現實，揭破現實；不能明確地認識現實的人，還是很多著。

在這一個斷片裏，他是很明白的把他的創作的哲學寫了出來；他的創作是不傷感於既往，也不空誇著將來，祇是凝視著現實，分析著現實，把醜惡的現實揭了開來；他依據著這種原則在從事於他的創作。

現在我們不妨根據這個原則去考察他的收在《野薔薇》一集裏的創作，看他的創作是否和他的理論相適應，看他的創作裏的執著現在的人物是否和他所崇拜的北歐女神（Verdandi）一樣，是盛年，活潑，勇敢，直視著前途。

若果這樣說，我們可以很簡單的先給予這問題以一個結論，那就是茅盾的創作中的人物在事實上並不能適應於他的理論。

我們就說《創造》中的嫻嫻罷，在她的性格和她的思想上，似乎是盛年，活潑，勇敢；直視著前途，而且是完全的執著現在了。但是，我們細考她的情緒與她的行動，卻簡直不是這麼一回事。她雖然高唱著「過去的，讓牠過去，永遠不要回顧；未來的，等來了時再說，不要空想；我們祇抓住了現在，用我們現在的理解，做我們所應該做的事」（P.34）的論調，但是，在事實上「說她是不顧一切的要實行她目前的主張罷，似乎不很像，她還不能擺脫舊習慣；她究竟還是奢侈嬌貴的少奶奶；說她是心安理得的樂於她的所謂活動罷，也似乎不像，她在動作後的剎那間時常流露了中心的彷徨和焦灼；」（P.3～9）她是「太肉感了些」，同時，也「太需要強烈的刺激」，她的行動以及她的情緒是完全的爲世紀末的病態所支配著，是具著很濃重的頹廢的氣分，她似乎是盛年，似乎是活潑，又似乎是勇敢，然而，她「直視著的前途」是什麼呢？……

這就是「抓住了現在」而「直視著前途」的嫻嫻，究其極，這樣的人物，也不過是說明了「近代思想給予的所謂興奮緊張和徬徨苦悶」，「現代人的迷亂和矛盾」，「動的熱的刺激的現代人生下面所隱伏的疲倦，驚悸，和沉悶」

而已，「前途」何有？

《自殺》中的環小姐好像不是這樣，她能夠意識到未來，雖然她是執著現在。可憐惜的是，當「一個模糊得很的觀念又在她腦裏一動：應該有出路，如果大膽地儘跟著潮流走，如果能夠應合這急遽轉變的社會的步驟，」那時候的「絲帶已經抽緊了，她的眼球開始凸出來，舌頭吐出拖長，臉上轉成了青白色」了。已經是來不及了。環小姐雖想執著現在，可是因爲感受不了現實的壓迫，又不能找著一條出路而終於自殺了。這是環小姐的結果，是由於她的「軟弱的性格」所造成的「結局」。這一篇小說的主人公可以說是盛年的！沉鬱而不活潑的，勇於自殺的；伸出舌頭向前看的人物。

在她的自殺的過程之中，還有一件值得注意的事，就是在她把頭伸進「絲帶的環內」的時候，她有了個念頭，就是：「宣佈那一些騙人的解放自由光明的罪惡，」因爲她認定「死就是宣佈」，大概茅盾所謂「揭發黑暗，使大家猛省」，就是這樣罷？死就是宣佈，去自殺以拯救人類，這就是執著現在的環小姐的推進社會的方法。

說過了古道可風，對社會採取著尸諫的辦法的環小姐以後，我們再看《詩與散文》裏所說明的是什麼。裏面的桂奶奶確實是一個執著現在的人，可是她所執著的，現在依舊和《創造》裏的嫻嫻有些相似，完全是肉慾的，享樂的，病態的；在她的面前的確是沒有未來，也似乎忘了過去，祇執著現在在生活著，在享樂著，她祇是這樣的一個人物。

關於這一篇小說，我卻不願意依照茅盾自己所指示的去看，把桂奶奶當作主人公。我以爲青年丙纔是一個主人公，雖然他也追隨著而且渴望著他的表妹——未來，可是他又不能忘卻桂奶奶的當前的肉感——現在，結果是對於未來的追求失敗了，他依舊是捉住了不滿而又依戀著的現在。同時，在《創造》篇裏顯示了與青年丙相反的人物，那就是君實，他是不想到未來的，但他回憶著過去，傷感著「過去的歡樂就這麼永遠過去，永遠喚不回來」，結果是過去的既不可挽回，未來的又不願去想，他依舊是執著了嫻嫻——現在！

還是回到女主人方面來說罷，在《一個女性》裏的瓊華，也是一個執著現在的人物，而且是一個被現在所折服了的人物。她的活潑，天眞，以及和靄的性格，結果是被磨鍊成對於人類是無憎亦無愛的人物，並且以身殉了她的哲學。她一面憎恨著這樣醜惡的社會，一面卻又把自己同化了，在如此的行爲中找出路。這眞可以說是，即使被找到出路，也同樣的是「醜惡的現實」

了。這也就無怪乎茅盾衹要執著現在了……

最後是《曇》裏的張女士，這個人物她也衹認識現在。她對於一切的事，對於姨太太，對於蘭女士，都不曾有過積極的反抗行動；對於未來，她也不曾夢想得到；所以，她的出路，是候問題臨頭的時候，「還有地方逃避的時候，姑且先逃避一下罷」，她終於忘記不了現在。

以上的這些女主人公的行動，雖然她們的結局都有著她們的性格等等的關係，可是我們至少是可以看出，她們都是些執著現在，享樂現在，咒詛現在而又依戀現在，始終的不曾夢想到未來的人。她們似乎都是些尾巴主義者，「未來的，等來了時再說」，她們把未來看作「空想」。

這些女性人物不曾為北歐女神 Verdandi 所感化。她們始終的不能和她的「盛年，活潑，勇敢，直視前途」的條件相適應。結局，她們所代表的都是些醜惡的現實，衹是些醜惡的現實的曝露而已。

茅盾創作的目的，他是早已說過，是在於「揭破現實，促人深省」，他的目的就是要把這些現實的醜惡揭發出來；因此，這些人物的醜惡，是完全的有著她們的政治的經濟的以及社會的背景，她們都是些現實的人物；我們對於這一點是能十二分的理解，我們完全的承認這些人物都是些眞實的人物。不過，因著這些人物都是些執著現在在生活著的人，而茅盾以北歐女神 Verdandi 為他理想的現在人的模範，所以我們拿來和他的作品裏的人物相論證，並據此給予這些執著現在的人物以相當的批判。

至於這些女性——少奶奶，小姐，女士們的階級立場，以及她們的意識形態，那是完全的能適應於他自己在《從牯嶺到東京》裏所發表的理論的，她們大都是他所說的「文藝天然對象」，大都是些小資產階級的智識分子。

下面我們就可以回到關於茅盾的創作的哲學，也就是他的創作態度來討論了。

在一年來茅盾陸續發表的《從牯嶺到東京》，《讀〈倪煥之〉》，《寫在野薔薇的前面》三篇文裏，我們看到他有一種一貫的意見，那就是所謂「現實」的問題。他否認許多描寫英勇的革命的戰鬥的創作的事件不是事實，他把這些比作紙上的勇敢：他衹承認他自己所寫的幻滅，動搖的事件是現實，是很忠實的描寫。這種意見，在《關於野薔薇》一文裏已稍有轉變，他已經承認在「這混濁的社會裏也有些大勇者，眞正的革命者」，但他接下去卻寫著，「更多的是這些不很勇敢，不很澈悟的人物」的一句。而同時，又還是在非議著其他的作家說：「把未來的光明粉飾在現實的黑暗上，這樣的辦法，人們稱之爲勇敢；然而掩藏了現實的黑暗，想以將來的光明爲掀動的手段，又算是什麼呀。」

我們就把這些意見綜合的來討論一回。

在實際上，茅盾已經承認「現實」是有兩方面了，一種是「大勇者，眞正的革命者」，一種是「幻滅動搖的沒落人物」，不過因爲「幻滅動搖的沒落人物」是「更多」，所以他承認這是主要的「現實」，眞正能代表這個時代的作家應該抓住這種現實。

關於這，我們想先引一個歷史的例，那就是初期的寫實主義的作家，我們也不妨涉及浪漫主義的作家，他們對於當時的偉大的解放運動的態度的考察，佔據了半世紀以上的法國革命的戰鬥，牠的歷史的事件該是如何的充實呢，然而，反映到當時作家的著作裏的，他們對於所謂下層始終的不表示好感，有的也竟和茅盾一樣，描寫著失敗後的黨人的幻滅與動搖。反而是普法戰爭的事件，他們卻興高采烈的拚命的描寫普軍的罪惡，以激起法國人的狹義的愛國心。所以，普力汗諾夫批評這一班人道：「初期的寫實主義者的保守的，甚至有一部份反動的思想形態，並不妨礙他們好好的研究著圍繞他們的環境，創作在藝術的意味上很有價値的作品。然而無疑的牠把牠們的視野非常的縮小了。懷著敵意從那時代的偉大的解放運動背過臉去，因之，便把具有更豐富的內面生活的有興味的樣本除外了。對於他們所研究著的環境的他們的客觀的關係，牠本身就是意味對於那環境的同情的缺乏。而且從那保守主義，他們當然不能同情在他們能夠觀察的唯一的東西——凡俗的市民的存在的『污泥』——之中生出的那『小小的思想』或『小小的激情』」，普力汗諾夫是爲我們指出了當時的寫實主義作家所以然懷著敵意從那時代的偉大的解放運動背過臉去的原因。不僅是普力汗諾夫，就是盧那卡爾斯基（Lunacharsky）也曾有著相似的對於寫實主義的作家的批判。……

這一種事件，正可以作爲一九○五以後的阿志巴綏夫（Aatzybashev），也可以作爲一九二七以後的茅盾的批判，雖然他們有許多不同之點，有許多不能以並論的地方。一九○五的革命雖說是失敗了，但當時的革命的退守戰一直的持續到一九○七。這其間不知道有多少的英勇的事實，暗示著革命的前途的事實，然而，阿志巴綏夫始終的不敢正面這些現實。在中國，自一九二七年七月以後，各地的反抗也是和當時的俄羅斯一樣的暴發，接著又有了許多的英勇的不斷的戰鬥，在在的都表示了中國革命的前途，然而，茅盾是始終的不肯正面這些現實，反把這些現實當做非現實。何以他不敢正面這些現實呢，說到這，普力汗諾夫的話以及盧那卡爾斯基所說的「他們智識階級沉湎在一種悲痛的悲觀主義之中，一面厭棄著資產階級的統治者，一面對革命家的所常有的狂熱的態度認爲過分」的話，正可以移用來作爲對他的態度的恰切的說明了。

事實既必然的有兩面，那麼，一個眞正的代表著時代的作家，他是應該做「大勇者，眞正革命者」的代言人呢，還是做「幻滅動搖的沒落人物」的代言人呢，究竟應該怎樣纔能完成這時代作家的任務呢？——接著，我們應該解決這個問題。

所謂「大勇者，眞正革命者」代表著什麼呢？他們是必然的代表著時代的進展，必然的是代表著有著前途，有著希望的向上的人類，他們是創造著新的時代的腳色。「幻滅動搖的人物」卻不然，他們所能代表的衹是追不上時代的車輪的腳色，衹是擔負不起新的時代的創造者或推進者的責任的證明，衹是爲時代所丟棄的沒落階級的象徵，他們是沒有前途，沒有希望，衹有毀滅。

在爲高漲的資本主義毀壞了牠的存在權的「爲藝術而藝術」的藝術不能存在的現代。我們是不能以此來做掩護自己的盾牌；我們是必然的要承認文藝的時代的使命以及階級的使命，必然的要承認文藝所擔負時代的任務；文藝作家站在他的階級和時代的前面，是必然的要成爲先鋒主義者，尾巴主義者不是他的任務；關於這，就是茅盾，在事實上也不至於否認吧？

若果詳細的闡明這個問題，那所牽涉的範圍就要變得太廣大了，所以，在這裡，衹能作一個簡單的解決。就依據這簡單的解決，那所謂文藝不僅僅是時代的反映，社會生活的反映，以及作家不應該依據人數的多寡而決定自己的任務，以及作家在他的階級和時代前面應該怎樣的處理他自己一些問題，也都是些不要再加解釋而能解決的問題了。

我們不反對曝露黑暗，而且絕對的主張曝露黑暗，但僅止於「凝視現實，分析現實，揭破現實」是絲毫沒有用處的；我們不反對「抓住現在」，但茅盾應該認清現在就是過去的進展，而未來就孕育於現在之中，沒有離開過去的現在，也沒有脫離現在的將來。

但是，茅盾的創作僅止於曝露了黑暗，僅止於描寫了沒落，僅止於不回顧過去（雖然他說「不要傷感於既往」），忘卻將來（雖說他主張「直視前途」），抓住了現在，他筆下的人物差不多完全的毀滅了自己的前途，而且也不能完全的適應於他自訂的創作的水準，從他的作品中絲毫不能「體認出將來的必然來」……

茅盾對於這一切又將何以自解？

說到《野薔薇》的技巧，那完全是承繼著他的三部曲的一貫的路線，細琢細磨的在筆尖上扭來扭去的做「纖微畢露」的照相的把戲；所不同的就是在這裡所收的五篇小說，差不多完全的進行著心理解剖的工夫，人物大都是些爲「心獄」所苦的人；而這些人物的每一個都彷彿是在他的三部曲裏所遇著過的人；一切都沒有新的發現，新的改變……

在這裡面所表現的茅盾自己，也是和在三部曲裏所表現的一樣，是那樣的傷感，那樣的悲哀，那樣的憎惡人生的醜惡，社會的黑暗；傷感的情調是流露在每一篇之中。

這樣，假使有人問我們對於《野薔薇》以及對於茅盾的意見，我們就很容易答覆了，我們就很可以用一句話，很簡單的一句話，來作爲對於茅盾和他的作品的總評了。

那就是，茅盾自己說明青年丙的話：

> 夢中的詩樣的情趣，
> 金色的泡沫，
> 全都消散了；
> 祇有灰暗沉重的現實。
> 壓在他心靈！

你幻滅動搖的沒落的人們呀，若果你們再這樣的沒落下去時，我們就把這一句話送給你們作爲墓誌罷。

我們再不能對你們有什麼希望。

一七，七，一九三〇。

評茅盾君的《從牯嶺到東京》

克　興

一

從「語絲派」底魯迅，郁達夫，甘人等發表些對於革命文藝底漫罵以來，反革命文藝的人們不但始終沒有過一回正式的理論鬥爭，並且近來消沉下去了許多。他們堅決地秉著小資產階級底根性，生死不承認別人講的話是對的，自己既不能勇敢地變更自己徘徊，動搖，怯懦的生活，又怕別人罵他們反革命，做資產階級底走狗。即是講：「革命我也贊成，我並不是落伍分子，不過你們無論如何是不對的。」那末，請教他們的名論卓說呢？除了模糊陳腐小資產階級式的悲傷而外，再也找不著什麼了。

最近好容易在《小說月報》第十九卷第十號裏面，找著了一篇茅盾君底《從牯嶺到東京》。畢竟中國進步了許多，比魯迅郁達夫等等的論調總要高一級。雖然同時迷惑青年底力量，比甘人式的《清道夫》要厲害點，究竟還提出了不少而且不小的問題。暴露對於對方底正確的批評，向來是勇敢地接受，無如他們太沒有理解了。我們所論斷的，既是由科學的客觀的方法研究而來，充分自信對於中國的現階段是比較的正確；那末，對於沒理解的批評是應當積極地駁擊的。

茅盾君底這篇文字，除了巧妙地玩弄些文字上矛盾，幻滅，動搖的把戲而外，確是找不出很大的價值。分明在第四節裏面聲明了「而又不是大天才能夠發見一條自信得過的出路來指引給大眾。」後面的結論又勇敢地說：「我自己是決定要試走這一條路；《追求》中間的悲觀苦悶是被海風吹得乾乾淨淨了，現在是北歐的勇敢的運命女神做我精神上的前導。……我又只能把我的意見對大家說出來，等候大家的討論，我希望能夠反省的文學上的同道者能夠一同努力這個目標。」這種結語何其豪壯。如果這句結語是茅盾君全篇的用意，那末，第四段裏那些忸忸怩怩的文章，不過是以退爲進積極地攻擊「做了留聲機吆喝著:『這是出路，往這邊來』！」的人們罷了。爲什麼要攻擊呢？因爲「這出路之差不多是『絕路』（！）。」現在我們假使茅盾先生所講的是對的，那末，請問茅先生我們的「目標」又在什麼地方呢？據第八段講：「我們不得不從青年學生推廣到小資產階級的市民，我們要聲訴他們的痛苦，我們要激動他們的情熱。」換句話講。我們要爲小資產階級革命！哦！哦！作家，作家！這是你們的出路！這條出路不是做了留聲機吆喝著的出路，而是「幻滅」「動搖」「消沉」，「在這小資產階級羣眾中植立了腳跟」的茅盾先生的出路！

據茅盾君底明論卓說「……但是我素來不善於痛哭流涕劍拔弩張的那一套志士氣概，並且想到自己只能躲在房裏做文章，已經是可鄙的懦怯，何必再不自慚的偏嘴硬呢？我就覺得躲在房裏在紙面上的勇敢話是可笑的。想以此欺世盜名，博人家說一聲畢竟還是革命的。我並不反對別人去這麼做，但我自己卻一百二十分的不願意。」這句話看來何等的謙恭，但是我們如果瞭解茅先生的戰術，就可以知道這是以退爲進的把戲。他的前面分明有北歐的勇敢的運命女神做他精神上的前導，「堅定的勇敢的看定了現實，大踏步前走。」走到什麼地方呢？小資產階級市民的隊伍裏！於此我們可以瞭解茅先生一百二十分的不願意，是個什麼不願意？不願意什麼呢？不願意走到無產階級的隊伍裏；因爲那是紙上的勇敢話，那是欺世盜名，那是不自慚的嘴硬，那是小資產階級底絕路。我們又回想到他的結論何等「堅定勇敢」，可惜還缺乏一點，沒有大張旗鼓的叫出打倒無產階級。謙恭的茅先生或者不至於，我們可以不必討究。只是他說，躲在房裏做文章，已經是可鄙的懦怯，是欺世盜名，博人家說一聲畢竟還是革命的。也許有人是懦怯。不過我有點疑問，勇敢的茅先生的文章會登到《小說月報》，會風行全國，懦怯的革命文學家底文章到處受壓迫，連一本極灰色的《創造月刊》在內地幾乎是殺頭底禍根；懦怯的革命文學者會在千重的壓迫底下掙扎，勇敢的茅先生會「從牯嶺到東京」；懦怯的革命文學家會在壓迫底下欺世盜名，勇敢的茅先生會在「從牯嶺到東京」的路上，忽而說「不是大天才能夠發見一條自信得過的出路來指引給大家，」忽而「希望能夠反省的文學上的同道者能夠一同努力這個目標。」

老實說，茅盾先生對於革命有點欠理解，所以對於革命文藝家的行動與革命的關係不很明瞭，才能有這種譏嘲。這個問題我們以後討論。不過我們現在可以明瞭地知道，茅先生根本站在小資產階級底立場上，才能斷定革命文學家是欺世盜名；是像蒼蠅那樣向窗玻片盲撞底落伍份子，所以許多人所呼號的出路是條絕路。因爲階級底立場，不得不有相反對的觀察。更進一步講，他這個小資產階級底立場，並不是革命化的下層小資產階級底立場，而是將變爲資產階級底上層小資產階級底立場。因爲他們對於無產階級底利害，和資產階級底一樣，所以許多人呼號的出路是絕路。那末，不但像蒼蠅那樣向窗玻片盲撞的革命文學是落伍份子，並且向他們反動了。如果社會潮流必然地是趨向工農的解放，那末，這句話適得其反了！

至於他的作品我雖然還沒有讀過，據他在第五段裏面底自述可以知道《幻滅》，《動搖》，《追求》底大概的內容。當然描寫的工拙，非仔細把牠念一遍不知道。但是如果文學底作品專是作爲徘徊，陶醉而來，除此以外更沒有什麼目的，那末，作品底技術要算是規定作品底價值底第一條件。這種作品價值底規定方法，過去並不是沒有的，而是大有而特有。資產階級的文藝批評家對於文藝作品底評價就是這樣的。他們只承認文藝對於文藝自身有目的，內容如何，他們絕不顧慮。可是從無產階級底立場上看來，這完全是資產階級擁護他們階級利益底把戲，要規定某作品底價值，必須要看牠的內容，是否對於社會潮流能起作用，起什麼作用。據茅先生自身的介紹，《幻滅》描寫的主要點是幻滅。「主人公靜女士當然是一個小資產階級的女子，理智上是向光明，『要革命的，』但感情上則每遇頓挫便灰心；也不能持久的，消沉之後感到寂寞便又要尋求光明，然後又幻滅；她是不斷的在追求，不斷的在幻滅。」這麼的內容，在小資產階級的文藝批評家看來，是很好的；描寫小資產階級底根性十分充足的。描寫小資產階級底認識不充足，無目的，空虛的革命是十分明確的。我們相信有許多小資產階級受了革命潮流的推動，莫名其妙地起來革命，「彷彿明天就是黃金世界，」可是看見資產階級反動起來，又會害怕，看見無產階級激化起來，因爲同他們本身的利益有了衝突，於是又起幻滅；對於革命的幢景既幻滅了，又怕別人罵反革命，又不得已把革命的招牌掛起；掛起了革命的招牌，仍舊是幻滅。正是「不斷的在追求，不斷的在幻滅。」但是用社會科學的眼光看來，這種幻滅追求的循環，卻不是什麼精神特有的神秘，根本是不能棄掉他們本身以物質上的利益和反抗資產階級壓迫底衝動所起的矛盾。如果他們的環境劇急地破產了，那末，他們必會積極地趨向革命，認識革命，再不起幻滅；如果他們的環境仍然是不變，他們仍然是要幻滅的。這篇作品如果在幻滅之後，找著了一條出路，積極起來革命，不致再幻滅，那末，仍然是描寫小資產階級革命底作品，對於社會的潮流有一種領導的作用。可是茅先生所寫的根本是個幻滅，（粘守題目在舊文學上或者是一種好的現象，）《幻滅》本身的作用對於無產階級是爲資產階級麻痺了的小資產階級底革命分子，對於小資產階級分明指示一條投向資產階級底出路，所以對於革命潮流是有反對的作用的。也許他所描寫的是客觀的現實，但是單描寫客觀的現實是空虛的藝術至上論，是資產階級的麻醉劑。所以他所描寫的雖然是小資產階級，他的意識仍然是資產階級的，對於無產階級是根本反對的。

至於他的《動搖》呢，據他自己說：「《動搖》所描寫的就是動搖，革命鬥爭劇烈時從事革命工作者的動搖」，怎麼是動搖呢，據茅先生的解釋是：「由左傾以至於發生左稚病，由救濟左稚病以至右傾思想的漸抬頭。終至於大反動。」這種解釋從首至尾可是茅盾先生的解釋，去年十一二月的客觀卻完全不然。這時候（去年十一二月）的客觀情形卻不是因救濟左稚病以至於右傾思想的抬頭，終至於大反動，而是奮鬥的高潮發展到一個最高點，封建地主等串通民族資產階級爲保全自己利益，大施其恐怖政策，小資產階級雖在資產階級底壓迫下，但是一則因革命的高潮同他們本身衝突，二則爲恐怖政策所威嚇，所以不得不動搖，不得不隨資產階級去反動。他對於動搖的觀察既然根本錯誤，這篇小說除却暴露了他自身機會主義的動搖而外，是沒有什麼意義的。更進一步講，牠的動搖純然是動搖，資產階級底意識完全支配了全作品，對於無產階級底效果依然是反對的，同《幻滅》底效果是一樣的。至於《追求》呢，更無容講是暴露他自己纏緜幽怨激昂奮發的狂亂的混合物，其餘更談不上。他這三篇大作本來在《幻滅》裏面已經而且可以包括完，必定要秉著資產階級所教給他的意識，只說幻滅就是幻滅，動搖就是動搖，追求就是追求，拉拉扯扯地湊成了三篇，由資產階級的文藝批評家看來，也是未免有點缺陷。

二

茅先生既把他自己的三篇作很謙恭地介紹之後，於是興高采烈地給革命文藝大下一個捧喝。在第七段裏嚴正的說道：「許多對於目下的『新作品』搖頭的人們『實在是誠意地贊成革命文藝的，他們並沒有你們所想像的小資產階級的性情或執拗，他們最初對於那些『新作品』是抱有熱烈的期望的，然而他們終於搖頭，就因爲『新作品』終於自己暴露了不能擺脫『標語口號文學』的拘囿」。但是我究竟不解什麼是標語文學，你說是向讀者指示過出路麼？必定要茅先生寫幻滅只是《幻滅》，對於讀者絲毫不可提出要求了。我們現在假使他是對的：難道茅先生的作品就沒有口號麼？幻滅，動搖，追求就是先生的三大口號！第一個就是向讀者叫道，革命幻滅了！第二個就是：大家動搖起來！第三個就是：小資產階級大家追求自己階級的利益哪！這種口號對於革命發生如何的影嚮，讀者可以想想。現在又假使牠不是口號，而是優秀作品，並一切作品都不許有要求——有口號。那末，試問這些作品究竟所爲何事？仔細想來，沒有目的，沒有要求的作品可說得是沒有的。不過小資產階級底藝術作品底口號是陶醉，是傷感罷了。如果作品裏面應該是有目的底表現，那末，革命文藝的作品裏面那一點是標語口號呢？據茅先生所舉的例子說，一九一八年至一九二二年頃，俄國的未來派製造了大批的「標語口號文學。」這時的未來派的作品根本沒有站在無產階級底立場上，只是些小資產階級的智識分子賣弄些文字上的專門曲藝，非是專門家不能瞭解他們的好處，他們不能把握大眾是應當的。所以如果茅先生要警戒我們說，「防備脫離羣眾，」我們是很感謝的；至於說這是標語文學，小資產階級有很多搖頭的了，這是不對的。也許他們也曾經歡迎過革命文藝，他們現在反對革命文藝，卻是革命文藝發展過程上所必經的階段。因爲他們物質的環境關係，不能堅決地踏入革命的戰線，克服他們由統治階級得來的觀念，獲得一個新的世界觀；當然要站在統治階級的立場上，創造一個新的「標語口號文學」來呪咀革命文藝。這是階級分化很明顯的現階段所必起的現象，並不是革命文學踏入了標語文學（未來派的）。當然革命文藝現在有許多缺點，不但有缺點，並且在發展的初期，絕對沒有什麼掩耳盜鈴的自欺，是很願意接受批評的，無奈他們的批評太不濟事了，除了表示他們濃厚的階級立場而外，絲毫對於革命文藝沒有貢獻。

茅盾先生又說：「有革命熱情而忽略於文藝的本質。或把文藝也視爲宣傳工具——狹義的——或無此忽略與成見而缺乏了文藝素養的人們，是會不知不覺走上這條路的。」他的意思如果是說應該巧妙地應用文藝的武器宣傳，那是對的，如果說應該顧慮文藝底本質，不應該把牠當作宣傳的工具，以至踏上這條路，那是不對的。文藝本來是宣傳階級意識底武器，所謂的本質僅限於文字本身，除此以外，更沒有什麼形而上學的本質。我們知道一切過去的作品在於生活的描寫，而現在最要緊的，在於如何應用文字的武器，組織大眾的意識和生活推進社會的潮流。至於還要我們顧慮到資產階級所給與於文藝的本質，那全是時代錯誤了。

關於革命文藝的讀者的對象問題，承茅君展開了一大篇創造小資產階級文藝的名論，說道：「什麼是我們革命文藝的讀者對象？或許有人要說：被壓迫的勞苦羣眾。……事實上是你對勞苦羣眾呼籲說『這是為你們而作』的作品，勞苦羣眾並不能讀，不但不能讀，即使你朗誦給他們聽，他們還是不瞭解。」對了，他們不能瞭解，但是他們也不是為茅先生所講天然只欣賞些灘黃小調花鼓戲等。他們是受經濟的物質的壓迫，生來沒有求學的機會，不知不覺受了統治階級的宣傳，不但喜歡灘黃花鼓戲等，並且很希望有眞天子出現。但是我們不能武斷地說這就是「勞苦羣眾」底要求，我們是要努力喚醒他們的階級意識，使他們組織起來，向統治階級進攻。怎麼去喚醒呢，當然不僅然是革命文藝，而且有傍的更具體的方法。所以他說：「所以結果你的為勞苦羣眾而作的新文學是只有『不勞苦』的小資產階級知識分子來閱讀了」。這是對的。我們正是要使知識分子明瞭革命的潮流，至少是要使他們同情於革命，使一般小資產階級對於革命有相當的理解。這是很自然的現象，並不是「最可痛心的」矛盾現象，也不是什麼「能力的誤費」，不過我們的目的並不是茅先生所說的罷了。老實說，我們要喚醒的不但是工農，並且在可能的範圍內要喚醒小資產階級。我們並沒有像茅先生所推測的武斷地說小資產階級都是不革命，中國革命是可拋開小資產階級。但是我們絕對不說，我們應該站在小資產階級的立場上革命。關於這點以後再來討論。但是茅先生一誤再誤，於是大大地歎息，「現在的『新作品』在題材方面太不顧到小資產階級了。」於是悲觀苦悶被海風吹得乾乾淨淨，北歐的勇敢的運命女神來到他的面前，使他全副武裝，起來大叫新文藝走進小資產階級市民的隊伍，於是傾盡「九州之鐵，鑄成大錯」！茅先生，請問站在統治階級底意識形態上，描寫「小商人，中小農，破落的書香人家……所受到的痛苦，」中國何嘗缺少呢？魯迅先生要算首屈一指的大家，郁達夫以及先生的《幻滅》等等的作品何嘗不是這裡面的代表呢？我想這些作品就是太多了，弄得些青年深深陷在幻滅動搖，纏緜悲觀傷感裏面，做了革命潮流不少的阻障啊。如果我們要站在無產階級底世界觀上，描寫暴露小資產階級底生活，爲革命潮流打出一條出路，使小資產階級底知識分子站到無產階級領導之下來呢，這是大該而特該的了！如果站在這個立場上，不但應該描寫小資產階級，並且應該暴露資產階級。不但是專爲勞苦羣眾的工農訴苦。你以爲革命文藝是專爲勞苦羣眾訴苦的嗎？那只要叫統治階級行些皇恩就彀了，用不著驚天動地去革命，也用不著去提倡革命文藝，來欺世盜名了。先生！現在最重要的是社會變革，並不是訴苦可以了事的呵。反而言之，如果你的作品沒有無產階級底意識形態作背景，對於社會變革發生了反對的作用，你就是描寫了工農，也不能算爲革命文藝，況且你又要站在小資產階級底立場上，大呼描寫小資產階級呢。茅先生以爲資產階級有資產階級文學，無產階級有無產階級底文學，全國幾乎十分之六，是屬於小資產階級的中國，應該有小資產階級的文學，這可是滑稽了！小資產階級介在兩大對立階級之間，物質的環境好，他會升做資產階級去壓迫工農；並且平日也希望他的階級上昇，千方百計地剝削工農，或做資產階級的走狗，附屬在資產階級底陣營內；如果物質的環境不好呢：他自己降爲無產階級，是無產階級的兄弟，一樣會打倒資產階級，附屬在無產階級裏面。所以在階級社會內向來沒有獨特的位置。至於他的意識呢，爲物質的生活條件所規定，除了動搖幻滅狐疑傷感而外，並沒有特別的地方。我們要拿這種意識形態創設眞正的小資產階級的文學嗎？那眞是有害的能力的誤費！

茅先生還提出了革命文藝的地盤問題，說「只成爲一部分青年學生的讀物，離羣眾更遠。」這是因爲客觀的環境所規定，我們不能馬上改變現狀是永遠無法可想的。你只知道現在的讀者少，而不知道有許多想讀而讀不到的青年。譬如《創造月刊》根本同《小說月報》不同，可以無阻障地銷行全國，地盤小是個當然的問題，因爲沒寫小資產階級底生活，所以不喜歡看，這全然不對。你想青年都要讀描寫自己階級的生活底作品嗎？那末，爲什麼工農——未醒覺的——喜歡看施公案呢？你說他們大多數不喜歡讀無產階級革命的文學嗎？這是個人階級利益底關係，我們犯不著因此向不能革命的學生宣傳什麼。至於說有許多贊成革命文藝的人們，現在也搖頭了嗎？這是他們對於革命認識不清，沒有克服舊觀念，要在革命文藝裏面找舊綾羅綿繡；根本錯了門戶了。我們的技巧要相當研究，這是對的，不過不是資產階級式的技巧罷了。

最後茅先生還提出了文藝技巧的問題，這卻是大問題。不過據我看，以後革命文藝是應該推廣到工農羣去。那末，文句應該通俗化，應該反映工農的意識。因爲他們的社會生活是現實的工作，所以我們的意識是具體的現實的，作抽象的玄虛的描寫他們根本不會瞭解的。這麼一來，新寫實主義也許是客觀環境所要求。至於茅君說，俄國的新寫實主義發生的原因，是紙張缺乏，完全是機械論。工人的意識卻是使新寫實主義發生的大原因。茅君說有兩點不能把新寫實主義移來。「第一是字文字組織問題，照現在的白話文，求簡鍊是很困難的。」這也未見得。我們眞正的白話，是傳達我們的感情思想最簡便的武器，眞能照白話做文藝作品，怎麼一定會繁雜呢。第二個理由，說簡練了的描寫是否在他們瞭解上（小資產階級）發生困難，這完全不成立。先生口口聲聲來推崇小資產階級未免太勞了。照著現在小商人繁複拖沓的習慣，建設我們的文藝，不知道理由安在？至於茅先生又說，「不要太歐化，不要多用新術語，不要太多了象徵色彩，不要從正面說教似的宣傳新思想。」這也要看當時的客觀情形來決定，不是豫先可以立條文的。如果一般的文化程度高，歐化一點，到也可以擴張國語。至於說以前的作品卻就全犯了這個毛病，那是對的。

三

以上大抵把茅先生底《從牯嶺到東京》評完了。還有兩三個問題必須討論的。

1、茅盾先生說許多人呼號吶喊的「出路」，差不多這出路成了「絕路」，這句話究竟怎麼解釋？說中國革命走到了絕路嗎？斷沒有這個事，中國的革命還在發展到一個新的高潮，決沒有走到絕路去。茅先生所講的許多人所呼號吶喊的「出路」，是不是講向非資本制的出路？如果講這是絕路，那末，我們只有叫資本主義萬歲了，大家準備永遠作子孫萬世帝國主義之牛馬了。茅先生是不是指這是出路？雖明目張膽反革命的土劣也不敢有這種公開的主張。是不是指工人階級所領導的出路是絕路呢？適得其反，這正是出路！

中國雖然是產業落後的國家，受資本主義的帝國主義者底壓迫卻非常之大。卻正是因爲這個緣故，因反抗帝國主義和牠的工具而起了偉大的革命；正是因爲產業落後，中國自己的資產階級卻很微弱，不能擔負變革中國數千年來社會的制度的歷史的任務；不但因牠微弱不能擔負，並且因牠們同地主階級有密切的關係，或自身是大地主，根本上革命的限度是很小的。那末，小資產階級可以作領導嗎？前面講過，這個階級在階級社會裏沒有獨立存在的可能，或附屬資產階級，或下降為無產階級。附屬於資產階級的時候，牠是反革命，下降為無產階級的時候，才成為革命戰線裏面的一員。現在假使牠可以作領導，假使牠的革命成功了。這時候在社會上的地位必然在無產階級的上面，而自身變為壓迫階級，自身變為資產階級了。對於社會制度，最好行些欺騙政策，根本沒有改造社會的力量。況且小資產階級比較無產階級是有產的，而他棄掉他自身的財產身家去領導革命，無論如何是會動搖的。我們在過去的革命史上可以很明瞭地看出無數的例證。你說他一定不革命嗎？這也全然不對。在相當條件之下，他是可以參加革命，可以幫助革命的。在革命鬥爭激烈的時候，自然要小資產階級一部分的參加，大部分的同情。這是必然的道路，用不著多講。

那麼，主張聯合戰線如何？固然在反資產階級的旗下，小資產階級工農等是共同的。不能說這一共同的戰線，就可猛烈地向敵人進攻，而且可以獲得最後的勝利。譬如打仗，各部隊不相統屬，雖然對於外敵有共同的目標：沒有強幹的領導者，是不會有一致的行動的，那時各自為謀，試問可以打仗嗎？起首由茅先生所推崇的小資產階級，因為階級地位的關係，就要拍賣戰友了。所以無領導者的聯合戰線的議論，不過是小資產階級的政客們粉飾反動，蠱惑青年，豫備向資產階級立功的計劃，斷談不上是什麼出路不出路。休矣！茅先生！你如果眞要追求革命，這種怪論請完全棄掉，還是向許多人所呼號的「出路」來罷！

2、留聲機的問題。茅先生說：「我就不能自信做了留聲機吆喝著：『這是出路，往這邊來』，『是有什麼價値並且良心上自安的。』」這個問題是麥克昂君提出的，並且在《創造月刊》上有過他的解釋。由字面上講，有點機械化的誤會，其實用很具體的名詞來代表辯證法的唯物論，這是他的卓見。這句話即是講：革命文藝家應該用辯證法的唯物論的眼光，來分析客觀的現實，把這客觀的現實再現於他的作品。即是講革命文藝不可不立足於客觀的具體的美學上。如果革命文藝眞眞站在客觀的具體的美學上，才能眞正同舊文學根本對立，才能眞正化為無產階級文學。

我們要知道舊文學所以成為統治階級的文學。並不是因為描寫過封建地主，資本家等，而是因爲牠所反映的意識形態，是利於統治階級擁護牠們的階級利益的意識形態。譬如茅君的《幻滅》，雖然描寫幾個小資產階級，但是因爲他所描寫的幻滅，只是幻滅只是機械的客觀描寫，除描寫幻滅以外更無其他目的，很明顯地反映了資產階級的藝術至上主義。在這革命潮流劇急發展的時期，很容易爲統治階級削弱革命底勢力，使一般小資產階級迷離徬徨，所以牠的效果確是反動的。

革命文藝要成爲無產階級文藝，也斷不是因爲描寫了工農，爲工農訴苦；就是因爲他所反映的意識形態，是促進農工的解放爲工農謀利益的意識形態。這種形態使羣眾一天天地明瞭統治階級底罪惡，一天天組織化，革命化，對於統治階級是根本沒利益的。

茅先生或許是物質的環境的緣故，根本不能瞭解留聲機底奧義，而覺得是一種凌辱。那是當然的。至於茅先生要覺得有價值的，在革命文藝上不得不有反對的評價了。

茅盾先生也許是革命的，那麼請你先要完全棄掉你自己階級底利益，努力獲得無產階級底意識罷！

3、最後關於革命文藝家底行動問題。茅先生說：「並且想到自己只能躲在書房裏做文章，已經是可鄙的儒怯，何必再不自慚的偏嘴哽呢？我就覺得躲在房裏在紙上面的勇敢話是可笑的。」不過據我的意見，如果眞正要成爲革命文藝家，非對於社會有充分的認識不可。我們要充分地認識社會，當然是離不了羣眾，離不了行動。當然革命文藝家不能說一定到工場去行動，在中國的政治底下當然也不能有公開的組織的要求，什麼出版自由，言論自由的運動。不過我們除了這些行動以外，如果沒有忘記自己的立場，當然還有種種的行動。我們如果要積極行動起來，必然地要遇著壓迫。試問要這麼一來，除非他去公開的反動起來，他能不能在房裏，在紙上說無責任的勇敢話？假使他始終在房裏不行動，那末，他必然地要沒落，至多在歷史上革命文藝前期史上留一個虛名罷了。老實說，中國的小資產階級的知識分子，有一個根本的缺點：自己不行動，對於傍人只是說「我並沒反革命，你們無論如何是不對的。」

十三，十一，一九二八。

茅盾《從牯嶺到東京》這篇文章，顯然與普羅列塔利亞文學尖銳地對立著，我們對於他的意見，應該從各方面去批評分析。克興這篇文章，在一般論上，我們認爲正確。然而茅盾的文章，同時提出了許多現實的具體的問題，這些問題，我們不應該抹殺牠，而應該正當地去解決牠，關於這一點，編輯委員會認爲克興的文章，還有充分討論的必要，並希望一切同志來參加這個討論，使我們的文學運動因此得一個更進一步的具體的展開。　編輯委員會

到了東京的茅盾

潘梓年

中國發生無產階級文學運動以來，所有對牠意圖中傷的言論，都是不能自圓其說的冷譏熱諷。現在有位茅盾先生在《小說月報》十九卷第十號上發表一篇《從牯嶺到東京》，可以說是反對派強有力的文字。可是我們一考其內容，與前者相較，也不過百步與五十步之比；在消極方面，徒然增加意圖中傷的那一派無聊文學家的氣焰罷了。

照他那篇文字講來，中國的無產階級文學運動就簡直是胡鬧；中國的無產階級文學簡直是不可能。而他那篇的行文卻是非常婉轉，說話也非常漂亮，粗粗一看，我們很容易給他的巧言令色迷住而首肯不迭。然而，稍一覈核，也就立刻可以看出他這個茅盾簡直是個矛盾的結晶！

那篇文字引起了的關於文學上的問題的實在太多了，這裡不預備一一舉出，加以討論。這裡只想拈出其中個人認為很為重要不可輕易放過的問題兩個，和讀者研究一下。第一：小說中的出路這問題；第二：無產階級文學的題材和意義這問題。

第一個問題是目前最嚴重而且是最根本的問題。要從這問題上立論，他寫那文字簡直是在誘惑青年，居心叵測。他一則說「我就不能自信做了留聲機吆喝著：『這是出路，往這裡來！』是有什麼價值並且良心上自安的。」再則說「……我實在自始就不贊成一年來許多人所呼號吶喊的『出路』，這出路之差不多成為『絕路』，現在不是已經證明得很明白？」這顯然含著政治上的意味，不管他的說話是在文學上講還是直指政治本身講。因為文學中的出路，無法免除政治上的意義。然而，後面他又說「我看見北歐運命女神中間的一個很莊嚴地在我面前，督促我引導我向前！她的永遠奮鬥的精神。將我吸引著向前！」他如果沒有他的另一條出路，他的向前將往那裡去？那他的出路到底是什麼呢？

「一年來許多人所呼號吶喊的」總不一其聲吧？其中是那些「出路」已成為「絕路」了呢？全數嗎？來「證明得很明白」的又是什麼呢？呼號吶喊，照他說只「一年來，」卻已一一得到了「很明白」的證明，這是惟中國能有之的奇蹟！人們從有史以來有所謂革命的運動已不知有幾次了，那一次不是經過了多少年艱難奮鬥才得成功？孫中山先生以前奮鬥了數十年灰心出國，後來聽見人家告訴他，才知這區區幾十年尚不足以灰心，現在我們這位茅盾先生只聽了「一年來」的呼號，卻已見了「很明白」的「證明」了，「不是大天才」又那能夠有這樣的「發現」！而且居然已去「牯嶺養病，」牯嶺之不足，又「到東京，」實堪和那位「多愁多病的雲小姐」媲美了！

我們只知道人們的出路，只能由歷史來決定；如果歷史的進展指示給我們的出路要往那裡去找，我們就是碰掉了腦袋，也不「見」得這就是「像蒼蠅那樣向窗玻片盲撞；」反過來，所吶喊的出路，如果不是歷史進展所指示的那一條，就是不出一年竟已榮登大位，也不見得那是「有什麼價值並且良心上（可以）自安。」此外，就不知道還有什麼方法，可以在一年來就得到很明白的證明，說這是絕路。你說「這出路之差不多成『絕路，』……已經證明得很明白，」到底是指著什麼講的？我們出路之是否為絕路，只能到歷史的進程中去找根據，不能到成功或失敗的現實中去找證明；只有機會主義者會有那樣的眼光和意念。茅（算他姓茅吧？）先生呀，你那「話兒」果是從何說起啊？你又說，「我不能積極的指引一些什麼——姑且說是出路吧！」那自然是不能；誰也不能。我們只能做一個被指引者，不能做一個指引者。但是，指引我們的，只能是歷史的演進，不能是什麼「運命（的）女神。」茅先生（又是一個茅先生）呀，你如果不接受歷史的指引而卻跟著什麼雲小姐運命的女神去亂跑，那麼，就請你莫再管咱們的事了，還是在東京多呆幾年，多研究幾年自然主義，多做幾年托爾斯泰，免得你「纏綿幽怨，」抱三閭大夫的隱憂！

其次，「我不能使我小說中人有一條出路，就因為我既不願意昧著良心說自己以為不然的話，而又不是大天才能夠發見一條自信得過的出路來指引給大家。」那句話，也是迷惑力很強，危險性很大的蠱言。

要使小說中人沒有一條出路，是不可能的事；即使小說中人迷惘苦悶到只有自殺也就是一條出路。從客觀上講，如果一篇小說使人讀了毫不能在他生命的闖進上受什麼影響，那小說就沒有存在。從主觀上講，如果作者沒有一個確定的立場和觀點，斷不能對周遭作何觀察，有何觀感、更不能寫出七萬字左右的小說三篇或二十萬字左右的小說一篇。所以「我那小說設想給人家一條出路」的話，只是誑言。

並且，我們現在的出路已由歷史指示得明明白白，不知為什麼他又良心上要不安起來，以致不能發現一條自信得過的出路。我們現在所需要的就是對這歷史所指示的抱著堅定的信心，不顧成敗利鈍地向前猛進的大眾；我們現在所需要的就是能立在這歷史所指示的立場上去觀察事實，構成文藝，用以指引大眾的迷惘苦悶，把他們的情緒組織起來，覺醒出一個明確的意識，跟著歷史的指示去跑路——的那種作品；我們絕對不需要起興於雲小姐，推波於「會見了幾個舊友，知道了一些痛心的事」，只看孤獨的「不能披露的新聞訪稿」而不見整個的歷史的人，來「黏住了題目做文章」。更不需要一經挫折就要上牯嶺，到東京，自己禁閉在三層樓上去寫那纏綿幽怨的文字。

講到第二個問題，從他那篇文字的第七節看來，可以斷定他實在毫未理解得中國所發生的無產階級文學運動到底是什麼一回事。

他那節文字，開始是說現在革命文學的新作品，「有更多的人搖頭」，原因是「新作品終於自己暴露了不能擺脫標語口號文學的拘囿」。一轉而說「今後革命文學的讀者的對象」，「不得不是乙」，即「不勞苦的小資產階級知識分子」。再轉而說「中國革命的前途還不能全然拋開小資產階級」。三轉而說「文壇上沒有表現小資產階級的作品不能不說是怪現象」。四轉而說「現在為革命文學的前途計，應該先把題材轉移到小商人，中小農等等的生活，質樸有力的抓住了小資產階級生活的核心去描寫」。終了，說新實寫主義的不適用。這一節，所含問題異常之多，這裡拋開一切不講，只講一講革命文學的題材和讀者的對象這問題。

文學既是讀物，其必得獲到廣大的讀者才算成功，那是沒有問題的。然而，這完全是技巧上的事，絕對不是作者唯一目的之所在。他說現在的新作品，一般勞苦羣眾讀不懂並且讀不到；誠意地贊成，熱烈地期望革命文學的「不勞苦」的小資產階級知識分子則看了不能不搖頭。這是事實，大家承認的事實；就是革命文學的作者也深深地自感不滿的事實。然而，就此就得放下了勞苦羣眾去「為小資產階級訴苦」了嗎？小資產階級知識分子讀了熱烈地期望的革命文學而搖頭，就是因爲沒爲他們自己訴苦而失望的嗎？革命文學是爲人家訴苦的嗎？爲要小資產階級知識分子不搖頭起見就去爲他們訴苦，那時還得爲革命文學嗎？我們看了他那些話，眞不曉得在他腦中的革命文學是怎樣的一種東西！

革命文學究竟是什麼東西，無產階級文學運動的意義安在，這裡不妨簡單地說一說。

革命文學是能夠發動，推進羣眾的革命行動的文學，是組織羣眾憤懣的情緒使有清明的意識的文學。無產階級文學運動就是站在無產階級的立場上來植立這種文學的一個運動。爲什麼要有這個運動的必要呢？社會的上層建築，如文藝之類，其變動常在下層建築之後，而有維護爲牠所植基的舊社會存在阻遏新社會建立的作用。新文學的產生，必得在新社會建立了達到相當穩定以後才是可能；然在新舊社會轉變的際候，如果能有一種有意識的運動，把舊文學撕下，使一般人的意識趨向著創造新文學那個方向跑去，那個轉變所需的期間和犧牲，就可減縮了許多。今後的新社會，是從已經踏上了合理的，公正的政治組織如民主政體，法治，普選等的舊社會，再一轉變而跨上合理的，公正的經濟組織的一個新秩序。那是以現存的無產階級爲主體的一個轉變。無產階級文學運動，就以上述的兩層意義爲意義。而這個意義又建立在下面這一個前提上：人們的進化所以異於宇宙間其他現象的進化，就在人們自己在這進化中能有加以推進的能力。人的智力日增，參贊宇宙進化的能力日大；自然科學發達，已使人們備具了推進物質世界進化的能力。社會科學發達，同樣地使人備具了推進社會轉變的能力。由此，在順序上，舊文學的退敗和新文學的興起雖然要在新社會建立以後，在推進轉變上，卻有這個新文學運動的可能和必要。

因此，革命文學，其意義不在替什麼人「訴苦」；說牠應爲小資產階級訴苦的文學固是笑話，說牠是專爲無產階級訴苦的一種文學也是「笑話其鼻涕」。牠的題材什麼都可以，止要作者能把牠處理得是以把一般人的革命情緒組織起來使有清明的意識。可決不要爲什麼人訴苦。爲人訴苦的文學是人道主義者貓哭鼠的文學，不是革命文學。革命文學所以要站在無產階級的立場上，絕不是受著老太婆可憐窮人那種慈悲心的驅使，而是因爲從歷史的進程上察出今後轉入的新社會必然是以現存（注意，是現存的）的無產階級爲主體而組織起來的一個在經濟上很合理很公正的社會。茅盾用「訴苦」，「表現」

等眼光來批評「國內文壇」，實在在「表現」他自己完全沒有理解無產階級文學運動的意義。

最後，讓我談一談讀者的問題。

「中國革命是否竟可拋開小資產階級」，不只如茅盾所說「也還是一個費人研究的問題」，簡直是無疑地要得否定答案的一個問題。「新文學是只有不勞苦的小資產階級知識分子來閱讀」，也不如他所驚異的那樣爲出乎革命文學作者意料之外的「痛心事」。不，我還可以說，這無產階級文學的運動，卻正是以這些知識分子爲主要對象的一個運動，雖則也並沒有把「勞苦羣眾」規定在對象之外。這裡所以不可拋開小資產階級，並非決定於「他們確（也）是有痛苦，被壓迫」這一個條件，而是決定於「由他們的經濟背景，他們不是革命的對象，且有加入革命戰線的可能」這一個條件。現在的文學運動，可以說，就是去宣傳他們轉變意識，加入革命的運動。這運動，雖然以他們爲對象，但其一定要站在無產階級的立場而不能稍稍移向小資產階級的立場去，是最要緊的一件事。這樣，在技術上，無產階級文學的運動者確有嚴自批評的必要，（據我所知，他們自己正在嚴自批評）。看其是否克盡宣傳的職能。但如果只知道多得讀者，就向著爲小資產階級訴苦這一路跑去，做那「迎合人家心理」的勾當，那就離開無產階級文學運動的立場要有十萬八千里了。

據他「……嚴正的說，許多對於目下新作品搖頭的人們，實在是誠意地贊成革命文藝的」，那他們的搖頭，可知不是爲的不爲他們訴苦而是爲的技巧太壞了。而我們的茅盾先生卻在後面說革命文學如要得到讀者就得爲小資產階級訴苦，這個，恐怕茅先生贊成革命文學的意思，反沒有「他們」那樣「誠」吧？

從東京回到武漢
——讀了茅盾的《從牯嶺到東京》以後

錢杏邨

一　到了東京的茅盾
二　纏綿幽怨。激昂憤發。迷亂灰色的人生
三　《幻滅動搖》的時代推動論
四　所謂文藝的天然對象
五　從東京回到武漢

一、到了東京的茅盾
——從《留別雲妹》說起

雲妹，半磅的紅茶已經泡完，
五百枝的香煙已經吸完，
四萬字的小說已經譯完，
白玉霜，司丹康，利索爾，哇度爾，考爾辮，班度拉、硼酸紛，
白綿花都已用完，
信封，信箋，稿紙，也都寫完，
矮克發也都拍完，
暑季亦已快完，
遊興是已消完，
路也都走完，
話也都說完，

錢也要用完，
一切都完了，完了，
可以走了！

此來別無所得，
但只飲過半盞「瓊漿」，
看過幾道飛瀑。
走過幾條亂山，
但也深深的領受了幻滅的悲哀！
後會何時？
我如何敢說！
後會何處？
在春申江畔？
在西子湖邊？
在天津橋畔？

讀完了茅盾先生的《從牯嶺到東京》，很自然的就聯想到一九二七年八月十二日他在牯嶺寫的這首《留別雲妹》。那時正是革命高潮在激急的發展，白色恐怖不遺餘力的在摧殘革命勢力的時候。我們的茅盾先生，那時正在匡廬上遊山看瀑，和雲小姐談虱子，大大的幻滅起來（在茅盾先生自己看來這時並沒有動搖），寫作關於幻滅的著作。就我所看到的，他先在漢口的《中央日報副刊》上發表了在牯嶺寫的兩封說遊山以及雲小姐講虱子故事的通信，接著就於八月十九日發表了這首詩歌，他在這時是「深深的領略了幻滅的悲哀」。

於是，茅盾先生別了雲妹，下了牯嶺，「八月底到上海」，「躲在房裏做文章」，「前後十個月沒有出過自家的大門」，「用追憶的氣分」，去寫《幻滅》與《動搖》兩部小說，以後又寫了《追求》，同時，還在《小說月報》上做《魯迅論》，《魯彥論》。據他說：「王魯彥小說裏最可愛的人物，在我看來，是一些鄉村的小資產階級」，而希望王魯彥「拋棄了時時有的教訓主義色彩，用他的敏銳的感覺去描寫鄉村小資產階級，把他的 Canvas 擴展開來，那麼一定還有更好的成績」。對於魯迅，他是五體投地的，他同意於魯迅的表現，在《魯迅論》裏有這樣的一節說明：

> 但是我們不可上魯迅的當，以爲他眞個沒有指引路；他確沒有主義要宣傳，也不想發起什麼運動，他從不擺出我是青年導師的面孔，然而他確指引青年們一個大方針：怎樣生活著，怎樣動作著的大方針。魯迅決不肯提出來呼號於青年之前，或板起了臉教訓他們，然而，他的著作裏有許多是指引青年應當如何生活，如何行動的。在他的創作小說裏，有反面的解釋，在他的雜感和雜文裏就有正面的說明。

從牯嶺到離開上海之前的一個階段，根據上面的略說，我們的茅盾先生的態度已大部分的表示了出來。不過，他同時又表示著對於革命文藝的歡迎，在作品中偶而又微微的露一點革命的信心但態度又似乎很朦朧。一直到了東京之後，纔發表了《從牯嶺到東京》一文，正式的背叛起來，所以，爲著普羅文學的前途起見，我們不能不嚴格的加以批判。

然而，在轉入正文前，我們不能不把他在國內的，從武漢到上海的一個階段他的態度綜合的說明一下。這樣，我們更容易找到茅盾先生理論的事實的根據，以及在從潯陽江上「手抱琵琶半遮面」以後一年所露出的他的整個面目的眞實的背景：

自從一九二七年政治上有了最後一次的變化以後，我們的茅盾先生便一變幾年來的革命運動的精神，而大做其幻滅運動。在矛盾，幻滅，動搖，追求的當中，他對自己以前所信仰的革命起了懷疑，消極的幻滅起來。同時，他發現小資產階級是革命的重心，（我並不是誣蔑茅盾先生，《從牯嶺到東京》的全文裏，就充滿了這種暗示。所以，他起始說，不能拋棄小資產階級，談到小資產階級以後，他就根本上不提無產階級了），小資產階級是革命文藝的天然對象，他站在小資產階級的立場上，同情於魯彥的小資產階級的描寫，他同情於資產階級個人主義的自由思想者魯迅的虛無的哲學（參看拙著《死去了的阿 Q 時代》），他創作以小資產階級作主人翁的小說，他說明了他自己的意識完全是小資產階級的意識，所以，在矛盾，衝突，掙扎的結果，他終於離開了無產階級文藝的陣營！

這就是茅盾先生！這就是茅盾先生「悲痛中的自白！」讀者諸君！請仔細的分析一下：

「現在的茅盾先生究竟爲那個階級所有？」

二、「纏綿幽怨」。「激昂憤發」。「迷亂灰色的人生」。

在這一節開始，我題上這一行標題，正是因爲這三個口號象徵了茅盾先生及其創作的全體，實在的，我們統觀茅盾先生的前後，他所有的衹是一種纏綿幽怨的激昂憤發，他所有的衹是迷亂灰色的人生，他所有的衹是悲觀的基調與一片灰色的前途！

我們且聽他自己道來：

> 我經驗了亂動的中國的最複雜的人生的一幕，終於感得了幻滅的悲哀，人生的矛盾。在消沉的心情下，孤寂的生活中，而尚受生活執著的支配，想要以我的生命力的餘燼從別方面在這迷亂灰色的人生内發一星微光，於是我就開始創作了。

同時，他又說道：

> 那時，我發生精神的苦悶，我的思想在片刻之間會有好幾次往復的衝突，我的情緒忽而高亢灼熱，忽而跌下去，冰一般冷。這使我的作品有一層極厚的悲觀色彩，並且使我的作品有纏綿幽怨，激昂憤發的調子同著並在，《追求》就是這麼一件狂亂的混合物。
>
> 所以，我只能說老實話：我有點幻滅，我悲觀，我消沉，我都很老實的表現在三篇小說裏。我誠實的自白：《幻滅》和《動搖》中間並沒有我自己的思想，那是客觀的描寫，《追求》中間卻有我最近的——便是作這篇小說的那一段時間——思想和情緒。《追求》的基調是極端的悲觀；
>
> 我承認這極端悲觀的基調是我自己的。

茅盾先生在這一段後面，並聲明說話要「求良心上的自安」，說得不但「纏綿幽怨」，而且「楚楚動人」，「淒涼哀怨」，具有不少的迷人的力量！

但是，這種被茅盾先生自己所「珍重」，所「歡喜」的悲觀的基調，以及他所表現的，他所說明的一切，在我們看來，不但生不出什麼同情，而且從這其間捉住了一般脆弱的，在「八七」以前對革命認識不清的小資產階級的墮落的生命。這樣的墮落的青年，在他們投入革命的陣營的當時，是並沒有看到日後的這種分化是必然的結果，所以，一到階級分裂且尖銳化的今日，遇到資產階級與帝國主義互相勾結的摧殘與壓迫，此時就動搖幻滅起來，雖然有一部分還不積極的反動。這樣的結果當然的要感到「幻滅的悲哀」，「人生的矛盾」，而形成「消沉的心情」，把整個的人生看作「迷亂灰色」了。這樣，不滿意於現實，想革命，而又顫抖在統治階級之前的人物的內心生活當然要衝突，矛盾，變成「狂亂的混合物」似的，在一切的表現上有「悲觀的基調」，使「纏綿幽怨」和「激昂慣發」的兩種調子並存，變成「幽怨」終身的人物的，那裡還會有什麼「一星微光」，不過是「感到孤寂」，剎那間再起一回「尋求光明」的念頭罷了，「精神蘇醒過來」云乎哉！

這是關於茅盾先生本身的考察，這種種的現象可以說是全部的反映到了他的創作的裏面，所以，他要「粘住題目做文章」，寫《幻滅》，寫《動搖》，寫《追求》，而終之以《自殺》：這就是茅盾先生對於人生的新見解，他的創作裏的新生命。我們從他的小說裏看去，他是以爲中國的革命的理論是錯誤的，爲什麼中國的革命不以小資產階級爲主體，以小資產階級來領導，他確實有這樣的不滿的暗示。「黃鶴一去不復返」，我們的茅盾先生自從在黃鶴樓上放了他的最後對於革命的微光，他未必是能「復返」了，他現在是已正式的實行離開了無產階級的文藝陣營了！

（2）

讀者諸君！請不要說我是捉狹！茅盾先生是好像始終如一的在「粘住題目做文章」，《從牯嶺到東京》也就是這樣做成功的。他是先有了以描寫小資產階級爲對象的三部作，而後纔有就三篇創作的題材的一致傾向而寫定的《從牯嶺到東京》。因此，他就根據題目與題材而發現了他的一種理想。這種理想就是：

> 以「《從牯嶺到東京》」爲理論的基礎，以「《幻滅》」、「《動搖》」，「《追求》」爲創作的範本，以小資產階級爲描寫的天然對象，以替小資產階級訴苦並激動他們的情熱爲目的的「茅盾主義文學」。

小資產階級是沒有自己的固定的階級的意識的，小資產階級的意識根本上就是浮動的。小資產階級在事業上不是投降大資產階級做俘虜，就是附庸於無產階級，或降落爲無產階級的。衹要就我們眼前的事實，或茅盾先生所表現的看去就可以明白。這一類的人物不是加入無產階級陣營裏來戰鬥，就是積極的或是消極的投降大資產階級。茅盾先生所表現的傾向當然是消極的投降大資產階級的人物的傾向，這樣的人物的精神，我們只要展開茅盾先生的創作，就可以看到是那樣的幻滅，動搖，矛盾，衝突，是那樣的可憐，那樣的迷亂灰色。茅盾先生說，我們要激發這一類人物的感情，這話當然不能說是毫無意義的，然而，他們的眞實的生命已經放在我們的面前了，我們就是根據革命的現階段的戰術與戰略而說，我們對於這樣的小資產階級也值得以大部分力量去專做激動他們的工作麼？也值得以這樣的具著悲觀的基調的生物爲革命的主力軍麼？茅盾先生未免是太不顧實事，太愛「粘住題目做文章」了，革命的主要力量衹有廣大的工農羣眾，文藝的天然對象也衹有廣大的工農羣眾，以小資產階級爲革命的主力軍固然是不可能，以小資產階級爲革命的天然對象也是根本上不能成立的。

退一步，我們就以所謂「激動小資產階級的情熱」來說，茅盾先生的著作究竟激動了這一類的人物沒有呢？老實說來，《幻滅》衹給予他們以一種「幻滅」的激動，《動搖》是推動他們加緊「動搖」起來，《追求》於他們是一無所得，茅盾先生的著作對於他們是什麼也沒有激動。由此，我們更可以得到一個結論：

> 茅盾先生的理論是不能適應他的創作的，他衹是在「粘住題目做文章」！

所以，就是根據茅盾先生試驗的結果立論，他的「茅盾主義文學」的主張也是根本上不能成立的。然而，我們不能不承認他的「說教」是會動搖，迷亂一部分思想不穩定的青年；因此，我們必得加以詳細的批判！

（3）

寫到這裡，我想到幾個問題。第一，就是茅盾先生否認他是動搖，同時也否認《幻滅》是表現小資產階級對於革命的動搖。這一句話我覺得多少有點滑稽性。茅盾先生自己是否動搖，我們姑且不問。但靜女士倏而對於革命事業信任，倏而消極，倏而又去幹，這樣的三次兩番，是不是由動搖而又穩定，由穩定而再動搖呢？而且，幻滅的本身多少就包含著動搖的成分在內，這也是很顯然的。至於茅盾先生說，「我並不想嘲笑小資產階級」，我看了《從牯嶺到東京》以後，當然是相信這句話，可是，靜女士的那樣幻滅動搖的經過，在茅盾先生雖然認定是很莊嚴的，我卻覺得茅盾先生是曝露她的醜態。這當然是各人的立場不同的原因。至於說：「這是普遍的，凡是眞心熱望革命的人們都曾在那時候有過這樣一度的幻滅」，茅盾先生對這句話果眞負責任時，那時未免說的太攏統了。始終不幻滅，在白色的壓迫下始終苦鬥著的正所在多有呢；這裡，我以爲茅盾先生有加上「像我這樣」四個字在「凡是」兩個字的後面的必要。第二，說到《動搖》，茅盾先生說：「更沒有半分意思想攻擊機會主義」，我想茅盾先生不攻擊機會主義也是當然的事。據《從牯嶺到東京》看去，茅盾先生正在以不遷就當時的統治者的革命的勢力爲非呢！所以他很輕巧的把「左傾幼稚病」整個的責任加在「投機分子」的身上。「對於湖北那時的政治情形不很熟悉的人自然的茫然不知所云的」。茅盾先生，您是在夫子自道了！「左傾幼稚病」固然不能說「投機分子」不能不負責任，但是，加上全稱肯定，那就不免是坐在編輯室裏的「主筆先生」的話了。而且，講到不熟悉政治情形的話，我又想到「都曾幻滅」的話來。茅盾先生的離開武漢，是很早的（據茅盾先生和雲小姐談虱子的信可以推知），那時大屠殺還沒有開始，英勇的抗鬥的起始是在茅盾先生在牯嶺偕同雲小姐看瀑布的時候，大概是因著在匡廬主觀的看法，說是「都曾幻滅」罷……

總之，茅盾先生說的不錯，「如果讀者所得的印象而竟全部不是那麼一回事，那就是作者描寫的失敗了」，假使要這樣說，茅盾先生的技巧確實是有些地方是失敗的。我們也可以用另一個原則來說明。就是：

批評者祇能從作者所表現的一切加以批判。因此，他所得到的結果，不一定與作者的原意相同，並且批評者的階級的立場也未必是作者的階級的立場。所以，我認爲《幻滅》是嘲笑小資產階級對於革命的「動搖」，是攻擊投機分子的兩個批判。從《幻滅》《動搖》兩篇所表現的看去並沒有什麼錯誤！

我這樣說，並不是要茅盾先生承認他在創作時「嘲笑」「攻擊」的意思，茅盾先生的創作的態度在《從牯嶺到東京》一文裏，說得已經是很明白的了。他說：「《幻滅》等三篇只是時代的描寫，是自己想能夠如何忠實便如何忠實的時代描寫」，「人物對於革命的感應是合於當時的客觀情形」。雖然他鄭重的聲明，「未嘗依了自然主義的規律開始創作生涯」，然而，從任何方面去看，他都還是在用著自然主義的方法。於此，我們可以找到：

茅盾先生推動情熱的方法，是守著自然主義原則的消極推動法！

（4）

大概是因爲守著自然主義的基本法則的原故，所以，我們的茅盾先生表示這樣的不滿：「如果嘴上說得勇敢些，像一個慷慨激昂之士，大概我的讚美者還要多些罷；但是我素來不善於痛哭流涕，劍拔弩張的那一套壯士氣概，並且想到自己只能躲在房裏做文章，已經是可鄙的懦怯，何必再不自慚的偏要嘴硬呢？我就覺得躲在房裏寫在紙面的勇敢話是可笑的，想以此欺世盜名，博人家說一聲『畢竟還是革命的』，我並不反對別人去這麼做，但我自己卻是一百二十分的不願意。」茅盾先生這樣的煽動有力的句子，當然是會博得很多的人喝采的。可是關於這一點，我不想去過問。我要說的就是茅盾先生這種說法，仍然是「推己及人」的主觀的看法。不錯，茅盾先生是十個月不出大門，然而，其他的作者，似乎並沒有這樣，並沒有這樣的「可鄙的懦怯」，並沒有這樣的「躲在房裏做文章」，他們的戰鬥的事跡，在政治的和經濟的高壓下依舊是不屈的反抗，不斷的努力，這是公開在讀者的面前的。他們始終如一的在壓迫與摧殘的底下進行著他們的工作，他們並沒有「一出大門，便上東京」；他們依舊的盡著他們應當的責任，每天都在都市的街衢上，並沒有關在房裏「纏綿幽怨，激昂奮發」。茅盾先生的這種說法，不但「對於革命有點欠理解」，而且「對於革命文藝家的行動與革命的關係也不很明瞭」，大概是因爲在國內深居不出，出門後又一直逕往東京，對於一切的事實有點模糊的原故。不然，是決不會發出這樣不理解事實的議論的。

這樣，我對於茅盾先生津津自詡的所謂「客觀的眞實」，就覺得有加注解的必要了。茅盾先生所表現的誠然是「客觀的眞實」，所發的議論也確實有「客觀的眞實」的依據。然而，茅盾先生所說的「客觀的眞實」，不是我們所說的客觀的眞實。

茅盾先生所說的「客觀的眞實」是有他自己的立場的。他的立場，是依據他的理論，是屬於不長進的——是幻滅動搖的——革命的小資產階級的。因此，他說的「客觀的眞實」，衹是站在他自己的階級的立場上所看到的眞實！

我們對於茅盾先生加以考察，這是應該有的一種基本的認識。

三、幻滅動搖的時代推動論
——標語口號文藝宣傳留聲機器

這裡，我們轉入標語口號，文藝宣傳，和留聲機器三個問題來討論。關於標語口號文學一問題，在其他關於批評的文字裏，我曾寫過一些零碎的意見，現在且轉抄於下：

> 所犯的毛病，正是托洛斯基（Trotaky）所說，在無產階級文學初期所不可避免的毛病，就是口號標語似的。這是沒有辦法的事。因爲我們現在所提的口號，都是我們所要求的解放自己的口號，這些口號就足以象徵現代革命青年的要求。所以詩歌的標語化，口號化是必然的事實，必得經過的一個階段。我們要問詩歌爲什麼要有

這樣的現象，我們得先認識革命的階段是怎樣的一個現階段。這雖然是應該避免的現象。不過，我們總希望後此的詩歌能漸漸的離開標語與口號的一般形式。(與馮憲章書)

雖然被許多人譏刺爲口號標語，其實，這種宣傳的創作，並不是易於做的。沒有相當的技術的修養的工夫，結果是很容易走入三條歧路，一是變成定型的標語口號，二是變成夾敘事的議論文章，三是生硬做作的裂痕。(《平地風波評》)

宣傳文藝當然不能說一定要全篇充滿了宣傳的標語或口號，然而，絕對的避免口號標語，一定要根據所描寫的事實，讓題材客觀的去動人，去宣傳，那也就未免太不瞭解文藝的社會的使命了。所以，在革命現階段「標語口號文學」(注意！我不是說標語口號)在事實上還不是沒有作用的，這種文學對於革命的前途是比任何種種的文藝更具有力量的。不過，我們對於這種文藝的創作，所要注意的有特殊的三點，那就是在「評《平地風波》」裏所說的宣傳文藝的『三條歧路』了。總之：宣傳文藝的重要條件是煽動，在煽動力量豐富的程度上規定文章的作用的多寡。我們不必絕對的去避免標語口號，我們也不必在作品裏專門堆砌口號標語，然而，我們必定要做到有豐富的煽動的力量的一點。這裡所說的煽動的力量，不一定是指技巧的煽動，當然內容的具有煽動性也是必要的，宣傳文藝的條件就是要鼓動，要起煽動的作用。(《關於前田河廣一郎戲劇的批評》)

關於以上所徵引的幾節，我覺得有補充說明的必要，那就是「標語口號文學」一術語是沿用的，這個術語是含有對於無產階級的宣傳文學的諷刺的意義。其實：

文學之於宣傳的關聯是必然的，無論那一個階級的文學作家都是替他們自己的階級在宣傳。同時，在創作裏也有他們自己階級的口號存在。不過，他們因爲有長期的歷史的背景，會使用巧妙的裝隱法，大部分是採取著暗示的方法罷了。

因此，在無產階級的文藝運動的初期，作家由於技巧修養的缺乏，祇把核心的意義寫了出來，祇把要求的內含具體的寫了出來，多少免不了帶著濃重的口號標語的彩色的技巧幼稚的作品，遂被他們目爲「口號標語文學」。這種術語的產生，固然是含有惡意的攻擊，可是，在事實上也是必得經過的階段，必得經過這一個「標語口號」的時代，然而，資產階級作家指的不是這一點，他們的術語的意義是指著整個的無產階級的宣傳文學……

進一步說，初期的無產階級文學，就是有的在技巧上已有相當的好處，也不會使資產階級作家滿意的。因爲無產階級作家的創作，不是無所爲，不是創作消閒藝術，他們的創作有新的內容，新的意識，新的要求，這些都不是資產階級作家所同意而覺得新奇的。所提的意見，在他們看來，當然是「不入耳之言」而必得加以攻擊。事實上他們也許並不是不知道這種幼稚現象是必經的階段，是向上的過程，是歷史的必然的過程，不過「明知故昧」罷了。

再就「標語口號文學」這術語的本身方面說，加上這個術語的資產階級作家的動機固然是不好，它的本身卻含有宣傳文學的本質意義。因爲：無產階級文學不是無產階級的消閒藝術，是一種鬥爭藝術，是一種鬥爭的利器！它是有它的政治的使命的！創作的內容是必然的要適應於政治的宣傳的口號與鼓動的口號的！所謂「在適當的時機，提出適當的標語，使民眾呼應這個標語，使這標語表現於事實上」（Stalin）。它所要求的不僅是文藝的形式的本身價值，雖然無產階級作家並不肯忽略創作的技術的形式。

附註：宣傳的口號是基本的要求的宣傳，鼓勵的口號是適應環境的臨時口號。

歸結一句話，資產階級作家的謾罵，提出「標語口號文學」一名辭來謾罵，其結果，即使他們不是明知故昧，也不過是證明他們還是不曾瞭解文藝的階級的使命，證明他們沒有注意到歷史的事實：沒有明瞭自從社會有了階級對立以來，階級藝術便從民眾藝術變成特殊階級的消閒藝術，以後又隨著階級鬥爭之發展而變遷，同時藝術的形式也是與實際生活以及階級地位相關係的歷史的過程罷了。所以，這一個術語，雖是資產階級作家用爲謾罵的工具，用來反應無產階級的「宣傳文藝」的術語，在事實上祇做了無產階級文藝運動初期的不可避免的一部分不健全的技巧的創作的說明，事實上是阻止不了無產階級鬥爭文藝的發展的。

然而，我這些零碎的意見，並不和茅盾先生的意見衝突，——我要聲明，這裡所說的茅盾先生是幻滅以前的茅盾先生——他提倡無產階級文學很早的，至早是在三四年以前。那時的茅盾先生對於技巧的幼稚病是怎樣的意見呢！他在《論無產階級藝術》裏說的是：「一個年齡幼稚而處境艱難的階級之初生的藝術，當然有不免內容淺狹的毛病，而所以不免淺狹之故，一因缺乏經驗、二因供給題材的範圍太小」。(《文學週報》合訂本第一冊)而在192期「《文學週報》」裏，茅盾先生又曾譯這一句話，「文學與藝術作爲宣傳的工具，唯在革命之前是有力的有用的。那時需要文藝來喚醒羣眾」。(F. Rubiner：關於烈夫的通信)在今年，在「《歡迎太陽》」一文裏也似乎用過原諒初期幼稚的話。不過，這些零碎的意見，我想不必多抄，且引一節茅盾先生在一九二六年三月二七日在漢口《中央日報》上爲最近自殺了的青年文藝作家顧仲起先生的詩集《紅光》做的序言中的一節，來作整個的說明：

> 《紅光》本身是慷慨的呼號，悲憤的囈語（？），或者可說是標語的集合體。也許有些行不由徑的批評家要說這不是詩，是宣傳的標語，根本不是文學。但是，在這裡——空氣極端緊張的這裡，反是這樣奇突的呼喊口號式的新詩，才可算是環境產生的新文學。我們知道俄國在十月革命以後，新派革命詩人如馬露考夫斯基等的著作，正也是口號的集合體。然而，正如托羅斯基所說，這些口號的新詩，不但是時代的產物，環境的產物，並且確爲十月革命後的新文學的基石。並且，在變動的時代，神經緊張的人們已經不耐煩去靜聆雅緻細樂，需要大鑼大鼓，才合乎脾胃。(十六年三月五日作)

讀者諸君！茅盾先生在過去幾年的指導理論，我已經引出一部分來了，我能怎麼說呢？不僅是我，恐怕讀者諸君也不免於模糊罷？以上的理論正是我們的茅盾先生用自己的鞭來鞭抽他在《從牯嶺到東京》裏所發表的主張，不，我想茅盾先生是不會這樣說的，他要說，他是在用《從牯嶺到東京》的鞭子在鞭抽他的過去的思想。對了，我想茅盾先生一定是這樣作結論，而且會附帶的說明：

他的從無產階級文藝立場退到小產資階級的立場，從認爲必然的初期的無產階級文藝的缺陷，而變爲以這不完全的狀態作爲他的攻擊無產階級文學對象，是自己的進步！

可是，被茅盾先生自己用鞭子抽出的理論，他幫助我們證實了這種且看著標語口號的創作正是無產階級文學初期的必然現象，以及這種且看著標語口號的創作正是「新文學的奠基石」。其他，如我在前面所說，也多補充之點。根據幻滅前的茅盾先生的話和我們的關於這問題的說明，對於「標語口號文學」這問題已經有了不少的解釋。

以下我們轉入文藝與宣傳的一問題來討論。

（2）

在說到文藝與宣傳的一問題之前，還有一個必得說明的問題，那就是未來派文學在俄國的失敗是不是爲著他們製造了大批的「標語口號文學」了，關於這個問題，傅克興君在《創造月刊》上解釋得很好，「未來派的作品根本沒有站在普羅的立場上，只是些小資產階級智識分子賣弄些文學上的專門曲藝，非是專門家不能瞭解他們的好處，他們不能把握大眾是應當的」。未來派的失敗並不是爲著標語與口號，實在是因爲未來派文學爲大眾所不能瞭解，不是無產階級文學。正等於表現派的文學一樣的不是無產階級文學的原故。

（3）

關於文藝與宣傳，根據上面所說，也可以講大體也曾解析明白了。這種文藝，就是宣傳文藝，最低限度在無產階級勝利之前是有用的，這裡，我想再引一兩節辛克萊（Upton Sinclair）的話，把文學與宣傳的關係做一個具體的說明：

> 一切的藝術是宣傳。普遍地，而且不可避免地是宣傳；有時無意識地，然而，常時故意地是宣傳。
>
> 各種宣傳的目的，在使這宣傳的貫徹；主要之點，須在不知道這是宣傳而被感動，所以在宣傳之上施一層新的裝隱法是必要的。

假使茅盾先生以這樣的立意做文，那是對的，無產階級文藝作家誰都應該承認這失敗的原因，承認改造的必要的。無如我們的茅盾先生「在小資產階級羣眾中植立了腳跟」，忽略了他以前所能以瞭解的「應用文字的武器，組織大眾的意識和生活，推進社會的潮流」的無產階級文藝的意義。他忘卻了宣傳的文藝也有它的組織大眾，推進大眾的責任，他同時忘卻了文藝的階級意識宣傳的必然作用。

總之，我對於茅盾先生「有革命情熱而忽略於文藝的本質」和「把文藝也視爲狹義的宣傳工具」二語，根本上就認爲不對。

第一，無產階級作家誰都沒有忽略了文藝的本質。作品有時陷於標語口號集合體的形式，完全是由於他們在技巧方面修養工夫的缺乏，不是他們有意的。這一點：根據茅盾先生在《論無產階級藝術》裏的議論，他不是不知道，他應該採取推進的批評的方法，不應該一概抹煞。

第二，狹義的宣傳工具一點，我覺得根本不能成立。假使要說文藝不能爲某一個階級去宣傳，那麼，茅盾先生大可以去提倡羅曼羅蘭（Lolland）的民治主義的民眾藝術去，做各階級聯合的訴苦運動好了，何必專門去替小資產階級訴苦呢？——難道這不是狹意的宣傳麼？茅盾先生並沒有「缺乏文學修養」，何以也「會不知不覺的走上了這條路」呢？

講到「被許爲最有革命性的作品卻正是並不反對革命文藝的人們所歎息搖頭了」的一句話，我認爲茅盾先生犯了論理學上所謂「不周到」的毛病。茅盾先生應該指出這些「不反對革命文藝」的人們是怎樣的人物；因爲革命文藝反映到資產階級裏，他們是會根本搖頭的，雖然他們也要說革命；就是映到民族資產階級智識分子，以及進步的貴族的面前，他們也是要搖頭的，雖然他們也大談其革命。茅盾先生所說的搖頭人物，根據他們衹會「不反對」，衹會「搖頭」的意識上看去。恐怕是不出於上列的人物之外罷。果眞是他們搖頭，我認爲對於無產階級文藝前途是絲毫不足憂慮的，因爲他們根本上就不需要無產階級文學，他們自有他們的以幻滅動搖推動時代的茅盾先生的創作做「欣賞」的讀物的。至於當初之所以注意，那不過是爲好奇心所趨使，看看是什麼東西，以及是否代表「自己人們」說話而已，這樣，等到他們發現無產階級文藝眞精神時，他們怎能不搖頭呢？這一點，我不需要多說了，在這一章裏，我已經寫了不少，不必再精細的說明了。

最後，我們回到所謂「留聲機器」問題。這個口號是麥克昂君在《創造月刊》上提出的，這個警語是非常正確的。我們可以先看他自己的解釋：「留聲機器不消說是一個警語，這裡所含的意義用在現在就是辯證法唯物論」。他又解釋它的戰鬥的過程說：

> 當一個留聲機器——這是文藝青年們最好的信條。
>
> 你們不要以爲這是太容易了，這兒有幾個必要的條件；
>
> 第一，要你接近那種聲音（接近工農羣眾去獲得普羅的精神）；
>
> 第二，要你無我（克服自己舊有的資產階級的意識形態）；
>
> 第三，要你能活動（把新得的意識形態在實際上表示出來，並且再生產地增長鞏固這新得的意識形態）。
>
> 不要亂吹你們的破喇叭（克服你們快要蛻變的布爾喬亞的意德沃羅基）
>
> 當一個留聲機器罷！（戰取辯證法唯物論！）」

請參看《創造月刊》一卷八號麥克昂《英雄樹》,《文化批判》三期麥克昂《留

聲機器的迴音》及二期李初梨《怎樣的建設革命文學》

但是，我們的茅盾先生對於這個主張是認爲不滿意的，他「就不能自信做了留聲機器么喝著：這是出路，往這邊來是有什麼價值」。他當然是不願意當一個留聲機器，正如麥克昂君自己所說，「不當一個留聲機器——這在有產者或小有產者意識十足或者尚未完全 Aufheben（蛻變）的人是十分中聽的一個標語」。不過，關於這問題的答辯，我不想說什麼話，我認爲引用傅克興君的話來說明是更恰當的。下面就是他的答辯這個問題的原文了：

> 這個問題是麥克昂君提出的，並且在《創造月刊》上有過他的解釋。由字面上講，有點機械化的誤會，其實用很具體的名詞來代表辯證法的唯物論。這是他的卓見。這句話即是講：革命文藝家應該用辯證法的唯物論的眼光，來分析客觀的現實，把這客觀的現實再現於他的作品。即是講革命文藝不可不立足於客觀具體的美學上。如果革命文藝眞眞站在客觀的具體的美學上，才能眞正同舊文學根本對立。才能眞眞化爲普羅文學。
>
> 我們要知道舊文學所以成爲統治階級的文學，並不是因爲描寫過封建地主資本家等，而是因爲牠所反映的意識形態，是利於統治階級擁護他們的階級利益的意識形態。譬如茅盾君的《幻滅》，雖然描寫幾個小資產階級。但是因爲他所描寫的幻滅，只是機械的客觀描寫，除描寫的幻滅以外更無其他目的，很明顯地反映了資產階級的藝術至上主義。在這革命潮流劇急發展的時期，很容易爲統治階級削弱革命底勢力使一般小資產階級迷離徬徨，所以牠的效果確是反動的。
>
> 革命文藝要成爲無產階級文藝，也斷不是因爲描寫了工農，爲工農訴苦；就是因爲牠所反映的意識形態，是促進工農的解放，爲工農謀利益的意識形態。這種形態使羣眾一天天地明瞭統治階級的罪惡，一天天組織化，革命化，對於統治階級是根本沒利的。
>
> 茅先生或許是因爲物質的環境的原故，根本不能瞭解留聲機器的奧義，而覺得是一種凌辱。那是當然的。至於茅先生要覺得有價值的，在革命文藝上不得不有反對的評價了，
>
> 茅先生也許是要革命的，那麼你先要完全棄掉你自己階級的利益努力獲得無產階級的意識罷！
>
> ——《小資產階級文藝理論的謬誤》

四、所謂文藝的天然對象
——並論其他的關於茅盾先生文藝的主張

茅盾先生說，「中國革命是否竟可拋開小資產階級，也還是一個費人研究的問題。我就覺得中國革命的前途還不能全然拋開小資產階級」。茅盾先生又說道，「什麼是我們革命文藝的讀者對象？或許有人要說，被壓迫的勞苦羣眾。是的，我很願意我很希望被壓迫的勞苦羣眾能夠做革命文藝的讀者對象。但是，事實上怎樣呢？請恕我又要說不中聽的話了。爲勞苦羣眾而作的新文學是只有不勞苦的小資產階級智識分子來閱讀了。」

根據茅盾先生上面的兩節話看去。茅盾先生似乎並不是站在小資產階級的立場上說話，他不過是不願意完全拋棄小資產階級，不過是對「在題材方面太不顧到小資產階級」的文藝表示不滿罷了。然而，事實究竟如何呢？祇要稍稍注意他所說的一切，就可以看到茅盾先生說話的方式雖然不痛快，可是他是隱約的有著固定的程序的。

茅盾先生說話的程序，可以分爲三段。第一段是說「不能完全拋棄小資產階級」。接著就有了第二段：「小資產階級佔全國的人數十分之六」。第三段纔露出眞實的面目，他根本上把無產階級拋在一邊，絕口不提，只大倡其小資產階級的文藝論了！這是茅盾先生「眞面目的暗示的漸露法。」

每個階級都有他們自己的文藝，我想茅盾先生是沒有理由說他的這個主張專對文藝一方面而言。假使這麼說，那是根本不通。茅盾先生！再不要扭捏吧，老老實實的提出「反對無產階級文藝，提倡小資產階級文藝」的一個口號來罷！你是「天然的」承認自己是小資產階級的代言者了！

（2）

「圖窮而匕首見」，茅盾先生的主張事實上也不必再掩藏了。我們認識了他的基本態度，他的眞實的面目。我們找出了對方的立場，我們再討論他所說的一切，這是比較更容易下手的。不過。要請讀者諸君認取：

我們這一次的戰鬥是和與魯迅一班人的戰鬥不同的，這一次的戰鬥是無產階級文藝戰線與不長進的所謂革命的小資產階級的代言者的戰鬥！

這好像是一個插話，是要再提一提我們的對方，認取我們的敵人究竟是那個階級的人物。

（3）

然後，我們就可以回轉來討論其他的問題了。茅盾先生說：「現在的新文藝勞苦羣眾並不能讀，即使你朗誦給他們聽，他們還是不瞭解。」「說是因此須得更努力作些新東西來給他們麼，理由何嘗的不正確，但事實總是事實，他們還是不能懂得你的話，你的太歐化或是太文言化的白話。如果先要使他們聽得懂，惟有用方言來做小說編戲曲，但不幸方言文學是極難的工作，目下尚未有人嘗試」。因此，他雖「不說竟可不作此類的文學」，「但事實總是事實」，他衹認得小資產階級是，「事實上的讀者對象了」。

茅盾先生的話，說來何嘗沒有理由，何嘗不是事實，不過目前的新文藝作品，勞苦的工農究竟能否誦讀，是不完全如茅盾先生所言。事實是各地工人自五卅以後，因爲鬥爭的關係，無論在意識上在教育上已然是很進步的了。農村小資產階級和農民也是有了相當的覺醒，不是幾年前的工人農民了。這樣，何以見得他們中就沒有一部分人能接受新文藝呢？何以能讀「灘簧，小調，花鼓戲」而不能讀茅盾先生所說的「標語口號的集合體」的文學呢？（注意！這是拋開了工農的經濟與時間而說）何以要站在小資產階級的立場上寫爲小資產階級訴苦的東西給他們看呢？事實既爲我們證實了小資產階級不能領導革命，衹能跟著勞苦的工農走，我們站在無產階級的立場上寫些東西給他們看，使他們知道革命的前途是怎樣前途，工農的要求，是怎樣要求，工農的優點在什麼地方，工農和小資產階級的關係如何切要，使他們同情革命，豈不是更應該的麼？總之，我們盡量的設計使文學能以大眾化這是對的，必然的要站在小資產階級的立場上寫革命文學，事實上是不需要的。進一步說，革命文學必然的要求適合於大部分小資產階級的口味，是不可能的。就如站在小資產階級的立場上所寫定的茅盾先生的小說罷，這些小說是否適宜於他們的口味，根本上就成問題。因爲你要他們「歡喜」，我們根據他們自己的階級情狀去看，衹有不違背傳統思想的東西是適宜的。我們果眞能這樣迎合他們的要求去創作麼？去創作革命文學麼？假使根據他們的階級事實，我們這樣的去做，那麼，老實不客氣的說，我們不但不必說革命，更不必談革命文學了。不如聽其自生自滅，讓他們仍舊的做愚民政策下的愚民好了。

（4）

說到這裡，我想起一個根本問題。我覺得茅盾先生對於「革命文藝」的意義還不曾瞭解，他以爲「革命文藝」專門是供給勞苦的工農的讀物，所以他發那樣的議論。其實，「革命文藝」的事實並不如他所說，並不是「最可痛心的矛盾現象」，也並不是「能力的誤費」，也並不是「作品的對象是甲，而接受作品的是乙」。所以，在這裡，我不能不把「革命文藝」的意義說明一回：

> 關於無產階級的革命文藝，它的作品的意識與情緒必然的是無產階級的意識與情緒。它的取材是沒有限制的。無產階級，小資產階級，大資產階級，帝國主義，統治階級，貪污豪紳……各方面都可以取材。祇要題材能以推動影響小資產階級，使他們能理解革命，同情革命，加入無產階級來革命。祇要題材能以換醒無產階級的意識，使他們覺悟，使他們自己組織起來，使他們自己解放自己。它的技巧，是不妨採用諷刺的，曝露的，鼓動的，和教導的四種形色。它是無產階級解放的武器之一，它的目的是鼓勵，是指示出路，不是訴苦。它的讀者並非局限於無產階級。

至於說到小資產階級革命問題，這是一個很大的問題，不是這一篇文章所能討論完盡的。我祇能在這裡簡單的說明，我們並沒有說小資產階級全都是不革命的，不過，我們敢以決定，小資產階級是沒有能力領導革命的，無論你是從政治方面考察，抑是從經濟方面考察。茅盾先生，你太看重小資產階級，這是你的錯誤，小資產階級就是從十分之六跑到十分之八，他們在事實上也不會自己革起命來呢！說到「題材方面太不顧到小資產階級」問題，我對茅盾先生的話是不能理解，因爲我們已有的革命文藝創作裏的人物並沒有多少的工農羣眾，我們對於題材所不滿的正是小資產階級人物太多。我想茅盾先生的意思或者是如此：「革命文藝的題材太不注重小資產階級的小商人，中小農，破落的書香人家，太注意小資產階級的智識分子」，假使這樣說，那就對了，革命文藝實在有這種缺陷，然事實上可用不著「太」。然而，這一點並不是「我們的作家只忙於逐追世界文藝的新潮」，忘記了這樣的「主要材料」。關於這一點，我還是要引用茅盾先生自己的話來答覆他自己，「茅盾」先生實在太「矛盾」了。

茅盾先生在幾年前論無產階級藝術道：「作者缺乏經驗，除勞働者生活外便沒有題材，這果然是無產階級藝術現今內容淺狹的原故了。但是，無產階級作者觀念的褊狹——即對於經驗的材料所取的態度之褊狹，也是個重要的原因。此等褊狹態度之顯而易見者，即是作家每喜取階級鬥爭中的流血經驗做題材，把藝術的內容限制在無產階級『作戰』這一方面。此事原不足怪。

一個方始打斷了鐐銬而解放了自己的階級，怎能忘記『作戰』呢？一個尚受四週的敵人的恐慌而時時需要自衛的階級，又怎能不把『作戰』視爲全心靈的主體呢？所以，此時的無產階級作家把本階級作戰的勇敢視爲描寫的唯一對象，正是自然的事，或者竟是無產階級初期的必然現象。可是以後，這個觀念一定嫌太狹小；無產階級作家一定要拋棄了這個狹小的觀念，而後無產階級藝術的內容乃得豐富充實」，今日的中國無產階級文壇的現象正類乎此；何以我們的茅盾先生對蘇俄的這種情形予以十二分的原諒，而對中國的無產階級藝術，竟有這樣的相反的態度呢！這當然是在階級鬥爭尖銳化的過程中的必然的現象，所謂革命小資產階級終於脫離了革命的戰線了。

（5）

茅盾先生又說，「小資產階級是文藝的主要材料」，這個顯然是站在小資產階級的立場上說話，我們可以把他的小資產階級的文藝建設論抄下，並在一起來說明一回。

> 爲追逐革命文藝的前途計，第一要務在使它從青年學生中間走出來，走入小資產階級羣眾中，在小資產階級羣眾中植立了腳跟。而要達到此點，應該先把題材轉移到小商人，中小農等等的生活。不要太多的新名辭，不要歐化的句法，不要新思想的說教似的宣傳，只要樸質有力的抓住小資產階級生活的核心的描寫。文藝的技術至少須先辦到幾個消極的條件——不要歐化，不要多用新術語。不要從正面說教似的宣傳新思想。

這是茅盾先生的最後面目，前面的一段都是爲反襯這個主張而有的。第一，他主張革命文藝應該站在小資產階級市民中植立腳跟。第二，他主張不要歐化，少用新術語，要通俗，要適應於小資產階級的市民的技術。第三，他主張要描寫小資產階級市民生活的核心。第四創作要替小資產階級市民「訴苦」，使他們「歡喜看」，附帶的主張「不要從正面說教似的宣傳新思想。」

關於這些問題，我的意見是：把無產階級的革命文學的基礎植立在小資產階級的市民中間，這是很顯然的笑話，無產階級文學祇是要在小資產階級的羣眾中發生作用，它事實上是不能建設在這樣的礎石上的。所以，茅盾先生所說的革命文藝，我們老實不客氣的講，他的立場是「小資產階級的」！第二的問題，原則可以說是對的，文句當然應該通俗，不過也有事實的問題，那就是遇到有不是一個單句所能說盡的意思怎麼辦呢？（這也就是中國語的大病根）我們應該說在可能的範圍內求淺顯通俗，但這種標準是不能以小資產階級的市民做對象的。然而，茅盾先生如此說。所以，他的立場還是小資產階級的文藝立場。第三的一點，口號的本身已爲我們證實了他的立場，是錯誤的，文藝的目的不祇是寫出生活的核心就算完全的，它是具有巨大的作用的。僅只寫出生活核心的一句話在以前雖然可以成立，但不是無產階級文學的意義，是爲資本主義所麻醉了的資產階級的藝術的意義。可是茅盾先生又似乎不曾忽略這些地方。他也曾好幾次提出「訴苦」問題，這個問題當然和上一條一樣的錯誤，無產階級文藝不是訴苦的，是要推動羣眾，使社會變革的，祇有小資產階級的特性是不安於現實，很多的又沒有勇氣去革命，結果只好「訴苦」，「訴苦」，終結也還是「訴苦」了事。茅盾先生說的革命文藝是那一種的革命文藝於此可見。講到「歡喜看」那更是笑話。無產階級文藝目的不會是要人歡喜看的，祇有資產階級的藝術是專門供人欣賞，頑弄的。不要採取正面的宣傳的問題是必要的，然而也要根據事實的情形，假使某一篇創作的目的是要正面鼓動，那也祇好從正面下手，應該避免的當然是要避免，不過，我們不希望全是術語口號的集合體的創作罷了。

（6）

根據上面的話，我們可以斷定茅盾先生的目的並不是要推進無產階級文藝的發展，「圖窮而匕首見」，他的目的祇是打倒無產階級革命文藝運動來提倡小資產階級的革命文藝運動罷了。歷史的事實告訴我們，小資產階級是不能領導革命的，這個階級的本身也就是可革命可不革命的，無論從那一方面看去，他們都沒有獨立的建設他們自己階級的革命文藝的可能性。這在前面我已經略有說明，這裡。再引用傅克興先生話來做一回重複的答辯：

> 茅先生以爲資產階級有資產階級文學，無產階級有無產階級底文學，全國幾乎十分之六，是屬於小資產階級的中國，應該有小資產階級的文學，這可是滑稽了。小資產階級介在兩大對立階級之間，物質的環境好，他會升做資產階級去壓迫工農；並且平日也希望他的階級上昇，千方百計的剝削工農，或做資產階級的走狗，附屬在資產階級的陣營內；如果物質的環境不好呢，他自己降爲無產階級，是無產階級的兄弟，一樣會打倒資產階級，附屬無產階級裏面。所以在階級社會內向來沒有獨特的位置。至於他的意識呢，爲物質的生活條件所規定除了動搖幻滅狐疑傷感而外，並沒有特別的地方。

我們要拿這種意識形態創設眞正小資產階級的文學嗎？那眞是有害的能力的誤費！

小資產階級不能領導革命，小資產階級的革命文學不能成立，於此可見。而根據世界歷史的事實，以及幾年來政治的演變，以及工農羣眾力量的日漸發展，小資產階級經濟的日趨破產，我們是可以看到被茅盾先生所看重的現在的小資產階級對於革命究竟處在若何的地位。同時，我們也可以看到，中國革命的前途必然的是社會主義的。我們在這樣的環境之下，讀者諸君，姑無論事實上能否成立，我們要提倡小資產階級的革命文藝究竟有什麼依據，又有什麼意義呢？要就滾到無產階級的陣營裏來，要就滾到資產階級的懷抱裏去，事實上沒有小資產階級革命文藝的一條路可以給予大眾走的！這樣的口號，在事實上不過是曝露思想革命而又沒有勇氣去革命的小資產階級的聊以自慰兼以騙人的醜態罷了。「小資產階級革命文藝」云乎哉，一個滑稽的，祇能博得幻滅動搖的墮落的革命小資產階級同情的口號而已矣⋯⋯

五、從東京回到武漢
——關於新寫實主義問題

在《從牯嶺到東京》一文的大體上，我已經逐一的加以批駁，在這兒所剩下的問題，就是一個所謂新寫實主義的問題了。關於這個問題，我們的茅盾先生解釋得很有趣。他說，「新寫實主義起於現實的逼迫；當時俄國承白黨內亂之後，紙張非常缺乏，定期刊物或報紙的文藝欄都只有極小的地位，又因那時的生活的緊張的，急變的，不宜於弛緩迂迴的調子，那就自然而然產生了一種適合於此種精神律奏和實際困難的文體，那就是把文學作品章段字句都簡練起來，省去不必要的環境描寫，和心理描寫使成爲短小精悍，緊張有刺激性的一種文體。因爲用字是愈省愈好，彷彿打電報，所以最初有人戲稱爲電報體，後來就發展成爲新寫實主義。」新寫實主義果眞是這樣的產物麼？僅只是要節省緊張嗎？不知茅盾先生何所據而云然。至於我們所說的新寫實主義實是因爲：

「新寫實主義是無產階級寫實主義！」

新寫實主義至少有這樣的幾個特質：

1、第一的特質是承繼以前的寫實主義的。就是新寫實主義作家的態度，是澈頭澈尾的客觀的現實的。要離開一切主觀的構造來觀察現實。但作家所取的立場應該是無產階級的立場！

2、第二的特質是新寫實主義作家他們必然的是克服了資產階級寫實主義的自然科學的寫實主義，而獲得和個人相反的社會的觀點，把一切個人問題也用社會的觀點來觀察的方法，去和那把社會的問題也歸於人的本性的認識方法對抗，同時，也不像小資產階級站在階級妥協的立場，而認定社會發展的推進力，不在階級的調和，而在公然的或隱然的鬥爭的事。

3、第三的特質是，新寫實主義的作家必然的是獲得了明確的階級的觀點，是站在戰鬥的無產階級的立場的。他們是用無產階級前衛的眼光在觀察這個世界，而把它描寫出來。

4、第四的特質是，新寫實主義的取材是捨棄了對於無產階級解放的無用的偶然的東西，而採取其必要的，必然的東西。它的題材的對象，描寫勞働者，也描寫農民，小市民，資本家——凡與無產階級解放有關係的一切東西。他們用無產階級的現在的唯一的客觀的觀點去描寫，總之問題是在觀點，是在題材。

我們所說的新寫實主義是這樣的寫實主義，並不是節省紙張的新寫實主義。我們所說的新寫實主義是無產階級的寫實主義，我們所提倡的寫實主義，不是為茅盾先生所想的，所崇拜的，所依據為創作的路的資產階級寫實主義。我們所說的：

「新寫實主義是無產階級的戰鬥藝術！是無產階級解放運動的一種武器！」

這樣的內容反映到它的技巧，那是必然的要在可能的範圍內盡量的求普遍化，通俗化！簡鍊的技巧於是便有必要了。這裡所說的簡鍊，並不是要為茅盾先生所說要如打電報，要變成文言文，因為這裡所謂簡鍊不是指的單一的語句，而是整個的描寫的方法。就是說那些不必要的描寫，我們應該盡量的拋棄，不必像舊寫實主義的創作，在描寫時一定顧到他們的三個基本條件，而它的基本對象也並不是小資產階級的市民，茅盾先生關於新寫實主義技巧的兩個問題，根本上是沒有討論的可能性的。

嗚呼！茅盾先生的走入歧途已經不成問題，事實已經很明白的放在我們的眼前了。我們為著無產階級文藝前途的發展而戰鬥，我們「在事實上」不能不揭穿，批駁他的主張，使革命的青年不致因他的甘言蜜語為他所惑。同時，我們認為每一個唯物論者誰都應該是一個勇於檢點自己的錯誤的人，無論何如，茅盾先生曾經相信過無產階級的唯物的哲學的，如果他能以翻然悔悟，那我們指出他的錯誤，也就是希望他能把革命的現狀重行考察一下，把自己的理論重行檢定一回，認取自己的錯誤，勇敢的回到無產階級文藝的陣營裏來，依舊的為著無產階級文藝勝利的前途而戰鬥！茅盾先生！小資產階級革命文藝的主張不必繼續下去了，還是穩定起來罷！革命前途的事實是明明的在昭告我們，祇有加入無產階級而戰鬥這一條路！是我們的唯一的出路！

一九二九年一月三日

附 記

關於新寫實主義係根據林伯修譯的藏原惟人的《到新寫實主義之路》(《太陽月刊停刊號》）立論。傅克興君的《小資產階級文藝理論之謬誤》(《創造月刊》二卷五號）可資參證，希望讀者參看。茅盾先生原文載《小說月報》十九卷十號及小說集《追求》的末尾。

補 記

本文寫成後，《創造月刊》六號出版。載有李初梨君關於《從牯嶺到東京》一文的批駁，與本文頗有關聯，且有補本文之不足處，亦希讀者參閱。又《認識》半月刊第一期上潘梓年先生的《到了東京的茅盾》一文，同樣有參證的必要

「批評與分析」

錢杏邨

茅盾在《文藝週報》第八章第二十號裏發表了一篇題做《讀〈倪煥之〉》的批評，分析五四以來的中國文壇的形勢，答辯各方面對他的《從牯嶺到東京》的批評，並解釋批評葉聖陶所著的長篇創作《倪煥之》：這篇批評所涉及的範圍非常廣闊，所包含的問題也特別的多，若果詳細的檢討，那是非專書不能盡意的：這裏祇想把幾個主要的問題，提出來簡單的「批評分析」一回。

一、關於五四以來中國文壇的分析

茅盾對於五四以來的每個作家的「批評與分析」是否正確，在這裏我們沒有一一討論的可能！我們認爲最主要的，是從他對於每個作家的「批評與分析」裏，找出他的「批評與分析」的出發點——他的批評的立場來。

茅盾批評每個作家的態度怎樣呢？他的態度以及方法，比他作《魯迅論》，《魯彥論》時確實是進步了不少。他的主要的態度是：祇要某一個作家所表現的人生能代表「現代中國人生的一角」，而這個「人生的一角」是與他的時代有相當的關聯，在他的意思，這就是我們所需要的作家了。至於所表現的「人生的一角」是代表著時代的主流（所謂向上的前進的精神），抑是表現著卑鄙的墮落，在他是認爲沒有注意的必要的。

在關於五四以來中國文壇的分析裏面，茅盾特別的指出當時文學研究會和創造社的「爲人生的藝術」和「爲藝術而藝術」的論戰，而把「新文學」所以不能產生成熟的作品的原因歸在「當時的文壇議論龐雜，散亂了作家注意」的一點上——再痛快點說，茅盾的意思，是要歸罪於創造社。並且對於創造社的方向轉換，多少含著一些冷嘲的意味。

這是茅盾分析五四以來的中國文壇的形勢一部分裏的兩個主要問題，從這兩方面看去，我們是很顯明的可以看到茅盾對普羅列塔利亞的鬥爭藝術的意義是完全不懂，而衹是取著一個資產階級的科學的批評論者的立場在批判一切；他同時又忽略了文藝的政治經濟的基礎，把創造社的前後不同的主張看作個人的行動，而不追尋這幾年來的社會變革的過程以及創造社轉變的社會經濟的依據。

茅盾是自始至終的站在舊寫實主義的理論家的立場上在說話，從上面所舉出的兩點完全可以看出，那麼，他對於五四以來的中國文壇的整個分析是是否正確，已是不解決而解決的問題了。

二、關於《從牯嶺到東京》

關於《從牯嶺到東京》一文，除茅盾指出的傅克興的《小資產階級理論的謬誤》，潘梓年的《到了東京的茅盾》而外，還有李初梨的《對於所謂小資產階級革命文學的抬頭，普羅列塔利亞文學應該怎樣防衛自己》，我的《從東京回到武漢》，在這幾篇答辯的批評裏，對於茅盾提出的所謂「具體的問題」已有了相當的答覆，這裡不再論及。

在《讀〈倪煥之〉》一文裏所說及的關於《從牯嶺到東京》的一部分裏，我們認爲有下列的幾點，不得不加以簡略的說明。

茅盾把一九二八年春初的普羅列塔利亞文藝運動所作「空肚子頂石板的怪現象」，和「只是賣膏藥式的十八句江湖口訣那樣的標語口號式或廣告式的文藝」，這種判斷是否正確，我們衹希望讀者參看上面所舉的四篇答辯批評。那裡是給予了解決的。這裡所要指出的，是茅盾的理論方面是根本錯誤了。他不應該因著初期的幼稚，便決定普羅列塔利亞文藝的不能存在，而必然的要以小資產階級爲「描寫的天然對象」；他應該檢討當時的客觀環境是否有普羅列塔利亞文藝的要求，普羅列塔利亞的文藝是不是有它的客觀的存在性，而給予一個解決。但是，茅盾不注意這主要的地方，這當然是由於他的論斷的方法不正確所致。

其次，是關於小資產階級的描寫的對象問題，這問題的答辯在所舉的四篇批評裏也都有了相當的解答，在這裡要指出的，是茅盾在《讀〈倪煥之〉》一文裏已稍稍修正他的錯誤了，他已經進一步的說，「此後的文藝能夠在尚能跟上時代的小資產階級廣泛羣眾間有一些兒作用」了，不是「天然的對象」

了，他把《從牯嶺到東京》一文裏對小資產階級的熱心減了不少了。至於「描寫小資產階級生活就是落伍」一問題，誰個也沒有說過，我們批評茅盾，是因爲茅盾的創作裏的小資產階級人物，都是表示著幻滅動搖！如一九〇五年以後的阿志巴綏夫一樣。茅盾的創作中人物的幻滅與動搖決不能說是整個的小資產階級幻滅動搖，那麼，攻擊茅盾的小資產階級人物的幻滅與動搖，並不是說整個的小資產階級的幻滅與動搖，已是很明白的事了。茅盾爲什麼硬要把自己當做整個小資產階級的代表，而規定整個的小資產階級幻滅動搖呢？……

茅盾說，描寫落伍的小資產階級自有它的「反面的積極性」，但是，我們敢問，茅盾的創作的「反面積極性」究竟在什麼地方呢？茅盾自己說：「幻滅衹是幻滅，動搖衹是動搖，追求也衹是追求，」那麼，還有什麼「反面的積極性」可言呢？充其量也不過是自表其對現實的苦悶，沒有出路的沒落的悲哀而已。梅林格在批評「《寫實主義與新浪漫主義》」一文裏說：「他們不應該單描寫了在沒落著的世界就算了，也應該描寫在生長著的世界的」（一九〇八年作）描寫向上的一面，就是「超過眞實的空想的樂觀」麼？茅盾的意思，是衹有他自己所見到的纔是眞實，別人所見的都不是眞實（參看我的《茅盾與現實》一文，《現代中國文學作家第二卷》），我們想，茅盾先生要就澈底的轉換過來，糾正自己的錯誤，不必再強辯的來爲自己的創作掩護了。

這是對於《讀〈倪煥之〉》一文裏關於《從牯嶺到東京》一隨筆的片段的解答，從這些地方看去，是很明顯的表示出，茅盾不過是有意的在爲自己的幻滅動搖的創作在掩護而已。

三、關於《倪煥之》問題

關於《倪煥之》一書我在批評《倪煥之》短文裏，已發表了相當的意見。這部書如其說是「十年來的代表時代的扛鼎之作」，我們不如說是結束了因五四的衝激而覺醒，而革命的青年，因爲對革命的階段沒有明瞭的認識，看不慣革命的流血，顫慄消沉於恐怖之前，毀滅了他們的生命，終於在一九二七年毀滅了他們的生命，結束了他們的前途的扛鼎之作；雖然除開最後十多章，把前十九章當作教育小說讀，那是一部很有力量的反封建勢力的教育小說。

倪煥之這樣的人物，和茅盾的創作中的人物是比較接近的，這也就無怪乎茅盾說，這種人物是「值得同情」的了。不過，倪煥之這人物的坦白態度，自己明白自己的態度，知道自己雖不能擔起時代的任務，而還有另一部人能以擔得起的態度，卻是茅盾創作中的人物做夢都想不到的。茅盾的人物，是明明的沒落而否認沒落，明明的落伍而還是不斷的倔強強辯的人物。我們對於倪煥之這樣的人物是可以給予相當的寬容，對於茅盾的創作裏的那樣人物在事實上是毫無假借的要給予嚴厲的指摘和批判的，我們一點也不能寬容。

關於倪煥之這部小說，在劃時代的一點上，確有相當的意義，倪煥之本身是結束了舊的時代，同時在他彌留之際，他說明了新的時代已經是在生長著。然而如茅盾所說，「這是代表轉換期中的革命的智識分子的意識形態」，卻是我們不同意的。轉換期中的智識分子固然不能免有這樣的消極的份子，然而積極的，不逃避的苦鬥下去的也所在多是吧？茅盾爲什麼不能看到這一點呢？難道整個的智識階級都像茅盾創作中人物的那樣的可憐麼？

我們避免重複起見，在《倪煥之》一評裏所說的話，這裡不再重說了。總之，茅盾對《倪煥之》所以五體投地的原因，詳細的說來，其理由不外兩點。其一，就是《倪煥之》一書關聯著時代，而且表現了「現代中國人生的一角」，正是適應於茅盾的立場的創作；其二，那就是倪煥之這樣的人物除自己明白自己外，與茅盾的人物是具有不少的同感的，幻滅動搖與消極頹喪本是不可分離的兄弟……

讀了茅盾的《讀〈倪煥之〉》一文，除去在我們答辯他的《從牯嶺到東京》，《寫在〈野薔薇〉的前面》（即「《茅盾與現實》」一文）以及批評葉紹鈞的《倪煥之》幾篇文裏已經涉及的問題而外，我們在這裡已經很具體的從他的態度上，他的立場上，給予了以上的簡明的說明，把我們的意思展開了一個輪廓了；茅盾的理論是否正確，他對於普羅利塔利亞文藝運動是否眞個瞭解，和他所謂的普羅利塔列亞的革命文學，究竟是個什麼東西，我們敢信讀者是已經能夠把握到的了。不過我們還是最希望讀者能夠參看上面所舉出的幾篇批評，加上那篇裏所涉及的一切問題，那纔是對他的《讀〈倪煥之〉》一文的很詳細的答覆。

十二月十二日

文藝的新路
——讀了茅盾的《從牯嶺到東京》之後

虛　白

在這中國的文藝界既拆去他幾千年陳舊的基礎，還沒有醞釀出十分完善的設計的絕續之交，剛遇上革命潮流洶湧澎湃，激盪得生活動搖，人心惶惑，人人裝著滿肚子說不出的苦悶，鬱勃，於是叫的叫，跳的跳，不擇手段地借著文藝來宣洩蘊藏在他們心底裏的火焰。我們雖覺得這種現象決不是文藝的正軌，可也很同情地認定這是牠進化中必經的過程。他們的作品確乎是粗糙，他們的趨勢確乎走上了歧途，然而這是過渡時代不能免的一種醞釀，誰知道在粗糙中不會產生出純淨，由歧路中不能回到大道上去呢？所以這種現象是用不著悲觀，也犯不上反對攻擊的，我們祇應該取鎮靜的態度去找尋進展的新路；既不該混在人堆裏跟著大夥兒亂嚷，也不該跳出人堆站在路旁乾罵，因為這些多是不經濟的浪費。

我讀到《小說月報》第十九卷，第十九號上茅盾的《從牯嶺到東京》那篇隨筆，不覺驚喜地發見我的主張有了這樣一位同調者，並且他竟清晰地指給我們一條可以遵循的文藝的新路。這是多麼快意的一種發見呀！在這篇隨筆裏，他說，現在的「新作品」走入了「標語口號文學」的絕路，有革命熱情而忽略於文藝的本質；並且革命文藝的讀者的對象該是無產階級，而無產階級卻決不能瞭解這種太歐化或是太文言化的革命文藝。他說，「我相信我們的新文藝需要一個廣大的讀者對象，我們不得不從青年學生推廣到小資產階級的市民，我們要聲訴他們的痛苦，我們要激動他們的熱情。」總之，茅盾觀察到我們「新文藝」的讀者實在祇是小資產階級，所以他決心要做小資產階級所能瞭解和同情的文藝了。這就是他指給我們的新路。

上面說過，革命文藝是過渡時代的醞釀現象，我們衹當牠是潑翻在桌子上的火酒，雖然燃著時烘烘烈烈地很有些驚人，可是不必驚惶，不須撲救，牠自己就會烤乾了一切無著的火面，衹勝下在爐子裏值得永生的一簇光明。我們正當的任務當然是要去尋找這光明的所在。那末光明在那裡呢？茅盾說，在去除歐化，去除術語，去除象徵，去除正面說教，消滅悲觀頹喪，消滅狂喊口號，努力著做小資產階級所能瞭解和同情的新文藝。他這種態度和這些條件是極準確的，並且跟我們向來的主張有許多不謀而合的地方，倘然能努力地照著這個方式前進，我們可以預祝他前途的燦爛；然而，他的動機卻是一個重大的錯誤，恕我冒昧，實在跟革命文藝的作家犯了同樣的錯誤。因爲這是茅盾所闢的新路的出發點，是一個根本問題，所以我想不嫌煩碎的來討論一下。

第一，我們該認明文藝是沒有時間性也沒有階級性的一個整個，不論牠爲的是人生或爲的是藝術，永遠是一個拆不開的整個，決不能給人家雞零狗碎地切成了片段來供給某一時代或某一部份人所獨享的。上古的文藝專爲帝王，中古專爲宗教，近古爲貴族，近代爲中產階級，我們覺悟的現代人說他們是壟斷思想的獨裁者，那末，現在又高唱著爲無產階級，爲小資產階級的口號，難道就算不是壟斷的獨裁者嗎？我們爲了要保存文藝的眞價值該說出一句公道話；文藝不是一件工具，牠的產生是大自然光明的顯露，決不存著爲那個產生的偏見；牠是一盞永生不滅的明燈，可以燭照到上下古今無窮盡的期間，宇宙內一切物質纖維的內在；明瞭些說，牠是無時間，無空間的光明。凡要硬給文藝規定某種目標的舉動，是錯認了文藝，不，簡直侮蔑了文藝。

然而，偉大的文藝好比一塊磐石，有幾個得天獨厚的天才者能有這種神力去獨自槓起這整個來表現呢？千古的天才，能肩得起這副重擔的，的確衹有數得清的幾個：莎士比亞，托爾斯泰，歌德，囂俄以外，彷彿就沒有可以算彀得上這資格的了。那麼，難道此外的作者就不能表現文藝了嗎？這成了一種多麼怪僻的議論，我們決不存這種意思。文藝的本體固然是整個，而表現者因力量的薄弱，不妨就著自己的範圍來表現這整個的局部；各個局部的表現錯綜著，交換著，各發著異采，各顯著特長，纔可以組織成這一個燦爛光明的整個。高斯渥綏（Galsworthy）關於這層有很透闢的幾句話道：

> 這（文藝）是一個人和別個人中間起的一種持續的，無意識的交換作用——無論那交換的時間怎樣的暫；這是人類生活的眞正黏膠：這是長存的爽神作用和更新作用。……

有了這種黏性爽神和更新的作用，文藝因此永遠是整個的，是光明燦爛的。作者雖選定了局部做他努力的園地，心目中卻該永遠保存著整個的映象。他祇可自勉地說：「我要忠實地表現這局部去加入牠光明的整個。」他不該懵懂地錯認了這局部就是文藝的全體，更不該高揭著號召的旗幟，叫一時代的作者大夥兒跟著他把所有的精力集中在他所規定的這個局部內。所以無產階級文學跟小資產階級文學都有存在的可能，並且都有無窮的希望，倘然作者眞能表現出這局部的光明來；若說這就是一個時代文藝獨一的趨勢，一切作家必趨的路徑，那就變成了一個重大的錯誤，因爲所謂趨勢，所謂潮流是後人事後追溯算總賬時的名詞，是自然的，不是人爲的。這就是茅盾無意中蹈上了革命文藝的覆轍。

第二點我們該討論到茅盾動機的錯誤。他過份關心了讀者，卻忘起了作者的本身。文藝家表現的動機，葛爾孟 Gourmont 說得很清晰，他道：

> 一個人著書的唯一理由是要表現自己，要把自己個人那面鏡子所反映出來的世界呈現給別人看；……

所以我想警告一切作家，在他們努力寫作的時候，千萬別忘記了這是自己的表現。不幸茅盾竟疏忽了這一點。他說，因爲「新文藝」的讀者是小資產階級，所以他決心要做爲他們的文學；他的意思就在那裡暗示「新文藝」的作者都應該做小資產階級的文藝。茅盾說這句話時，可沒有明白我們這自作聰明的人類實在祇有極狹窄的天地，跳來跳去總跳不出「自我」的範圍以外去的。法郎士 France 曾經說道：

> ……凡彼自詡其著作中除「自我」而外尚有他物者，皆惑於極背謬之周見。實則我人決不能越出自身的範圍。這是我人最大不幸之一。……我們被封鎖在自己的身體裏面，如在一種永遠的監獄裏一般。……

我們沒有天主般的萬能，也沒有釋迦般的法身，在提筆寫作的時候，祇有很可憐地想一想「自我」所守困的這個監獄了。究竟有幾個飛簷走壁的能手能衝破這一座銅牆鐵壁呢？茅盾的主張「新文藝」該趨上小資產階級文學這條新路，就忘記了每個人都有這一座難以衝破的牆壁。然而，設使一切作家都是在一個範圍裏面，換句話說，都是小資產階級，茅盾這種主張雖錯誤了動機，卻還不至犯革命文藝家同樣的武斷的毛病，祇可惜沒有人能準確地證明小資產階級以外的確沒有文藝家了。在目前的現狀中，大半作家確乎都是小資產階級——就連那爲勞工呼號的革命文藝家也何嘗是無產呢——可是我們有何威權可以說除開這幾個作家以外其餘的作家就不是代表別一個階級的靈魂了呢？我們既不能說出這樣籠統的斷語，那我們就決不該硬把整個的文藝在某一時期中劃給某一階級的人。

況且茅盾的意思始終沒有在作者身上著想過。戲台上唱戲，照著各人的天才，分配出生，旦，淨，丑各種角色；歌隊裏的歌唱，照著各人的嗓音，分配出四種高低的音級，現在忽然來了一個人，比仿說，要一切角色不准扮別的，祇准扮丑，要一切歌者不准唱別樣音級，祇准唱 Base，這不是叫小孩子聽了也要覺得是怪誕的嗎？茅盾雖沒有這種強橫的態度，他的措辭裏很容易使人誤會他有這樣希望。

茅盾想努力於小資產階級的文藝，我是極端的贊成，因爲我知道他是這個階級裏的人；他主張現代的作家都要努力於小資產階級的文藝，我也極端的贊成，因爲我知道他們很少不是這個階級裏的人；並且，茅盾的議論倘能改掉了兩個字——就是把「讀者」改成了「作者」——我也可以表誠摯的同情。

然而這就是眞正文藝的新路麼？我不敢盲從。在沒有出發找尋正路的以前，我們先應該摸清楚究竟文藝是那裡來的。高斯渥綏告訴我們道：

> ……因爲我們是關在我們自己裏面的，所以不時覺得有一種癢，要出來。如果我們被文藝偷偷地從我們身上帶了出來，那末我們那種癢就得到了一剎那的舒泰，也可說我們得到了一剎那不可明言的——而且彷彿是祕密的——解放。

繆塞 Alfred Musset 又說道：

> 文學是在別人身上喚起那些足以鼓舞自己的胸懷的感想。

叔本華 Schop nhauer 以爲世界祇是「我」的代表。我不能見物之存在；我以爲是存在的，實在祇是我所見的，天下有多少能思想的人，便有多少差異的且至不同的世界。所以「藝術爲藝術」的作家當然是表現自己的內在，不必說，就是主張「藝術爲人生」的托爾斯泰和極端客觀描寫的寫實作家像龔古兄弟等，能說不是表現「自我」的所感和所見嗎？能說不是表現他獨自的，與別人迴乎不同的一個世界嗎？要證明我這句話是極容易的；假使兩個素擅客觀描寫的作家，在同時，同地遇見一件故事，立刻都拉起筆來敘述出來，論理應該完全相同的了，可是我敢決定他們決不能一致的。這爲什麼？衹因他們是在兩個世界裏的，這一個有這一個的「自我」，那一個有那一個的「自我」。

所以無論那一派文學，都是「自我」的表現，所謂客觀和主觀，衹可說是「自我」色彩明晦的分別。「自我」是思想的主體，也就是作品的泉源，世界和「自我」以外的一切，衹依著「自我」所構成的思想的形態而呈露在一切作家的作品裏，並且，高尚的文藝作品之所以能超出於其他讀物之上而給人類以無上興趣的祕密，就在牠能把一切枯燥的現實在神妙的靈魂裏經過一番煆煉之後而發出異常的光芒。所以扔開了「自我」，文藝就遺失了存在。

宇宙間的一切現象都是許多箇體錯綜著，相互著組織成的整個。這些箇體，各各不同的「自我」，卻有神祕的吸引力相互地黏合著；這是一個極神祕的團和，無論在那一點上都拆不開的，而每一個箇體卻是獨立著活動，於不措意中影響到全體的現象。這就是作家與文藝眞實的關係。明瞭些說，每個作家雖各自獨立地進展，而彼此間實在有拆不開的關連，在不措意中造成了一時代文藝潮流的趨向。

所以文藝的趨向是用不著領導，用不著高呼口號的。硬分階級，固然是無聊，就是給牠清理出什麼浪漫派，寫實派等等的名目也不是作者所應該措意的。我是個作家，我的工作衹在修養我自己的靈魂，目的在使牠能發揚出我內在的光明。文藝的園地是一片極自由而極豐饒的場所。每個有天才的作家，不論他是屬何階級，總希望從他靈魂的內在抽出一種有價值的光芒來助成這全體的偉大。

總結說，我們以爲文藝決沒有一條共同的道路，每個作家各有他最適合的路徑。現在，我們該提倡的是要叫一切作家去找尋他們發展「自我」的路徑，不能指定了一條路叫一切作家都跟著我們走。茅盾是找著了他的路了，可不一定就是大家共同該走的路。

文藝家不是萬能的天主，在這個世界裏的人決不能代表別一個世界裏的靈魂。我希望一般沒有在無產階級裏生活過的作家，爲他們自己的天才計，別再這樣叫著跳著的浪費了！我希望他們擱下了組織空中樓閣的筆墨，留神找一找把個「我」遺忘到那一個暗角里去了！我希望他們不要把這個「我」

看得半文錢不值。倘能找得著，趕快拾起來，擦擦洗洗，也未嘗不能給我們驚人的一鳴的呀！老實說，虛為的假面具，在文藝之園裏是不允許的，並且到底是要消滅的。大家醒醒吧！

一切階級表現一切階級，每個作者找尋自己的新路；這可以算是我的口號，倘然我想學時髦的話。

一七，十一，四日晨五時。在眞美善編輯所。

茅盾先生著譯書目

伏志英

創　作

《蝕》　開明書店出版

（內含《幻滅》，《動搖》，《追求》，時代反映三部曲。）

《虹》（長篇）　開明書店出版

《野薔薇》（短篇）　大江書鋪出版

翻　譯

《雪人》

文藝論著

《歐洲大戰與文學》　開明書店出版

《小說研究 ABC》　世界書局出版

《希臘文學 ABC》　世界書局出版

《騎士文學 ABC》　世界書局出版

《中國神話研究 ABC》（上）（下）　世界書局出版

《北歐神話 ABC》（上）（下）　世界書局出版

《西洋文學》　世界書局出版

《近代文學 ABC》　世界書局出版

《近代文學面面觀》　世界書局出版

《歐洲六大文學家》　世界書局出版

附錄一　《從牯嶺到東京》

茅　盾

一

有一位英國批評家說過這樣的話：左拉因爲要做小說，纔去經驗人生；托爾斯泰則是經驗了人生以後纔來做小說。

這兩位大師的出發點何其不同，然而她們的作品卻同樣的震動了一世了！左拉對於人生的態度至少可說是「冷觀的」，和托爾斯泰那樣的熱愛人生，顯然又是正相反；然而他們的作品部又同樣是現實人生的批評和反映。我愛左拉，我亦愛托爾斯泰：我曾經熱心地——雖然無效地而且很受誤會和反對，鼓吹過左拉的自然主義，可是到我自己來試作小說的時候，我卻更近於托爾斯泰了。自然我不至於狂妄到自擬於托爾斯泰；並且我的生活我的思想，和這位俄國大作家也並沒幾分的相像；我的意思只是：雖然人家認定我是自然主義的信徒，——現在我許久不談自然主義了，也還有那樣的話，——然而實在我未嘗依了自然主義的規律開始我的創作生涯；相反的，我是眞實地去生活，經驗了動亂中國的最複雜的人生的一幕，終於感得了幻滅的悲哀，人生的矛盾，在消沉的心情下，孤寂的生活中，而尙受生活執著的支配，想要以我的生命力的餘燼從別方面在這迷亂灰色的人生內發一星微光，於是我就開始創作了。我不是爲的要做小說，然後去經驗人生。

在過去的六七年中，人家看我自然是一個研究文學的人，而且是自然主義的信徒；但我眞誠地自白：我對於文學並不是那樣的忠心不貳。那時候，我的職業使我接近文學，而我的內心的趣味和別的許多朋友——祝福這些朋友的靈魂——則引我接近社會運動。我在兩方面都沒專心；我在那時並沒想起要做小說，更其不曾想到要做文藝批評家。

二

一九二七年夏，在牯嶺養病；同去的本有五六個人，但後來他們都陸續下山，或更向深山探訪名勝去了，只賸我一個病體在牯嶺，每夜受失眠症的攻擊。靜聽山風震撼玻璃窗格格地作響，我捧著發脹的腦袋讀梅德林克（M. Maeterlinck）的論文集「The Buried Temple」，短促的夏夜便總是這般不合眼的過去。白天裏也許翻譯小說，但也時時找尚留在牯嶺或新近來的幾個相識的人談話。其中有一位是「肺病第二期」的雲小姐。「肺病第二期」對於這位雲小姐是很重要的；不是爲的「病」確已損害她的健康，而是爲的這「病」的黑影的威脅使得雲小姐發生了時而消極時而興奮的動搖的心情。她又談起她自己的生活經驗，這在我聽來，彷彿就是中古的Romance——並不是說牠不好而是太好。對於這位「多愁多病」的雲小姐，——人家這樣稱呼她，——我發生了研究的興味；她說她的生活可以作小說。那當然是。但我不得不聲明，我的已作的三部小說——《幻滅》，《動搖》，《追求》中間，絕對沒有雲小姐在內；或許有像她那樣性格的人，但沒有她本人。因爲許多人早在那裡猜度小說中的女子誰是雲小姐，所以我不得不在此作一負責的聲明，然而也是多麼無聊的事！

可是，要做一篇小說的意思，是在牯嶺的時候就有了。八月底回到上海，妻又病了，然而我在伴妻的時候，寫好了《幻滅》的前半部。以後，妻的病好了，我獨自住在三層樓，自己禁閉起來，這結果完成了《幻滅》和其後的兩篇——《動搖》和《追求》。前後十個月，我沒有出過自家的大門；尤其是寫《幻滅》和《動搖》的時候，來訪的朋友也幾乎沒有；那時除了四五個家裏人，我和世間是完全隔絕的。我是用了「追憶」的氣分去寫《幻滅》和《動搖》；我只注意一點：不把個人的主觀混進去，並且要使《幻滅》和《動搖》中的人物對於革命的感應是合於當時的客觀情形。

三

在寫《幻滅》的時候，已經想到了《動搖》和《追求》的大意，有兩個主意在我的心頭活動；一是作成二十餘萬字的長篇，二是作成七萬字左右的三個中篇。我那時早已決定要寫現代青年在革命浪潮中所經過的三個時期：（1）革命前夕的亢昂興奮和革命既到面前時的幻滅，（2）革命鬥爭劇烈時的動搖（3）幻滅動搖後不甘寂寞尚思作最後之追求。如果將這三時作一篇寫，固然可以；分爲三篇也未始不可以。因爲不敢自信我的創作力，終於分作三篇寫了；但尚擬寫第二篇時仍用第一篇的人物，使第三篇成爲斷而能續。這企圖在開始寫《動搖》的時候，也就放棄了；因爲《幻滅》後半部的時間正是《動搖》全部的時間，我不能不另用新人；所以結果只有史俊和李克是《幻滅》中的次要角色而在《動搖》中則居於較重要的地位。

如果在最初加以詳細的計劃，使這三篇用同樣的人物，使事實銜接，成爲可離可合的三篇，或者要好些。這結構上的缺點，我是深切地自覺到的。即在一篇之中，我的結構的鬆懈也是很顯然。人物的個性是我最用心描寫的；其中幾個特異的女子自然很惹人注意。有人以爲她們都有「模特兒」，是某人某人；又有人以爲像這一類的女子現在是沒有的，不過是作者的想像。我不打算對於這個問題有什麼聲辯，請讀者自己下斷語罷。並且《幻滅》，《動搖》，《追求》，這三篇中的女子雖然很多，我所著力描寫的，卻只有二型：靜女士，方太太，屬於同型；慧女士，孫舞陽，章秋柳，屬於又一的同型。靜女士，和方太太自然能得一般人的同情——或許有人要罵她們不澈底，慧女士，孫舞陽，和章秋柳，也不是革命的女子，然而也不是淺薄的浪漫的女子。如果讀者不覺得她們可愛可同情，那便是作者描寫的失敗。

四

《幻滅》是在一九二七年九月中旬至十月底寫的，《動搖》是十一月初至十二月初寫的，《追求》在一九二八的四月至六月間。所以從《幻滅》至《追求》這一段時間正是中國多事之秋，作者當然有許多新感觸，沒有法子不流露出來。我也知道，如果我嘴上說得勇敢些，像一個慷慨激昂之士，大概我的讚美者還要多些罷；但是我素來不善於痛哭流涕劍拔弩張的那一套志士氣概，並且想到自己只能躲在房裏做文章，已經是可鄙的懦怯，何必再不自慚的偏要嘴硬呢？我就覺得躲在房裏寫在紙面上的勇敢話是可笑的。想以此欺世盜名，博人家說一聲「畢竟還是革命的，」我並不反對別人去這麼做，但我自己卻是一百二十分的不願意。所以我只能說老實話；我有點幻滅，我悲觀，我消沉，我很老實的表現在三篇小說裏。我誠實地自白：《幻滅》和《動搖》中間並沒有我自己的思想，那是客觀的描寫；《追求》中間卻有我最近的——便是作這篇小說的那一段時間——思想和情緒。《追求》的基調是極端的悲觀；書中人物所追求的目的，或大或小，都一樣的不能如願。我甚至於寫一個懷疑派的自殺——最低限度的追求——也是失敗了的。我承認這極端悲觀的基調是我自己的，雖然書中青年的不滿於現狀，苦悶，求出路，是客觀的眞實。說這是我的思想落伍了罷，我就不懂爲什麼像蒼蠅那樣向窗玻片盲撞便算是不落伍？說我只是消極，不給人家一條出路麼，我也承認的；我就不能自信做了留聲機吆喝著：「這是出路，往這邊來！」是有什麼價値並且良心上自安的。我不能使我的小說中人有一條出路，就因爲我既不願意昧著良心說自己以爲不然的話，而又不是大天才能夠發見一條自信得過的出路來指引給大家。人家說這是我的思想動搖。我也不願意聲辯。我想來我倒並沒動搖過，我實在是自始就不贊成一年來許多人所呼號吶喊的「出路」。這出路之差不多成爲「絕路」，現在不是已經證明得很明白？

所以《幻滅》等三篇只是時代的描寫，是自己想能夠如何忠實便如何忠實的時代描寫；說牠們是革命小說，那我就覺得很慚愧，因爲我不能積極的指引一些什麼——姑且是出路罷！

因爲我的描寫是多注於側面，又因爲讀者自己主觀的關係，我就聽得，看見，好幾種不同的意見，其中有我認爲不能不略加聲辯者，姑且也寫下來罷。

五

先講《幻滅》。有人說這是描寫戀愛與革命之衝突，又有人說這是寫小資產階級對於革命的動搖。我現在眞誠的說：兩者都不是我的本意。我是很老實的，我還有在中學校時做國文的習氣，總是粘住了題目做文章的；題目是「幻滅」，描寫的主要點也就是幻滅。主人公靜女士當然是一個小資產階級的女子，理智上是向光明，「要革命的，」但感情上則每遇頓挫便灰心；她的灰心也是不能持久的，消沉之後感到寂寞便又要尋求光明，然後又幻滅；她是不斷的在追求，不斷的在幻滅。她在中學校時代熱心社會活動，後來幻滅，則以專心讀書爲逋逃藪，然而又不耐寂寞，終於跌入了戀愛，不料戀愛的幻滅更快，於是她逃進了醫院；在醫院中漸漸的將戀愛的幻滅的創傷平復了，她的理知又指引她再去追求，乃要投身革命事業。革命的事業不是一方面，靜女士是每處都感受了幻滅；她先想做政治工作，她做成了，但是幻滅；她又幹婦女運動，她又在總工會辦事，一切都幻滅。最後她逃進了後方病院，想做一件「問心無愧」的事，然而實在是逃避，是退休了。然而她也不能退休寂寞到底，她的追求憧憬的本能再復活時，她又走進了戀愛。而這戀愛的結果又是幻滅——她的戀人強連長終於要去打仗，前途一片灰色。

《幻滅》就是這麼老實寫下來的。我並不想嘲笑小資產階級，也不想以靜女士作爲小資產階級的代表；我只寫一九二七夏秋之交一般人對於革命的幻滅；在以前，一般人對於革命多少存點幻想，但在那時卻幻滅了；革命未到的時候，是多少渴望；將到的時候是如何的興奮，彷彿明天就是黃金世界，可是明天來了，並且過去了，後天也過去了，一切理想中的幸福都成了廢票，而新的痛苦卻一點一點加上來了，那時候每個人心裏都不禁嘆一口氣，「哦，原來是這麼一回事！」這就來了幻滅。這是普遍的，凡是眞心熱望著革命的人們都曾在那時候有過這樣一度的幻滅；不但是小資產階級，並且也有貧苦的工農。這是幻滅，不是動搖！幻滅以後，也許消極，也許更積極，然而動搖是沒有的。幻滅的人對於當前的騙人的事物是看清了的，他把牠一腳踢開；踢開以後怎樣呢？或者從此不管這些事；或者是另尋一條路來幹。只有尙執著於那事物而不能將牠看個澈底的，然後會動搖起來。所以在《幻滅》中，我只寫「幻滅」；靜女士在革命上也感得了一般人所得的幻滅，不是動搖！

同樣的，《動搖》所描寫的就是動搖，革命鬥爭劇烈時從事革命工作者的動搖。這篇小說裏沒有主人公；把胡國光當作主人公而以爲這篇小說是對於機會主義的攻擊，在我聽來是極詫異的。我寫這篇小說的時候，自始至終，沒有機會主義這四個字在我腦膜上閃過。《動搖》的時代正表現著中國革命史上最嚴重的一期，革命觀念革命政策之動搖，——由左傾以至發生左稺病，由救濟左稺病以至右傾思想的漸擡頭，終於爲大反動。這動搖，也不是主觀的，而有客觀的背景；我在《動搖》裏只好用了側面的寫法。在對於湖北那時的政治情形不很熟悉的人自然是茫然不知所云的，尤其是假使不明白《動搖》中的小縣城是那一個縣，那就更不會弄得明白。人物自然是虛構，事實也不盡是眞實；可是其中有幾段重要的事實是根據了當時我所得的不能披露的新聞訪稿的。像胡國光那樣的投機分子，當時很多；他們比什麼人都要左些，許多惹人議論的左傾幼稺病就是他們幹的。因爲這也是「動搖」中一現象，所以我描寫了一個胡國光，既沒有專注意他，更沒半分意思想攻擊機會主義。自然不是說機會主義不必攻擊，而是我那時卻只想寫「動搖」。本來可以寫一個比他更大更凶惡的投機派，但小縣城裏只配胡國光那樣的人，然而即使是那樣小小的，卻也殘忍得可怕：捉得了剪髮女子用鐵絲貫乳遊街然後打死。小說的功效原來在借部分以暗示全體，既不是新聞紙的有聞必錄，也不同於歷史的不能放過巨奸大憝。所以《動搖》內只有一個胡國光；只這一個，我覺得也很夠了。

方羅蘭不是全篇的主人公，然而我當時的用意確要將他作爲《動搖》中的一個代表。他和他的太太不同。方太太對於目前的局面的變動不知道怎樣去應付纔好，她迷惑而彷徨了，她又看出這動亂的新局面包孕著若干矛盾，因而她又微感幻滅而消沉。她完全沒有走進這新局面新時代，她無所謂動搖與否。方羅蘭則相反；他和太太同樣的認不清這時代的性質，然而他現充著黨部裏的要人，他不能不對付著過去，於是他的思想行動就顯得很動搖了。不但在黨務在民眾運動上，並且在戀愛上，他也是動搖的。現在我們還可以從正面描寫一個人物的政治態度，不必像屠格涅甫那樣要用戀愛來暗示；但描寫動搖中的代表的方羅蘭之無往而不動搖，那麼，他和孫舞陽戀愛這一段描寫大概不是閒文了。再如果想到《動搖》所寫的是「動搖」，而方羅蘭是代表，胡國光不過是現象中間一個應有的配角，那麼，胡國光之不再見於篇末，大概也是不足爲病罷！

我對於《幻滅》和《動搖》的本意只是如此：我是依這意思做去的，並且還時時注意不要離開了題旨，時時顧到要使篇中每一動作都朝著一個方向，都爲促成這總目的之有機的結構；如果讀者所得的印象而竟全都不是那麼回事，那就是作者描寫的失敗了。

六

《追求》剛在發表中，還沒聽得什麼意見。但據看到第一二章的朋友說，是太沉悶。他們都是愛我的，他們都希望我有震懾一時的傑作出來，他們不大願意我有這纏綿幽怨的調子。我感謝他們的厚愛。然而同時我仍舊要固執地說，我自己很愛這一篇，並非愛牠做得好，乃是愛牠表現了我的生活中的一個苦悶的時期。上面已經說過，《追求》的著作時間是在本年四月至六月，差不多三個月；這並不比《動搖》長，然而費時多至二倍，除去因事擱起來的日子，兩個月是十足有的。所以不能進行得快，就因爲我那時發生精神上的苦悶，我的思想在片刻之間會有好幾次往復的衝突，我的情緒忽而高亢灼熱，忽而跌下去，冰一般冷。這是因爲我在那時會見了幾個舊友，知道了一些痛心的事，——你不爲威武所屈的人也許會因親愛者的乖張使你失望而發狂。這些事將來也許會有人知道的。這使得我的作品有一層極厚的悲觀色彩，並且使我的作品有纏綿幽怨和激昂奮發的調子同時並在。《追求》就是這麼一件狂亂的混合物。我的波浪似的起伏的情緒在筆調中顯現出來，從第一頁以至最末頁。

這也是沒有主人公的。書中的人物是四類：王仲昭是一類，張曼青又一類，史循又一類，章秋柳，曹志方等又爲一類。他們都不甘昏昏沉沉過去，都要追求一些什麼，然而結果都失敗；甚至於史循要自殺也是失敗了的。我很抱歉，我竟做了這樣頹唐的小說。我是越說越不成話了。但是請恕我，我實在排遣不開。我只能讓牠這樣寫下來，作一個紀念；我決計改換一下環境，把我的精神蘇醒過來。

我已經這麼做了，我希望以後能夠振作，不再頹唐；我相信我是一定能的，我看見北歐運命女神中間的一個很莊嚴地在我面前，督促引導我向前！她的永遠奮鬥的精神將我吸引著向前！

七

最後，說一說我對於國內文壇的意見，或者不會引起讀者的討厭罷。

從今年起，煩悶的青年漸多讀文藝作品了；文壇上也起了「革命文藝」的呼聲。革命文藝當然是一個廣泛的名詞，於是有更進一步直捷說出明日的新的文藝應該是無產階級文藝。但什麼是無產階級文藝呢？似乎還不見有極明確的介紹或討論；因爲一則是不便說，二則是難得說。我慚愧得很，不曾仔細閱讀國內的一切新的文藝定期刊，只就朋友們的談話中聽來，好像下列的幾個觀點是提倡革命文藝的朋友們所共通而且說過了的：（1）反對小資產階級的閒暇態度，個人主義；（2）集體主義；（3）反抗的精神；（4）技術上有傾向於新寫實主義的模樣。雖然尚未見有可說是近於新寫實主義的作品。

主張是無可非議的，但表現於作品上時，卻亦不免未能適如所期許。就過去半年的所有此方向的作品而言，雖然有一部分人歡迎，但也有更多的人搖頭。爲什麼搖頭？因爲他們是小資產階級麼？如果有人一定要拿這句話來閉塞一切自己檢查自己的路，那我亦不反對。但假如還覺得這麼辦是類乎掩耳盜鈴的自欺，那麼，虛心的自己批評是必要的。我敢嚴正的說，許多對於目下的「新作品」搖頭的人們，實在是誠意地贊成革命文藝的，他們並沒有你們所想像的小資產階級的性情或執拗，他們最初對於那些「新作品」是抱有熱烈的期望的，然而他們終於搖頭，就因爲「新作品」終於自己暴露了不能擺脫「標語口號文章」的拘囿。這裡就來了一個問題：「標語口號文學」——注意，這裡所謂「文學」二字是廣義的，猶之 socialist literature 語內之 literature ——是否有文藝的價值。我們空口議論，不如引一個外國來爲例。一九一八年至二二年頃，俄國的未來派製造了大批的「標語口號文學，」他們向蘇俄的無產階級說是爲了他們而創造的，然而無產階級不領這個情，農民是更不客氣的不睬他們；反歡迎那在未來派看來是多少有些腐朽氣味的倍特尼和皮爾涅克。不但蘇俄的羣眾，莫斯科的領袖們如布哈林，盧那卻夫斯基，特洛斯基，也覺得「標語口號文學」已經使人討厭到不能忍耐了。爲什麼呢？難道未來派的「標語口號文學」還缺少著革命的熱情麼？當然不是的。要點是在人家來看文學的時候所希望的，並非僅僅是「革命情緒」。

我們的「新作品」即使不是有意的走入了「標語口號文學」的絕路，至少也是無意的撞了上去了。有革命熱情而忽略於文藝的本質，或把文藝也視爲宣傳工具——狹義的，——或雖無此忽略與成見而缺乏了文藝素養的人們，是會不知不覺走上了這條路的。然而我們的革命文藝批評家似乎始終不曾預防到這一著。因而也就發生了可痛心的現象：被許爲最有革命性的作品卻正是並不反對革命文藝的人們所嘆息搖頭了。「新作品」之最初尚受人注意而其後竟受到搖頭，這便是一個解釋，不能專怪別人不革命。這是一個眞實，我們應該有勇氣來承認這眞實，承認這失敗的原因，承認改進的必要！

這都是關於革命文藝本身上的話，其次有一個客觀問題，即今後革命文藝的讀者的對象。或者覺得我這問題太奇怪。但實在這不是奇怪的問題，而是需要用心研究的問題。一種新形式新精神的文藝而如果沒有相對的讀者界，則此文藝非萎枯便只能成爲歷史上的奇蹟，不能成爲推動時代的精神產物。什麼是我們革命文藝的讀者對象？或許有人要說：被壓迫的勞苦羣眾。是的，我很願意我很希望，被壓迫的勞苦羣眾「能夠」做革命文藝的讀者對象。但是事實上怎樣？請恕我又要說不中聽的話了。事實上是你對勞苦羣眾呼籲說「這是爲你們而作」的作品，勞苦羣眾並不能讀，不但不能讀，即使你朗誦給他們聽，他們還是不瞭解。他們有他們眞心欣賞的「文藝讀物」，便是灘簧小調花鼓戲等一類你所視爲含有毒質的東西。說是因此須得更努力作些新東西來給他們麼？理由何嘗不正確，但事實總是事實，他們還是不能懂得你的話，你的太歐化或是太文言化的白話。如果先要使他們聽得懂，惟有用方言來做小說，編戲曲，但不幸「方言文學」是極難的工作，目前尚未有人嘗試。所以結果你的「爲勞苦羣眾而作」的新文學是只有「不勞苦」的小資產階級知識分子來閱讀了。你的作品的對象是甲，而接受你的作品的不得不是乙；這便是最可痛心的矛盾現象！也許有人說：「這也好；比沒有人看好些。」但這樣的自解嘲是不應該有的罷！你所要喚醒而提高他們革命情緒的，明明是甲，而你的爲此目的而作的作品卻又明明不能達到甲的面前，這至少也該是能力的誤費罷？自然我不說竟可不作此類的文學，但我總覺得我們也該有些作品是爲了我們現在事實上的讀者對象而作的。如果說小資產階級都是不革命，所以對他們說話是徒勞，那便是很大的武斷。中國革命是否竟可拋開小資產階級，也還是一個費人研究的問題。我就覺得中國革命的前途還不能全然拋開小資產階級。說這是落伍的思想，我也不願多辯；將來的歷史會有公道的證明。也是基於這一點，我以爲現在的「新作品」在題材方面太不顧到小資產階級了。現在差不多有這樣一種傾向：你做一篇小說爲勞苦羣眾的工農訴苦，那就不問如何大家齊聲稱你是革命的作家；假如你爲小資產階級訴苦，便幾乎罪同反革命。這是一種很不合理的事！現在的小資產階級沒有痛苦麼？他們不被壓迫麼？如果他們確是有痛苦，被壓迫，爲什麼革命文藝者要將他們視同化外之民，不屑污你們的神聖的筆尖呢？或者有人要說「革命文藝」也描寫小資產階級青年的各種痛苦；但是我要反問：曾有什麼作品描寫小商人，中小農，破落的書香人家……所受到的痛苦麼？沒有呢，絕對沒有！幾乎全國十分之六，是屬於小資產階級的中國，然而牠的文壇上沒有表現小資產階級的作品，這不能不說是怪現象罷！這彷彿證明了我們的作家一向只忙於追逐世界文藝的新潮，幾乎成爲東施效顰，而對於自己家有什麼主要材料這問題，好像是從未有過一度的考量。

我們應該承認：六七年來的「新文藝」運動雖然產生了若干作品，然而並未走進羣眾裏去，還只是青年學生的讀物：因爲「新文藝」沒有廣大的羣眾基礎爲地盤，所以六七年來不能長成爲推動社會的勢力。現在的「革命文藝」則地盤更小，只成爲一部分青年學生的讀物，離羣眾更遠。所以然的緣故，即在新文藝忘記了描寫牠的天然的讀者對象。你所描寫的都和他們（小資產階級）的實際生活相隔太遠，你的用語也不是他們的用語，他們不能懂得你，而你卻怪他們爲什麼專看《施公案》，《雙珠鳳》等等無聊東西，硬說他們是思想太舊，沒有辦法；你這主觀的錯誤，不也太利害了一點兒麼？如果你能夠走進他們的生活裏，懂得他們的情感思想，將他們的痛苦愉樂用比較不歐化的白話寫出來，那即使你的事實中包孕著絕多的新思想，也許受他們罵，然而他們會喜歡看你，不會像現在那樣掉頭不顧了。所以現在爲「新文藝」——或是勇敢點說，「革命文藝」，的前途計，第一要務在使牠從青年學生中間出來走入小資產階級羣眾，在這小資產階級羣眾中植立了腳跟。而要達到此點，應該先把題材轉移到小商人，中小農，等等的生活。不要太多的新名詞，不要歐化的句法，不要新思想的說教似的宣傳，只要質朴有力的抓住了小資產階級生活的核心的描寫！

說到這裡，就牽連了另一問題，即文藝描寫的技巧這問題。關於此點有人在提倡新寫實主義。曾在廣告上看見《太陽》七月號上有一篇評論《到新寫實主義的路》，但未見全文，所以無從知道究屬什麼主張。我自己有兩年多不曾看西方出版的文藝雜誌，不知道新寫實主義近來有怎樣的發展；只就四五年前所知而言，（曾經在《小說月報》上有過一點介紹，大約是一九二四年的海外文壇消息，文題名《俄國的新寫實主義》，）新寫實主義起於實際的逼迫；當時俄國承白黨內亂之後，紙張非常缺乏，定期刊物或報紙的文藝欄都只有極小的地位，又因那時的生活是緊張的疾變的，不宜於弛緩迂迴的調子，那就自然而然產生了一種適合於此種精神律奏和實際困難的文體，那就是把文學作品的章段字句都簡鍊起來，省去不必要的環境描寫和心理描寫，使成爲短小精悍，緊張，有刺激性的一種文體，因爲用字是愈省愈好，彷彿打電報，所以最初有人戲稱爲「電報體」，後來就發展成爲新寫實主義。現在我們已有此類作品的譯本，例如塞門諾夫的《飢餓》。雖然是轉譯，損失原來神韻不少，然而大概的面目是可以看得出來的。

所以新寫實主義不是偶然發生的，也不是因爲要對無產階級說法，所以要簡鍊些。然而是文藝技巧上的一種新型，卻是確定了的。我們現在移植過來，怎樣呢？這是個待試驗的問題。但有兩點是可以先來考慮一下的。第一是文字組織問題。照現在的白話文，求簡鍊是很困難的？求簡便入於文言化。這大概是許多人自己經驗過來的事。第二是社會活用語的性質這問題。那就是說我們所要描寫的那個社會階級口頭活用的語言是屬於繁複拖沓的呢，或是屬於簡潔的。我覺得小商人說話是習慣於繁複拖沓的。幾乎可說是小資產階級全屬如此。所以簡鍊了的描寫是否在使他們瞭解上發生困難，也還是一個疑問。至於緊張的精神律奏，現在又顯然的沒有。

最爲一般小資產階級所瞭解的中國舊有的民間文學，又大都是繁複緩慢的。姑以「說書」爲例。你如果到過「書場」，就知道小資產階級市民所最歡迎的「說書人」是能夠把張飛下馬——比方的說——描寫至一二時之久的那樣繁重細膩的描寫。

所以爲要使我們的新文藝走到小資產階級市民的隊伍去，我們的描寫技術不得不有一度改造，而是否即是「向新寫實主義的路，」則尚待多方的試驗。

就我自己的意見說：我們文藝的技術似乎至少須先辦到幾個消極的條件，——不要太歐化，不要多用新術語，不要太多了象徵色彩，不要從正面說教似的宣傳新思想。雖然我是這麼相信，但我自己以前的作品卻就全犯了這些毛病，我的作品，不用說只有知識分子來看的。

八

已經說得很多，現在來一個短短的結束罷。

我相信我們的新文藝需要一個廣大的讀者對象，我們不得不從青年學生推廣到小資產階級的市民，我們要聲訴他們的痛苦，我們要激勵他們的情熱。

爲要使新文藝走進小資產階級市民的隊伍，代替了《施公案》，《雙珠鳳》等，我們的新文藝在技巧方面不能不有一條新路；新寫實主義也好，新什麼也好，最要的是使他們能夠瞭解不厭倦。

悲觀頹喪的色彩應該消滅了，一味的狂喊口號也大可不必再繼續下去了，我們要有蘇生的精神，堅定的勇敢的看定了現實，大踏步往前走，然而也不流於魯莽暴躁。

我自己是決定要試走這一條路：《追求》中間的悲觀苦悶是被海風吹得乾乾淨淨了，現在是北歐的勇敢的運命女神做我精神上的前導。但我自然也知道自己能力的薄弱，沒有把文壇推進一個新基礎那樣的巨才，我只能依我自己的信念，盡我自己的能力去做，我又只能把我的意見對大家說出來，等候大家的討論，我希望能夠反省的文學上的同道者能夠一同努力這個目標。

一九二八，七，一六，東京。

附錄二　讀《倪煥之》

茅　盾

一

即使是善忘的人們，想亦不會忘記了十年前的今日曾經掀發了劃時代的「五四」運動。誰也還能夠想像出，或是清晰地回憶到，那時候的初覺醒的人心的熱力！

現在是整整十年了！「五四」的壯潮所產生的一些「風雲兒」，也早已歷盡了多少變幻！沿著「五四」的潮流而起，又跟著「五四」的潮流而下的那一班人，固不用說；便是當時的卓然的「中堅」卻也很令人興感。病死的，殉難的，退休的，沒落的，反動的，停滯的，形形色色，都在歷史先生的跟前暴露了本相了。時代的輪子，毫無憐憫地碾斃了那些軟脊骨的！只有腳力健者能夠跟得上，然而大半還不是成了 Outcast！

有一位朋友發表過這樣的意見：「許多人以爲自『五四』到現在是一線的繼承，錯的，它是不同的顯明的兩個時代。」他把「五卅」分爲另一偉大的時代，而稱現代爲「第四期之前夜。」我承認這個觀察是很對的。但是我們亦不能不承認，活躍於「五卅」前後的人物在精神上雖然邁過了「五四」而前進，卻也未始不是「五四」產兒中的最勇敢的幾個。沒有了「五四」，未必會有「五卅」罷。同樣地會未必有現在之所謂「第四期的前夜」罷。歷史是這樣命定了的！

二

現在我們回過頭去看。高高地堆在那裡的這個偉大的「五四」的骸骨是些什麼呢？幾本翻譯的哲學書；幾卷「新」字排行的雜誌，其中並列著而且同樣地熱心鼓吹著各種衝突的「新思想」；幾本翻譯的法國俄國文學作品。新文學的提倡差不多成為「五四」的主要口號，然而反映這個偉大時代的文學作品並沒有出來。當時最有驚人色彩的魯迅的小說——後來收進《吶喊》裏的，在攻擊傳統思想這一點上，不能不說是表現了「五四」的精神，然而並沒反映出「五四」當時及以後的刻刻在轉變著的人心。《吶喊》中間有封建社會崩坍的響聲，有黏附著封建社會的老朽廢物的迷惑失措和垂死的掙扎，也有那受不著新思潮的衝激，「不知有漢，無論魏晉」的老中國的暗陬的鄉村，以及生活在這些暗陬的老中國的兒女們，但是沒有都市，沒有都市中青年們的心的跳動。有人據此批評《吶喊》，以為魯迅並沒表現了現代中國的人生，以為《吶喊》的主要情調是依戀感傷於封建思想的沒落。這種看法，卻不公允。我曾經做過一篇論文，對於這些見解，有所辯正；不料人家說我是「捧魯迅」。現在我還是堅持我從前的意見，我還是以為《吶喊》所表現者，確是現代中國的人生，不過只是躲在暗陬裏的難得變動的中國鄉村的人生；我還是以為《吶喊》的主要調子是攻擊傳統思想，不過用的手段是反面的嘲諷。如果我們能夠冷靜地考量一下，便會承認中國鄉村的變色——所謂地下泉的活動，像有些批評家所確信的，只是最近兩三年以來的事，而在《吶喊》的鄉村描寫發表的當時，中國的鄉村恰正是魯迅所寫的那個樣子。再如果我們是冷靜地正視現實的，我們也應該承認即在現今，中國境內也還存在著不少《吶喊》中的鄉村和那些老中國的兒女們，王統照最近發表的短篇「《攬天風雪夢牢騷》」便是一九二八年山東的一部份鄉村的寫眞，雖然我們不喜歡那中間的人物的回顧感傷的心情，可是事實總是事眞，我們無法否認。從《吶喊》的自序中，可以看見作《吶喊》中數篇時的魯迅頗帶些悲觀的心情；這也就說明了何以魯迅要在「五四」的前後特揀那死水似的鄉村來描寫，給樂觀太甚者一個深刻的反諷，同時也和那些被「五四」的怒潮所衝激的都市人生作一個辛辣的對照。我以為我們應該這樣地去瞭解《吶喊》的內容，雖然同時亦不能不指出《吶喊》是很遺憾地沒曾反映出彈奏著「五四」的基調的都市人生。

正像《吶喊》這題名的用意是在自敘中表白了一般，《徬徨》的意義也可以在題辭的引用了《離騷》語句中看出來。在《徬徨》中，有兩篇都市人生的描寫：《幸福的家庭》和《傷逝》。這兩篇塗著戀愛色彩的作品，暗示的部分要比題面大得多。「五四」以後青年的苦悶，在這裡有一個顯明的告白。彈奏著「五四」的基調的都市的青年知識分子生活的描寫，至少是找到了兩個例了。然而也正像《吶喊》中的鄉村描寫只能代表了現代中國人生的一角，《徬徨》中這兩篇也只能表現了「五四」時代青年的一角；因而也不能不使人猶感到不滿足。

三

魯迅而外的作家大都用現代青年生活作爲描寫的主題了。郁達夫的《沉淪》，許欽文的《趙先生的煩惱》，王統照的《春雨之夜》，周全平的《夢裏的微笑》，張資平的《苔莉》等，都是卓越的例證。但是這些作品所反映的人生還是極狹小的，局部的；我們不能從這些作品裏看出「五四」以後的青年心靈的震幅。最近羅美給我的信中說：「我覺得在這一時期中，『《徬徨》』的心理實是非常普遍的一種心理。其他的 Key-note 就是智識者物質生活的窮困；這在許多小說中表現從來沒有的 sharp」（原信見《文學週報》第八卷第十號）這個論斷是很對的，可是我猶以爲這一時期中的作品實在還未能充分表現了實生活中的青年的徬徨的心情。進一步說，這時期的作品並沒表現出「徬徨」的廣闊深入的背景，——比如思想界的混亂，社會基層的動搖，新舊勢力之錯綜肉搏而無顯著的進退，——而只描寫了一些表面的苦悶。也就是因爲了這個原因，所以此一時期的作品缺乏濃鬱的社會性。《沉淪》描寫青年的苦悶，可謂「驚才絕豔」的了，然而我們試分析主人公苦悶的背景，便要驚訝於所含的社會性何其太少！無怪《沉淪》的摹仿者便成爲毫無可取的色情狂的惡扎，連最小限度的時代的苦悶也不能表現了。

同樣地，張資平，許欽文，周全平的描寫戀愛心理的作品，都不能很有力地表現出這是「五四」時代的徬徨苦悶青年的戀愛心理！在這點上，《趙先生的煩惱》和《苔莉》兩者縱使寫得好，卻可惜的是並沒帶上時代的烙印；我們分析趙先生的戀愛的煩惱，便覺得趙先生的精神世界裏只有戀愛以及由戀愛而來的疑和妒。苔莉也是相同的一個女子。純從戀愛描寫這一點而言，這樣的作品也不能說不是成功，然而在尋求代表「五四」的時代性的條件下，便不能認爲滿意。

《春雨之夜》的內容，現在不很記得清楚了；但總的印像是並沒感到透澈的時代性。王統照比較的是有意識地想描寫「五四」對於青年思想的影響，可是他並沒抓到了「五四」的基調來描寫，也是不必諱言的。

自然不是說上列的幾位作家就可以代表「五四」時代的全般文藝；客中沒有帶書，僅憑記憶所及，聊作如是云，但敢信大體適如鄙論。

四

爲什麼偉大的「五四」不能產生表現時代的文學作品呢？如果以爲這是因爲「新文學」的初期尚未宜於產生成熟的作品，那就不是確論。單就作品之成熟與否而言，則上述諸作家何嘗沒有成熟的作品！問題不在這裡。問題是在當時的文壇議論龐雜，散亂了作家的注意。更切實地說，實在是因爲當時的文壇上發生了一派忽視文藝的時代性，反對文藝的社會化，而高唱「爲藝術而藝術」的主張，這樣的入了歧途！

在這裡應該略略提起當時的一番事情。

現在講到文藝的時代性，社會化，等等話頭，所謂革命的文學批評家便要作色而起，大呼是「太舊，太灰色」了；但想來大家也不曾忘記今日之革命的文學批評家在五六年前卻就是出死力反對過文學的時代性和社會化的「要人」。這就是當時的創造社諸君。即使人們善忘，總還記得當時創造社諸君的中堅郭沫若和成仿吾曾經力詆和他們反對的被第三者稱爲「人生派」的文學研究會的一部分人的文學須有時代性和社會化的主張，爲功利主義。在當時，創造社的主張是「爲藝術的藝術」；說過「毒蕈雖有毒而美，詩人只賞鑑其美，俗人纔記得有毒」這一類的話。感情主義和個人主義的調子，充滿在他們那時候的作品。去年成仿吾所痛罵的一切，差不多全是當初他自己的過犯，是一種很有意味的新式的懺悔。當時創造社的主張頗有些從者。何以故？因爲那時期正是「徬徨苦悶」的時期，因爲那時候「五卅」的時代尚未到臨，因爲那時期創造社諸君是住在象牙塔裏，因爲「徬徨苦悶」的青年的變態心理是需要一些感情主義，個人主義，享樂主義，唯美主義，權當一醉。「五卅」時代的尚未到臨，創造社諸君之尚住在象牙塔裏，也說明了當時宣傳著感情主義，個人主義，享樂主義，唯美主義的創造社諸君實在也是分有了當時的普遍的「徬徨苦悶」的心情。而當時他們的遁路卻是拾起了他們今日所自咒詛的資產階級文學的玩意兒以自娛，不但自娛，且企圖在人海中拱出一個角兒。可是就在那時候，近在中國，則「五卅」的時代已在醞釀，遠在西歐，則新興的無產文藝已經成爲國際文壇注目的焦點。（不過日本的無產文藝運動還是寂然）。假使當時成郭諸君跑出他們的霞飛路的「蝸居」，試參加那時的實際運動和地下工作，那麼，他們或者不至於還拾起「資產階級文藝的玩意兒」來自娛罷。再說得顯明些，並且借用去年成仿吾的話語，如果那時候他們不要那麼「不革命」，不要那麼「小資產階級性」，那或者成仿吾去年的雄糾糾的論調會早產生了幾年罷。誰知道此中的機緣呢？怕只有「時代先生」罷哩！

我這一番話，並非是翻舊帳簿，不過藉此說明了時代對於人心的影響是如何之大，從而也指出了何以六年前板著面孔把守了「藝術的藝術之宮」的成仿吾會在六年後同樣地板起了面孔來把守「革命的藝術之宮」，正自有其必然律，未必像有些人的不客氣的猜度所說的竟是投機，是出風頭。並且藉此也說明了當時他們因爲不曾參加實際運動和地下工作而錯誤地拾起了「資產階級文藝的玩意兒」以自娛的影響，竟造成了「引人到迷途」，像他們今日所切齒詛咒別人的。所以「五四」期的沒有反映時代——自然更說不到指導時代——的文學作品，決不是偶然的事。

試看當時「資產階級文藝的玩意兒」把文壇推進了一個怎樣的局面。想來大家還記得，感情主義，個人主義，享樂主義，唯美主義的「即興小說」，充滿了出版界；這些作品所反映的，只是個人的極狹小的環境，官能的刺戟，浮動的感情，而「非集團主義」的《少年維持的煩惱》也成爲徬徨苦悶的青年的玩意兒，麻醉劑。在這灰色的迷霧中，文藝沒有時代性，更譚不到社會化。

直到地下工作的第一次果實的「五卅」運動爆發時，這種迷霧還是使人窒息。但是時代的前進的輪子這一次卻推動了象牙塔裏的唯美主義者。大概是一年以後罷，創造社有了改變方向的宣言。記得去年春初，《太陽月刊》和《文化評判》（創造社的）還有些互相攻訐的文字，很不能諱飾地在互爭「革命文學」的正統，或是「發見權」。健忘的成仿吾不但忘記了五年前的自己的藝術派時代的主張，（自然這個健忘是應該恭賀的），卻也忘記了昨天剛學得辯證法的 ABC，正是人的思想乃受社會環境所支配，而社會環境乃受經濟條件所支配，因而「正統」或「發見權」之爭論實在是很無聊的。不用說，創造社的改變態度的宣言，並沒懺悔以往的表示，而是一種「先驅」的，「灼見」的態度；這使得不健忘的人們頗覺忍俊不禁。但是我們也可以瞭解於從個人主義英雄主義唯心主義轉變到集團主義唯物主義，原來不是一翻身之易，所以覺得他們宣言中留著一些舊渣滓的氣味，也是不足深責的。

五

上面說了那些話，並不是想揭穿人家的「舊創疤」；不過藉此證明了時代對於人心的勢力之偉大，便是創造社也不是例外。在表面上看來，他們終竟覺悟了而且丟去了出死力擁護過的「資產階級文藝的玩意兒，」而跟著「五卅」時代向前進了。他們是一個手頭的現成的例。但是並沒結會立社，只單身地跟著一個一個時代的潮流往前走的無名氏，正不知有多少呢！這些無名氏便湊合成了時代的社會的活力。描寫這些活力，即使並沒指引出什麼顯明的將來的路，至少也是不背於集團主義的作品。我常常想，「五四」時代是並沒留下一些表現時代的文學作品而過去了，現在如果描寫「五四」對於一個人有怎樣的影響，並且他又怎樣經過了「五卅」而到現在這所謂「第四期的前夜」，粗如上文所說創造社諸君的經歷，那亦未必竟是無意義的作品罷。我這意見，最近在葉紹鈞所作的長篇小說《倪煥之》，找得了同感了。

《倪煥之》曾以「教育文藝」的名目在《教育雜誌》上發表；就全書的故事而言，這個「教育文藝」的稱呼，卻也名副其實到第十九章止，差不多佔了全書的大半，主人公倪煥之的事業是小學教員。他和同志的小學校長蔣冰如很艱辛地在死水似的鄉村裏試驗新的教育。他們得不到社會的同情，也得不到同事的諒解和熱心贊助；但是倪煥之很有興趣地幹著。這時候，教育是他的終身事業；他又把教育的力量看得很大，「一切的希望懸於教育」。但是「五四」來了，鄉村中的倪煥之被這怒潮衝動，思想上漸漸起了變化，同時他又感到了幾重幻滅，在他所從事的教育方面，在新家庭的憧憬方面，在結婚的理想方面，他感到了寂寞了。他要找求新的生活意義，新的奮鬥方式，從鄉村到了都市的上海。接著便是「五卅」來了。「五卅」的怒潮把倪煥之衝得更遠些；雖然他還是在做什麼女子中學的教員，但一面也參加了實際運動；一九二七年的革命高潮時，他也是社會的活力中的一滴。然後，在局面陡然轉變了時，他的心碎了，他幻滅，他悲哀，他憤慨；腸窒扶斯來結束了他的生活的旅程，在彌留的譫囈中，他這樣說：「三十五不到的年紀，一點事業沒成功，這就可以死麼？唉，死吧！死吧！脆弱的能力，浮動的感情，不中用，完全不中用！……成功，不是我們配得的獎品；將來自有與我們全然兩樣的人，讓他們得去吧！」

在近十年中，像「倪煥之」那樣的人，大概很不少罷。也許有人要說倪煥之這個人物不是個大勇的革命者；那當然不錯。只看他目擊大變之後，只是借酒澆愁，痛哭流涕，便可明白在臨死的時候，他也知道自己的能力脆弱，感情浮動，完全不中用了。但是他的求善的熱望，也該是值得同情的。

葉紹鈞以前有過《隔膜》，《火災》，《線下》，《城中》，《未厭集》等五個短篇集；倪煥之是他的第一個長篇，也是第一次描寫了廣闊的世間。把一篇小說的時代安放在近十年的歷史過程中的，不能不說這是第一部；而有意地要表示一個人——一個富有革命性的小資產階級知識分子，怎樣地受十年來時代的壯潮所激盪，怎樣地從鄉村到都市，從埋頭教育到羣眾運動，從自由主義到集團主義，這《倪煥之》也不能不說是第一部。在這兩點上，《倪煥之》是值得讚美的。上文我所說「五四」時代雖則已經草草地過去，而敘述這個時代對於人心的影響的回憶氣分的小說卻也是需要，這一說，從《倪煥之》便有個實例了。上文我又說起「五四」以後的文壇上充滿了信手拈來的「即興小說」，許多作者視小說爲天才的火花的爆發時的一閃，只可於剎那間偶然得之，而無須乎修鍊——銳利的觀察，冷靜的分析，縝密的構思。他們只在抓掇片段的印象，只在空蕩蕩的腦子裏搜求所謂「靈感；」很少人是有意地要表現一種時代現象，社會生活。這種風氣，似乎到現在還沒改變過來。所以我更覺得像《倪煥之》那樣「有意爲之」的小說在今日又是很值得讚美的。

但或者《教育雜誌》當初是要求葉紹鈞做一篇和教育有關的「教育文藝」，所以《倪煥之》的前半部全是描寫鄉村教育，在全體上發生了頭重腳輕的毛病。這在藝術的意味，不能不說是結構上的缺憾。並且也許有人因此而誤會此書是專譚教育的。

「五卅」運動在本書中有一段正面的明顯的描寫，第二十二章的前半段寫得頗有氣色。倪煥之在此時是一個活動的角色了。但是接下的一章——二十三章，卻用了倪煥之個人的感念來烘托出當時的情形，而不用正面的直接描寫，在藝術上也不能諱言地是一個缺點。這使得文氣鬆懈，很不合宜於當時那種緊張的場面。並且二十二章後半段的回敘，倒接在火剌剌地的正面描寫下，也很能夠妨礙了前半的氣勢。在此時的倪煥之，大概已經參加了什麼政治的集團了罷。可是二十二章以後寫倪煥之的行動都不曾很顯明地反映出集團的背景，因而不免流於空浮的個人的活動，這也使得這篇小說的基調受了不小的損害。作者忙於職業的謀生，小說是偷閒寫的，大概一章一章是間歇地作成的，因而在全般的結構上雖然還保持著一貫，而在局部的穿插上便不免有了罅隙。

最後一章寫倪煥之死後的倪夫人金佩璋突然勇敢起來；這是作者信賴著「將來」的意識使他有這轉筆，然而和第二十四章開頭所描寫的倪煥之感念中的金佩璋比照起來，便覺得結尾的金佩璋的忽變是稍稍突兀些了。從二十四章到最後一章，中間相隔一年多，而又是極變幻的一年多，所以金佩璋思想的轉變是可能的，但是作者並沒在二十四章以後說起金佩璋的動靜，卻在結尾驀地一轉，好像一個人思想的轉變是「奇蹟」似的驟然可以降臨的，也就失之太匆忙了。

所以就故事的發展而言，就人物的性格的發展而言，《倪煥之》的前半部都比後半部寫得精密。在前半部，我們看見倪煥之是在定形的環境中活動；在後半部，我們便覺得倪煥之只在一張彩色的布景前移動，常常要起空浮的不很實在的印象。又在人物描寫上，前半部的倪煥之，蔣冰如，金佩璋，都是立體的人物，可是到了後半部，便連主人公倪煥之也成爲平面的紙片一樣的人物，匆匆地在布景前移動罷了。因此後半部的故事的性質雖然緊張得多，但反不及前半部那樣能夠給我們以深厚的印象。大概那時作者是急於要完篇，下筆時已經沒有寫前半部時那樣周詳審度躊躇滿志的心情；而《教育雜誌》一年十二期的結束也已逼近，事實上不能容許作者慢慢地推敲，怕也是一個原因罷。

我以爲批評一篇小說是不應該枝枝節節地用自己的尺度去任意衡量。一篇小說的藝術上的工夫，最好讓每個讀者自己領受。所以上文云云，至多不過是我讀後的印象——關於倪煥之的藝術上的印象。我的注意點並不在此。我的注意的，除了上文已經說過「有意識地描寫『五四』對於某個人有怎樣的影響，並且他又怎樣地經過了『五卅』而到現在這所謂第四期的前夜，」這一點而外，還有讀小說的「時代性」。現在請就此後一端再說幾句話。

一篇小說之有無時代性，並不能僅僅以是否描寫到時代空氣爲滿足；連時代空氣都表現不出的作品，使即寫得很美麗，只不過成爲資產階級文藝的玩意兒。所謂時代性，我以爲，在表現了時代空氣而外，還應該有兩個要義：一是時代給與人們以怎樣的影響，二是人們的集團的活力又怎樣地將時代推進了新方向，換言之，即是怎樣地催促歷史進入了必然的新時代，再換一句說，即是怎樣地由於人們的集團的活動而及早實現了歷史的必然。在這樣的意義下，方是現代的新寫實派文學所要表現的時代性！

我們現在再看《倪煥之》這部小說是否具有這樣意義的時代性。

時代的空氣，不用說是已經表現了的了。雖然主人公在小學教員時代是確信著「一切希望懸於教育」，但「五四」以後他對於專譚教育的懷疑以及所感到的寂寞，也差不多近於我在上文所說的「五四」以後瀰漫在智識界中間的徬徨苦悶了。其次，時代給與人們的影響，在倪煥之身上也有了鮮明的表現。誰也不能否認倪煥之是受了時代潮流的激盪而始從教育到羣眾運動，從自由主義到集團主義的。但是倪煥之究竟是脆弱的小資產階級智識分子，時代推動他前進，他卻並不能很堅實地成爲推進時代的社會活力的一點滴。他雖然說「我們應該把歷史的輪子推動，讓牠轉得較平常爲快」；可是他實在對於歷史的輪子以及如何推動這歷史的輪子使牠更快，兩者都沒有明瞭的觀念。所以他在那革命局面極緊張的時期有鰓鰓過慮者是「學生們停下了課，也不打算幾時讓他們開學，」而且因此竟感到了幻滅。所以他在局面突變以後，更回覆到十幾年前獨個兒上酒店買一痛醉的現象了。所以他在臨終的昏迷中看見了運動鐵椎穿青布衫露胸的人終於被壓在亂石底下，像一堆燒殘的枯炭，而他對於此的解答是「這時沒有你的分！」所以他即使有迷惘中的將來的希望，也只是看見了妻和子，並沒看見羣眾。

不但倪煥之，便是那更瞭解革命意義的王樂山，也並沒表現出他做了怎樣推進時代的工作。關於王樂山的描寫，用的都是側筆；我們隱約可以推求他的活動，只是不能得到正面的更深切的印象。

七

這便是我所見的《倪煥之》的時代性的分析。我猜想來，大概有許多人因此而不滿意這部小說。但在目前這樣的時代，在落後的東方，我們便盼望有怎樣了不得的偉大作品，豈不是等於「見卵而求時夜」？在目前許多作者還是僅僅根據了一點耳食的社會科學常識或是辯證法，便自負不凡地寫他們所謂富有革命情緒的「即興小說」的時候，像《倪煥之》那樣的「扛鼎」的工作，即使有多少缺點，該也是值得讚美的罷！

「五卅」時代以後，或是「第四期的前夜」的新文學，而要有燦爛的成績，必然地須先求內容與外形——即思想與技巧，兩方面之均衡的發展與成熟。作家們應該覺悟到一點點耳食來的社會科學常識是不夠的，也應該覺悟到僅僅用羣眾大會時煽動的熱情的口吻來做小說是不行的。準備獻身於新文藝的人預先準備好一個有組織力，判斷力，能夠觀察分析的頭腦，而不是僅僅準備好一個被動的傳聲的喇叭；他須先的確能夠自己去分析羣眾的噪音，靜聆地下泉的滴響。然後組織成小說中人物的意識；他應該刻苦地磨練他的技術，應該揀自己最熟習的事來描寫。去年我做了一篇隨筆《從牯嶺到東京》，曾經指謫著當時（一九二八年春初）文壇上的「空肚子頂石板」的怪現象，——我以為那是既然頂不起石板，而又壓壞了肚子的勾當，我勸那些有志者還不如揀他們自己最熟習的環境而又合於廣大的讀者對象之小資產階級來描寫，我簡直不贊成那時他們熱心的無產文藝——既不能表現無產階級的意識，也不能讓無產階級看得懂，只是「賣膏藥式」的十八句江湖口訣那樣的標語口號式或廣告式的無產文藝；然而結果是招來了許多惡罵。在這黑白不明，是非不明的中國，惡罵原來不算什麼一回事，使我出驚的是，在我所看到的《創造月刊》上克興君的一篇和《認識》上潘梓年君的一篇，都居然也承認我的那篇隨筆中提出了不少的「革命文學」上的具體問題，可是他們都避開了這些問題不討論，專注力於痛罵。我應該追悔我那篇隨筆《從牯嶺到東京》寫得太隨便，有許多話都沒說完全，以至很能引起人們的誤解，或是惡意的曲解。但是看到克興君說「至於他的《動搖》呢，據他自己說，『《動搖》所描寫的就是動搖，革命鬥爭劇烈時從事革命工作者的動搖。』怎麼是動搖呢，據茅先生的解釋是，『由左傾以至於發生左稺病，由救濟左稺病以至右傾思想的漸抬頭至於大反動。』這種解釋從首至尾可是茅盾先生的解釋，去年十一二月的客觀卻完全不然。這時候（去年十一二月）的客觀情形卻不是因救濟左稺病以至於右傾思想的抬頭，終至於大反動，而是舊的高潮發展到一個最高點，封建地主等串通民族資產階級為保全自己的利益，大施其恐怖政策，小資產階級雖然在資產級底壓迫底下，但是一則因革命的高潮同他們本身衝突，二則為恐怖政策所威赫，所以不得不動搖。」我不知道克興君有沒有讀過我的《動搖》？如果他是讀過的，他總該看出來，動搖所描寫的時代是一九二七年一月至五月，是湖北省長江上游的一個縣內的事；這是寫得極明白的，然而克興君卻認為是一九二七年的十一二月，徒然無的放矢地大罵起來，豈不是大大的笑話！（克興君該文作於一九二八年十一月，所以他文中的「去年十一二月，」即一指九二七年十一二月。）從這一點，可知現在「批評家」竟也捏造事實，隨便改動別人作品的內容以便利攻擊，那樣的事，也悍然做了，何況把別人的含蓄的文句來一個惡意的曲解呢！在這一點，我就覺得對於惡罵者的辯駁，眞是徒費筆墨。所以直到現在，不曾有一句的回答。

至於他們所自負的「革命理論」，——在這方面，克興君較勝於潘梓年君，——卻使我想起我的《幻滅》中所寫的「政治工作人員訓練委員會」中的人物來了。失敬得很，當時的「政治工作人員訓練委員會」中的人物早已被教會了說這一套話！

八

《從牯嶺到東京》這篇隨筆裏，我表示了應該以小資產階級生活為描寫的對象那樣的意見。這句話平常得很，無非就是上文所說一個作者「應該揀自己最熟習的事來描寫」的同樣的意義。再詳細說，就是要使此後的文藝能夠在尚能跟上時代的小資產階級廣大羣眾間有一些兒作用。我並沒說過要創造小資產階級文藝。我雖然不喜歡在嘴頭上搬弄「革命文學家」所誇炫的一點點社會科學常識或是辯證法，然而我將他們的談論看來看去，總不曾發見有什麼理論是出了我所有的關於那一方面的書籍的範圍以外；再說得不客氣些，他們的議論並不能比我從前教學生的講義要多一些什麼。所以想拿那一點點辯證法來「克服」我，實在不能領情。因而，從武斷我是主張創造小資產階級文學，又發見了新大陸似的說明小資產階級文學不能成立，那樣的他們的議論，在我是只覺得又聽得了賣膏藥式的喇叭。

實在當他們忿忿地痛罵我以前，他們對於描寫小資產階級生活的文藝已經抱著一種極不應該有的成見。他們對於描寫小資產階級生活的作品往往不問內容很武斷地斥為「落伍」。自然，描寫小資產階級生活的小說中間一定很有些「落伍」的人物，但這是書中人物的「落伍」而不是該著作的「落伍」。如果把書中人物的「落伍」就認為著作的「落伍」，或竟是著作者的「落伍」，那麼，描寫強盜的小說作家就是強盜了麼？然而不幸這樣地幼稺不通的批評居然會見世面！像這樣武斷不通的「批評」會引幼稚的中國文壇到一條什麼四不像的路，我們很可以拿一九二八年春初的所謂「革命文學」作品來借鏡。

如果我們能夠平心靜氣地來考量，我們便會承認，即使是無例外地只描寫了些「落伍」的小資產階級的作品，也有牠反面的積極性。這一類的黑暗描寫，在感人——或是指導，這一點上，恐怕要比那些超過眞實的空想的樂觀描寫，要深刻得多罷！在讀者的判斷力還是普遍地很薄弱的現代中國，反諷的作品常常要被誤解，所以黑暗的描寫或者也有流弊，但是批評家的任務卻就在指出那些黑暗描寫的潛伏的意義，而不是成見很深地斥爲「落伍」，更無論連原作還看不清楚就大肆謾罵的那樣的狂妄舉動了。譬如克興君說：「至於《追求》呢，更無容講是暴露他自己的纏綿幽怨激昂奮發的狂亂的混合物，其餘更譚不上；」那便是克興君連原作還沒看清楚就謾罵的狂妄的舉動！《追求》所表現的是什麼，仔細地看過這部小說的人們當會有一個判斷；錢杏邨有過一段批評的話「書中每一個主人公，都有一個憧憬：『一個追逐一個的在淡黃油漆的四壁內磕憧，』但是，在結果，『就是得到了手的，卻在到手的一剎那間改變了面目，』全部的陷於失望了。」錢杏邨是主張「力的文學」，主張文學須有創造生活的意義的，所以他不滿意於《追求》之每個人物都陷於失望，他說：「在全書裏是到處表現了病態，病態的人物，病態的思想，病態的行動，一切都是病態，一切都是不健全。作者在客觀方面所表現的思想，也仍舊的不外乎悲哀與動搖。所以，這部小說的立場是錯誤的。」我應該承認錢杏邨的觀察是不錯的；《追求》是暴露一九二八年春初的智識分子的病態和迷惘。但是錢杏邨說「這部小說的立場是錯誤的」這個結論，我卻不能贊成。我覺得應該在此地有個小小的說明。《追求》下筆以前，是很費了些工夫來考慮的，最後的決定是差不多這樣：我要描寫在幻滅動搖以後的一般智識分子是怎樣還想追求，然而因爲他們的階級的背景，他們都不曾在正當的道路上追求，所以他們的努力是全部失望。根據了這樣的決定，我把書中人物全數支配爲徒有情熱而不很明瞭革命意義的小資產階級智識分子，他們沒有正確的認識，所以他們所追求者，都是歧途。像這樣的人物不該給他們一個全部失望麼？如果在他們中間插進一位認識正路的人，在病態中暴露一線生機，那或者錢杏邨要滿意些罷，我應該尚能見到一點，可是我並不做；因爲我相信《追求》中人物如果是眞正的革命者，不會在一九二八年春初還要追求什麼，他們該是早已決定了道路了。這就說明了《追求》何以全是黑暗的理由。

九

話再回到《倪煥之》罷。

因爲也是描寫小資產階級智識分子的，所以我覺得《倪煥之》中間沒有一個叫人鼓舞的革命者，是不足病的。再顯明地說，主人公的倪煥之雖然「不中用」，然而正可以表示轉換期中的革命的智識分子的「意識形態。」這樣有目的，有計劃的小說在現今這混沌的文壇上出現，無論如何，不能不說是有意義的事。這樣「扛鼎」似的工作，如果有意識地繼續做下去，將來我們大概可以說一聲：「五卅」以後的文壇倒不至於像「五四」時代那樣沒有代表時代的作品了。當代批評多半是盲目的，作家要有自信的精神，要毫不搖惑地冷靜地埋著頭幹！

十

正和先前那篇《從牯嶺到東京》一樣，這篇隨筆也是隨便地譚譚，也是有了不少的半句話，可以給人曲解，給人攻擊的。受攻擊，早已是家常便飯，不過總希望攻擊者先看清了文章再下筆，免得我無從作答。我是素來不護短，也是素來不輕易改變主張的。

又或者這篇隨筆裏也「提出了許多現實的具體的問題」罷，那麼，我更希望「革命的批評家」們不要儘管翻弄賣膏藥式的江湖口訣，卻來把這些具體問題「從各方面去批評分析」。

直到現在，我還是等待著《從牯嶺到東京》中間的「現實的具體的問題」有什麼革命的批評家稍稍按捺下罵人的情熱而給與一些從各方面的批評和分析。

本書各稿曾在他處發表者

《茅盾的三部曲》	《文學週報》
《茅盾創作的考察》	《讀書月刊》
《關於〈幻滅〉》	《文學週報》
《〈幻滅〉》	《獅吼》
《〈幻滅〉的時代描寫》	《文學週報》
《〈動搖〉和〈追求〉》	《文學週報》
《〈追求〉中的章秋柳》	《文學週報》
《〈幻滅〉中的強惟力》	《文學週報》
《茅盾三部曲小評》	《小物件》
《〈野薔薇〉》	《海風週報》
《〈野薔薇〉》	《新月》
《時代精神與茅盾的創作》	《萬人月報》
《茅盾的〈一個女性〉》	《海風週報》
《〈一個女性〉》	《海風週報》
《評幾篇歷史小說》	《現代文學評論》
《西人眼中的茅盾》	《現代文學評論》
《茅盾與現實》	《文藝之社會的傾向》
《評茅盾〈從牯嶺到東京〉》	《創造月刊》
《到了東京的茅盾》	《認識》
《從東京回到武漢》	《海風週報》
《批評與分析》	《文藝批評集》
《文藝的新路》	《眞美善》
《從牯嶺到東京》	《小說月報》
《倪煥之》	《文學週報》